キノトリ/カナイ

流され者のラジオ

Kinotori/Kanai
Marie-Lou Hasegawa
illustration by sakiyama

長谷川まりる

sakiyama｜挿画｜

静山社

CONTENTS

1 配達人キュー

大海原に、ぽつんとつき出す街がある。

巨大《きょだい》なかたまりのように見えるその街は、それぞれが近接しながらも独立した、十ほどの町だとわかる。

中型船がすれ違《ちが》えるくらいのすきまをあけて海からぽこぽこ生えた、不格好でこんがらがった鉄の都市。摩天楼《まてんろう》はそそり立って街となり、青空の下で熱を吐《は》く。こちらの端《はし》では巨大《きょだい》な白煙《はくえん》をもくもくと上げつづけ、こちらの端《はし》では船が集まり魚や荷を卸《おろ》しつづける。

へたくそな積み木みたいに積みあげられた無数のコンテナは鉄筋で固定され、通路や階段が縦横無尽《じゅうおうむじん》に街をつなぐ。三つ羽の風車がそこかしこでくるくる回り、さびたアンテナが風にゆれ、巨大《きょだい》な浄水器《じょうすいき》が低くうなり、通路や階段から垂れた鎖《くさり》が鉄柱をじゃらじゃらたたく。

摩天楼《まてんろう》の外側の街——海に面し、太陽に面した東南端《とうなんたん》の半端《はんぱ》な中階。コンテナとコンテナが重なり合ったすきまの奥《おく》の、だれもわざわざ寄らないような影《かげ》の中に、ひときわ目を引くえんじ色のベストが一人。

太陽はほぼ真上。頭上のコンテナが海へせり出しているおかげで、崖《がけ》っぷちのわりに陽の陰《かげ》だった。海の青が目にまぶしいが、生まれてこのかた街から一泳ぎも出たことのない彼《かれ》にとっては、すっかり慣れたまぶしさでもある。

電子キセルの煙《けむり》を深く吸う。

ふーっとはき出し、がしがしと頭をかきつつ、仕事用のナップザックをひっくり返す。海からべたついた風が吹《ふ》きあがる。広げた小包が風で飛ばされないよう、シリコン製の赤いサンダルで踏《ふ》み押《お》さえ、ちょっと笑った。

「あっぷね」

来年が年男のキューは、すそをしぼる七分丈《だけ》のもんぺと、ひじ丈《たけ》のしわくちゃのシャツを着て、上にはえんじ色のベストを羽織っていた。このベストだけがほかとはちがう、なめらかで高級そうな素材でできている。足首をゴムバンドで固定するけばけばしい色のサンダルも、そでからのぞく黒いイレズミだらけの肌《はだ》も、この街ではありふれている。

彼《かれ》をほかの人と見分けようと思ったら、目印は目にかかるほど伸《の》びた、髪《かみ》の毛くらいか。生まれついての天然パーマも明るめの茶色も、この街ではちょっと目につく。中途半端《ちゅうとはんぱ》に顔を隠《かく》すので、おふくろと呼んでいる上司からは、いつも「切れ」とせっつかれている。

キューは立て膝《ひざ》をつき、職場から支給されている小型のタブレット、通称《つうしょう》「カワラ」の画面をいじりながら、並べた包みをひとつずつチェックした。

あずけられた荷物はたいていプラスチック製のカラフルな箱に入れられているが、塩化ビニルのなめらかな袋《ふくろ》や、透明《とうめい》なポリ袋《ぶくろ》に入れられたものもある。中身がむき出しのまま、宛名《あてな》と差出人の書かれたプラスチック札がついただけのものもある。

紙で包まれたような荷物はない。大陸から輸送されてきたものならときどきあるが、そういう高級品はキューにまでまわってこない。あるいは港に卸《おろ》された時点で、プラスチック製の箱に詰《つ》め替《か》えられているといううわさもある。でなきゃ、どうぞ盗《ぬす》んでくださいと言っているようなものではないか？

これらはどれもまだ未配達の小包で、宛名《あてな》と差出人の名前はだれもが読めるように、きちんとカタカナで記されていた。

もしも漢字が混じっていたら、キューにはこの仕事ができなかったかもしれない。キューはろくに学んだことがないので、カタカナを読むのがやっとだった。そしてそういう人間も、べつにめずらしくはない。字の読めない人間なんて、どこにだっている。

「さあて、今日もいっちょはじめますか」

キューのそばを小さな黒い犬がうろついて、小包のにおいをかぎ、わんと吠《ほ》えた。犬の足は細くて、ちょっと触《さわ》っただけで折れてしまいそうだ。

彼《かれ》はにやりと笑って、犬の頭を力いっぱいなでつける。

「おまえはほんとに、かわいいね」

キューはふたたび電子キセルをくわえ、ボタンを押《お》して蒸気の煙《けむり》を吸いこんだ。仕事用のウエストポーチにカワラをしまい、胸ポケットからカッターナイフをとり出して、小包のテープをはがしはじめる。

楽しい時間。

本来仕事に含《ふく》まれていないこの作業を、彼《かれ》はそう呼んでいる。

風が天パの髪《かみ》をちぎらんばかりに吹《ふ》きつける。視界の先の海の上には小さな魚船がいくつか浮《う》かび、さらに遠くの水平線ぎりぎりには、高波をおさえる黄色や黒のブイが列をなして浮《う》かんでいる。

風は強いし、波は高い。

陽がじりじりと街を焼き、鍋《なべ》の上みたいに今日も暑い。

高いところで六十階分にもなる街のてっぺんでは、つねにクレーンが稼働《かどう》して背伸《せの》びをつづける。街の上部はちくちくとがり、その姿は地獄《じごく》の針山のよう。

金属とプラスチックでできた街は熱に耐《た》えかね、ときおりぐにゃりとひしゃげて曲がる。だが、キノトリ区では、ゆがみはむしろ歓迎《かんげい》される。一度変形すると鉄は強くなるとこの街の人は信じ、ゆがんだ上から増改築がくり返される。

街はいびつで、ひん曲がり、ねじくれていて、ごちゃついている。

潮の香りと波の音。風が服や髪《かみ》をばたばたとなびかせ、照り返す日ざしが肌《はだ》を焼き、今日も人々をうんざりさせる。

ここはいつだって、さわがしくてうるさくてやかましい。人間たちが落っこちないように住みついて、さえない日々を過ごしている。

キューは作業を進めながら汗《あせ》をぬぐう。

腕《うで》や脚《あし》に彫《ほ》られた図柄《ずがら》は、干支《えと》のうさぎや人魚のシルエットを描《えが》いていた。それから、小難しい漢字の羅列《られつ》がいくつか。それらの意味をちゃんと理解しているのかいないのか、ともかくキューは気に入っていた。もうひとつかふたつ、今年のうちに彫《ほ》り足そうかと考えている。今度は何にしようかな。そんなことを考えながら、小包を開けていく。

中身をあらためていく彼《かれ》の職業は、着ているえんじ色のベストが示すように配達人であって、それは同時にこの街の公務員であることも意味している。

「うわっ。見てよこれ、コエダ」

笑いながら、すぐとなりでしっぽをふっている犬に目を向ける。小さな犬にも見えるように持ち上げたのは、古びたラジオだった。キューのサンダルほども大きいラジオは、何十年も前の型に見える。

「いまどき、こんなの使ってるやついるのかね？　うわ、イヤホンの穴まであるぜ」

わん、とコエダが元気に答える。配達人はラジオを包み直し、常備しているテープを切ってふたたび封《ふう》をする。おざなりに貼《は》られたセロハンテープはいまにもはがれ落ちそうだが、彼《かれ》は気にしない。配達人に小包をいったん渡《わた》したらどうなるか、これっぽっちも想像できない人間がいたとしたら、己の無知を恥《は》じるべきだとキューは考える。

ぴーっとカッターで次の小包のテープを切りながら、配達人は非常識な人間があずけてしまったお宝はないかと期待する。

ときどき、あるのだ。十個にひとつあればいいほうだが、カワラでやりとりできる電子通貨、つまり「糸目《いとめ》」に換《か》えられそうな――あるいは、糸目そのもののデータが入っている――小包が。

もしも目当てのものがあれば、キューはそれを配達しない。配達したと見せかけて、受け取り拒否《きょひ》や不在手続きをしておく。そういった小包は、受取人不明で一時保管になる。ひと月たっても差出人や受取人から問い合わせがなければ、配達人が処理しなければならない。つまり、キューはそれを堂々と糸目に換《か》える。

これを楽しいと言わずして、なんと呼ぶ？

しかしどうやら、今日は運がなかったらしい。ちぇっと舌打ちをしながら、キューはテープで雑に封《ふう》をして、プラスチック製の小包をナップザックに放りこみ（ときどき、ガチャンとなにかが壊《こわ》れる音がした）、電子キセルの電源を切ってポケットにしまった。作業のあいだ、手首からだらりとさげていた手甲《てっこう》を手のひらにあてがい、ひもを中指に引っかける。そのあいだにも、コエダが興奮して飼い主の足元をうろつきだす。胸と足と眉《まゆ》が茶色の黒い犬は、短いしっぽをぴんと立てて楽しげに吠《ほ》えた。

「はいはい、コエダちゃん。かわいいかわいい」

ちょこまかしているコエダをすくいとるように拾いあげ、背中にしょったナップザックに頭から放りこむ。コエダは少し開いたジップのあいだから頭だけちょこんと出して、真っ黒な目で外をながめた。

キューは頭をぶつけないようにかがみながら屋根の上を端《はし》まで歩き、一メートル下にあるべつのコンテナの屋根に降りたつと、勢いをつけて走り、三メートル下の鉄の橋まで飛びおりた。網目《あみめ》状のこの床《ゆか》の上を、コエダの小さな足はうまく歩けない。たかたかと走っていって、キューは最短コースで目的地を目指す。

「質屋に行くのはやめだ、コエダ。今日はまじめにお届け物。おまえ、あすこのチワ、ねらってたろ。残念だったな」

わかっているのかいないのか、コエダが鳴く。キューは肩《かた》をすくめて眉《まゆ》をつりあげ、あきれたように顔をしかめる。

「おれは認めないぞ、チワなんか。あんなぶるぶる震《ふる》えて、病気なのか健康なのかわかりゃしない。おまえ、もっとたくましい旦那《だんな》を見つけろよ。プードなんかどうだ？　ほら、ワタヌキが飼ってるやつ。プード、きらいじゃないだろ？」

コエダはなんにも言わない。

そのあいだに、配達人はよその家のベランダを三つほど通りすぎ、雨どいをつかんで三階分をすべりおり、室外機の上を飛び石のようにつたって、いくつかの赤い鳥居をくぐった。

目の前がひらけ、建物がなくなった。五十メートルほど向こうに、ふたたびごった煮《に》のような摩天楼《まてんろう》がそびえている。こちらとあちらには細い橋や吊《つ》り橋、ワイヤー、鎖《くさり》、ゴンドラなんかが数え切れないほど渡《わた》されて人が行き来している。そのうちひとつがキューの目あてだ。

崖《がけ》っぷちにせり出す鉄板は、タタミ二枚分くらいのリフト乗り場になっている。リフトといっても、人間ひとりが立てるくらいのブランコみたいな形状で、のべつまくなしにぐるぐると回りつづけている。太陽が照りつけるこの時間帯は客も少ない。

キューは並ぶことなくリフトに足を乗せ、向こう側までゆられていった。はるか下では海が日の光を反射して白くきらめいている。その水の下には、遠い昔に沈《しず》んでしまった街の残骸《ざんがい》が、藻《も》におおわれて魚のすみかと化している。

うえ、とキューは海から目をそらし、空をあおいだ。

きたねえな。

リフトの向こうでは、乗り場に作りつけられた受付小屋に老女が座《すわ》っていて、キューが降りると白い杖《つえ》をふりかざした。

「通行料！」

いつだって、彼《かれ》はこっそりリフトから降りるのに、この老女は決して利用客を見逃《みのが》さない。丸い黒眼鏡の向こうは、見えないはずだが。

「払《はら》え、クズ」

しかしこのばあさんはいつ会っても口が悪いな、と

キューは思う。客に向かってこの態度はどうだ。払《はら》わないなんて言ってないのに。まあ、気づかれなければ払《はら》わないで通り過ぎようと、いつも狙《ねら》っているわけだが。

「ねえタマちゃん。あんたって目の見えないかわいそうなばあさんらしいけど」

キューはわざとねちっこく笑った。

「本当はそのサングラスの下でばっちり見えてんじゃないかって、おれの中でもっぱらのウワサ」

「通行料」

キューはちぇーと顔をしかめつつカワラをたぐった。たぐりながらも、なんだか今日はいつもとちがうと思っていた。

しかし、なにがちがうのだろう。おかっぱの白髪頭《しらがあたま》もしけたおばあちゃんルックもいつもとおなじだし、ぶつぶつ文句をたれているのもいつもどおり。腕《うで》に彫《ほ》

られた絵柄《えがら》は「煮《に》ても焼いても食えない」金魚。左手首にリストバンドをしているせいで生まれた地区はわからないけれど、タマの場合は出身を隠《かく》しているというより、目が見えないせいで頓着《とんちゃく》していないだけだろう。私服の上から着ている黄緑色のベストは、交通関連の公務員に義務づけられている、見慣れたそれ。

「毎回毎回ごねてんじゃないよ、キュー」

「おれのことはキューちゃんって呼んでよ、タマちゃん」

「おまえなんざクズでちょうどいいさね」

肩《かた》をすくめ、キューはカワラのケーブルをぴっと伸《の》ばして受付のカワラに挿《さ》すと、画面に表示された金額を確認して「シハライ」を選び、さっとケーブルを引き抜《ぬ》いた。「じゃあね、タマちゃん」言いながら、べっと舌を出してかけ出す。背中にタマの声が届く。

「気配でわかるんだからね、クズ！」

ひゃっひゃと笑いながら、キューは見えもしないのにタマに手をふった。さびたらせん階段をカンカンとおりていき、滑《すべ》り止めのでこぼこ加工がほどこされた鉄板の通路に出ると、ナップザックに手を伸《の》ばす。

「そら、コエダ。ここなら思いっきり走れるぞ」

「わん！」

「よしよし。おまえはかわいいねー」

解放されて自由の身になったコエダは、キューの足元をまとわりつくように並んで走った。ちょっとくらいのすきまや段差なら、賢《かしこ》いコエダは簡単にとびこえる。けれども、少し段差がきつくなると、キューがコエダの体をすくいあげて手を貸した。

「さてさて、まずは八五地区の『テの2』……と、もう少し下だな」

落下防止のケーブルにつないだカワラを引っぱりだしてリストを確認し、「よーし、コエダ、近道するぞ。来い！」と叫《さけ》ぶ。もちろんコエダは逃《に》げまどうのだが、それをつかまえて頭上のタラップにほうり投げ、通路の柵《さく》に足をかけてよじ登る。そっちの通路から行けば、一気に最下層までつづく階段に出られる。走り出したところでキューはあわててブレーキをかけ、その場で足踏《あしぶ》みしながら柱に刻まれた地区番号をチェックした。

――ス-2、345-6
「『テ』はもう少し東か。タ行だもんな。あっちの階段のほうが早かったかな」

言いつつも、「ま、いいか」と走り出す。

コンテナ型の家のすきまを見つけ、ナップザックをおろして手に持ち、体をねじこんで進んだ。ようやっと向こう側に出て顔をあげると、真鍮《しんちゅう》の留め具で鉄柱にとめられた地区番板が目に入る。

「っしゃあ、思ったとおり！」

こぶしをにぎり、ナップザックを背負い直して意気揚々《ようよう》と走り出す。

コンテナ、鉄筋、通路にはしご、階段がひしめきあって、陽の光が直接ささない入り組んだ住宅街。部屋番号を確認し、足を使って家を探す。

これがいちばんめんどうな時間だ。なんせあちこちに用途《ようと》不明の高低差があり、不規則に番号がばらけ、『3』の次が『6』だったりする。その理由は、べつに『4』と『5』の縁起《えんぎ》が悪いせいじゃない。たしかに『4』を避《さ》ける人間は多いけど。

そういえば、どうして『4』は縁起《えんぎ》が悪いんだっけ？　キューはふと考えこむ。ヨン、という響《ひび》きに、悪い意味合いなんかあったっけ。

なんとか目当ての家を探し当て、ブザーが見当たらないのでドアをガンガンたたいた。応答がなければ、五秒で次へ行くと決めている。が、ぱっとドアが開いた。

「うわっ。なんか用？」

黒髪《くろかみ》をひっつめにした女が、キューを見て露骨《ろこつ》にいやな顔をした。中からは騒々《そうぞう》しい音楽が流れている。キューはそこで思い至った。

そうだ。今日、タマの受付小屋にはいつものラジオがついていなかったんだ。違和感《いわかん》に気づけて、少しすっきり。

「どうもー、お届け物でーす」

「いらない」

「そう言わずに。あんたからお金がもらえないと、今日のおれ、ただ働きになっちまう」

「出す人間が払《はら》えばいいいんだ。なんだって送りつけられたほうが払《はら》わなきゃならないんだよ」

それは至極《しごく》まっとうな意見だ。実際、昔は送るほうがお金を払《はら》うのが普通《ふつう》だったらしい。ええと、どういういきさつで配達料ってのは払《はら》うのが逆になったんだっけ。キューは頭をひねって考えてみるが、あいにくと歴史には興味がない。

まあ、キノトリ区に住む人間たちのことだ。よそに責任を押《お》しつけるのが慣れっこになって、いつのまにかこうなったんだろう。

「とにかく払《はら》ってよ。おれ、まだ次の荷物があんだ」

女は顔をしかめたまま、ぶっきらぼうに言った。

「差出人は？」

「ええと」

キューはナップザックをあさった。女は眉間《みけん》にしわを寄せ、キューをじろじろとうさんくさそうにながめている。

どうせ配達人なんて、糸目になりそうなものを質屋に持っていく、不まじめな連中だと決めてかかっているにちがいない。まったく失礼な偏見《へんけん》だ。きちんとまじめに配達しているやつだっているのに。ただし、そんなまじめな配達人は、キューの知り合いにはいないけど。

がちゃがちゃと音を響《ひび》かせながら、キューは小包を引っぱりだした。

「犬、苦手なんだけど」

女の言葉を無視して、キューはにこっと笑った。

「これっすねー」

言いながら、小包を手の中でぐるぐる回して宛名《あてな》と差出人を確認する。

「ええと、七二地区の、シノノメ、クロさんから」

女ははっとした。だいぶ反応がいい。こういうときは、考える時間を奪《うば》うのが吉《きち》。

「要らないんだったら、回収しますねー。お手数かけました」

「待って、払《はら》う」

キューはにやっと笑って手をもんだ。

「で、いくらまでなら出してくれます?」

「ばか言ってんじゃないよ。規定の料金しか出さないからね。いくら?」

「一円半です。あ、もっとくれてもいいけど」

女は尻《しり》ポケットから古びたカワラを出して画面を起動し、きっちり一円半のシハライを設定してキューのカワラにケーブルをつないだ。

取引は一瞬《いっしゅん》で終わった。

そのあいだにも、コエダが足元をうろつきながら、あちこちにおいをかいでいる。

「まいどあり」

女は小包を受け取ると、鼻先でぴしゃりとドアを閉めた。続けざまに、カギをしめ、錠《じょう》をおろす音が響《ひび》く。

キューは目をしばたたいた。

……なんだあ、いまの。

「行くぞ、コエダ」

キューはすっかり気分を害した。

自分の家にカギをかけるやつは信用できない。それも、キューをしめだすかのように、目の前でやるなんて。まるでキューが、物騒《ぶっそう》な金魚の彫《ほ》り物を入れてるみたいじゃないか。

そりゃ、この街の人間はろくでなしばっかりだ。だけどだからこそ、ろくでなし同士、だまされてもだまし返すくらいがすじだろ。それを、先手を打つみたいにカギをかけるなんてのは、なしだろ。

「あのくそ女。百年たっても上階になんか住めねえよ。ふん。それに比べて、おれは公務員だぞ。立場がちがうんだ……」

歩いていると少し気分がよくなってきたので、キューはコエダを抱《かか》えてよしよしと頭をなで、柵《さく》を乗りこえて下の通路に飛びおりた。階段をいくつも歩きつぎ、両脇《りょうわき》にずらっと室外機が並《なら》んだ壁《かべ》のすきまに身をよじらせ、銭湯の前をすぎてゆく。

室外機からは汚れた熱風が絶えず垂れ流され、日ざしとあいまっておそろしいほど汗《あせ》が出る。それでも、キューはけっしてえんじ色のベストを脱《ぬ》がない。それはこの街で、キューがそこらの人間よりも格上だと知らしめる、たったひとつの印だからだ。

ときどき海風が下から吹《ふ》きあげ、摩天楼《まてんろう》のあいだをぬってひたいの汗《あせ》を冷やした。キューは手のひらを熱から守る手甲《てっこう》をはめ、軽快に鉄製のはしごをのぼる。小さな鳥居にお供えする人を見かけるたびに「ありがとさん」と声をかけ、見飽《みあ》きたデザインのサンダルやウエストポーチを売りつける売り子を適当にいなし、子どもに道をきいて糸目をねだられ、「ばーか」と笑ってその場を離《はな》れる。

いつもとおなじ、あれやこれや。

キューの運んだ荷物の受取人は、たいていどちらかの態度を取った。ひとつは、露骨《ろこつ》に迷惑《めいわく》がるやつ。もうひとつは、待ってましたとばかりのうれしそうな顔をする、いかにもだまされやすそうなやつ。

「よお、配達人か」

今日の仕事でいちばん高い階の受取人は、そのどちらでもなかった。黒のゴーグルをつけた、でっかい図体の男たち。キューはドアが開いた瞬間《しゅんかん》、肝《きも》を冷やした。

黒のベストは、警団の証《あかし》。

「それで、荷物は？」

キューはびくびくしながらも、笑ってごまかしナップザックをあさった。なんとか住所の一致《いっち》する小包をさぐりあて、どうぞ、と丁重に差し出す。

相手は屈強《くっきょう》な体つきの、無精ひげを生やした男三人。コンテナを三つも四つもつなぎ合わせ、真っ白に塗《ぬ》られた家の中からは、どの家からも感じたことのない冷気が外に流れ出している。

「たしかに。ご苦労さん」

小包を手にした男が奥《おく》へ引っこんでいく。あ、とキューはなさけないほど小さな声を出した。残りのふたりが入り口を占拠《せんきょ》して、キューをじろっと見おろした。

「まだ、ほかに用か？」

「ええと……じつは、昨今の配達には着払《ちゃくばら》い制度を採用しておりまして」

そしてその制度を決めたのは警団なのだが、キューにはとてもそこまで言えない。

キューはぎこちなく笑った。対するふたりはにこりともしない。はっとしてふり返ると、いつのまにかコエダははるか後方にいて、物陰《ものかげ》に隠《かく》れてしっぽを巻いていた。

「つまり、なにか？　おれたちから金をとろうって？」

「いやそんな！　いえ、まあ、平たく言うとそんな感じで……」

「はっきり言え」

「ええと……」

「そのへんにしといてやれよ」

うす暗い室内から、冷やしたところてんみたいな声がした。

とびきり高級の、大陸から輸入したところてん。

すっかりちぢみあがっていたキューの前に、黒えりシャツを着た男がふわりとあらわれた。すらりとしたシルエットの白にちかいズボンに、しわひとつない半袖《はんそで》の黒シャツ。その上に着たベストはかぎりなく白にちかい。けれど白ではない。

黒服の男たちが背すじをただしたのを見て、キューはつばをごくりと飲みこんだ。

どこかぼんやりとした顔立ちの、切れ長の目をした若い男。歳《とし》のわりにイレズミが少な

いが、それでも首もとのえりの下から、大きなガマガエルが顔をのぞかせている。左手首に彫《ほ》られたいちばん古い地区は八三地区の最上階。ひじに向かって彫《ほ》り足されていく地区名は移り住んだことのある場所を示しているわけだが、この男はそのどれもが、上層階のどこかに属している。

すぐにわかった。

キューとは生まれからして世界がちがう。雲の上の人間だ。

「おなじ公務員じゃないか。仲良くやろうよ。なあ、配達人さん」

キューは顔の前で手をふって、「いや、おれはぜんぜん」とか「お仲間さんとは、ほんと仲良くしてましたから」と早口でまくしたてた。かぎりなく白にちかいベストを着た男はちろっとキューを見ると、ふっと笑って「キセルは吸うかい?」ときいた。

「あ……えっと、まあ」

男はふところから見慣れない銀色のケースを出すと、とんとたたいて小さな円筒形《えんとう》のものを一本抜《ぬ》き出し、「ほら」と言ってキューのベストの胸ポケットにさしこんだ。

てっきり、変わった香りのリキッドでもくれるもんだと思いこんでいたキューは、それがなんだかわかったとたん、かなりびびった。男がくれたのは、キューの持っているような型落ちの電子キセルではなく、本物の、葉っぱを巻いてフィルターを詰《つ》めた、正真正銘《しょうめい》の紙巻きタバコだった。

「失礼をして悪かった。これで許してくれるかな」

「めっそうもないっす」

男はキューと同い年くらいだ。いや、もしかすると年下かもしれない。

なのに、この差はなんだ。キューは朝から晩まで街を汗《あせ》だくでかけまわっているのに、こいつは上階にあるすずしくて広い家で、腕《うで》っぷしの強そうな男たちをしたがえながら、大陸の紙巻きタバコを吸っている。

男はふいっと背を向けて中に戻《もど》っていった。ちらりと見えたのは、応接セットや賭博《とばく》台があって、ほかにも男や女が何人かいる、あやしい光景。が、入り口を守る黒ベストの男ふたりが身を乗り出して、キューの視界をさえぎった。

「すまなかったな。細かいのがないんだ、釣《つ》りはとっとけ」

キューは目を丸くした。

握《にぎ》らされたのは、まぎれもない、形のある金属片《へん》、穴の開いた丸い重み、ひらべったい硬貨《こうか》――現金だった。

それも、十円玉。

一瞬《いっしゅん》、とんでもなくやばいにおいがぷんぷんして、いますぐここから逃《に》げ出したくてたまらなくなった。手のひらの半分ほどもある鈍色《にびいろ》の銅貨は、一度か二度しかお目にかかったことのないシロモノだ。それだって、キューは持ったことはおろか、触《さわ》らせてもらったことすらない。

うそだろ。

こんな金、どこで糸目に換《か》えりゃいいんだよ!

キューはとりあえずお礼を言って、そそくさと退散した。そこを離《はな》れたとたん、コエダが物陰《ものかげ》から躍《おど》り出て、舌をたらして足元をまとわりついてくる。

「おまえはほんとに、頼《たよ》りになる忠犬だよ」

わん! と元気よく返事をするコエダと、キューは次のお届け先へ向かう。

この金は、なんとかして電子通貨の糸目に換《か》えよう。キューはあせりながら思った。

現金ってのは扱《あつか》いに困る。

たしかに法的には使えることになってるし、その価値はカワラでやりとりする糸目に比べたら割り増しするくらいだが、なんといっても使い勝手が悪い。記録に残らない金っていうのは、それだけできたない金ですよと喧伝《けんでん》しているようなものだ。持っているだけで居心地が悪くて仕方ない。

だが、たかが十円だ、とも思う。

安くはない。ちょっとお高くついた、飲み代くらいにはなるだろう。だが、キューの知りあいでも、現金の十円と糸目の十円を交換《こうかん》してくれそうなやつのひとりやふたり、思いつく。十円はそのぎりぎりという感じがする。これが二十五円玉だったらどうなったかわからないけれど、十円ならばぎりぎり、換《か》えてくれるやつはいる。

そんなふうに考えていると、ちょっとばかり気が楽になってきた。

さっさと終わらせて、家に帰ろう。自宅のベランダから足をぶらぶらおろして、縦横に広がる街の光やただよう煙《けむり》をながめ、冷たいキビ酒のトンバを飲むんだ。今日は炭酸入りのトンバだって買える。この金を、うまいことやって糸目に換《か》えちまえば。

大丈夫《だいじょうぶ》だ。だいたい、キューはなにも悪いことはしていない。この金は正当なルートで手に入れたものなのだから。

キューは仕事終わりが楽しみになってきた。

しかも、今日は本物の紙巻きタバコがついてる。豪華《ごうか》だぞ！

あとひとつで配り終えるころには、キューはすっかりくたびれていた。

今日も一日、怒鳴《どな》られたり、いやみを言われたり、居留守を使われたり、支払額《しはらいがく》をごまかされそうになったり。二割くらいは常連さんで、キューが届けるのを待ちわびてくれているけれど、そいつらはたいてい長話をして仕事のペースを狂《くる》わせてくるから、どっちにしてもたちが悪い。

「たしかに公務員だけどさあ……街のみなさまのためになんでもやるってわけじゃねえよなあ……」

ぶちぶち文句を言いつつ、キューは留守か居留守で届けられなかった荷物を数える。

ええと、今日は五つ。これは家に持って帰って保管しなけりゃいけない。おかげで、キューのねぐらはせまくるしくて仕方ない。

同居しているやつらはおなじ公務員ばかりだが、農区とか、配給支部で働くやつらだった。連中は仕事で持ち帰るものが一切《いっさい》ないから、キューとは荷物の量がぜんぜんちがう。キューの荷物が共用部分にはみ出たら追い出すとつねにおどされるので、キューは大変肩《かた》身《み》のせまい思いをしている。

帰る途中《とちゅう》で、どこかに捨てちまおうか。

どうせ一ヶ月たったら、届けられなかった荷物は捨てていいことになっている。だけどそれまでに受取人か差出人が問い合わせをして、荷物がどこにもないとわかったら、キューは大変に困るわけだが。

日は暮れかかり、海はオレンジ色になっていた。リストの最後は、八五地区の『ソ』。

「うげげ。最下層じゃんか」

キューはコエダを拾いあげてナップザックにつっこんだ。中の荷物が減って、コエダは背が足りず、鼻先をかすかにのぞかせることしかできない。

「これでラストだからな、コエダ。ちょっくらがまん」

摩天楼《まてんろう》のあちこちから光がもれて、上階の巨大扇風機《きょだいせんぷうき》がゆっくりと回りはじめる。一枚一枚の羽根についた灯が、漁船に街の位置を教えていた。

あんなものがなくたって、どうせ漁師たちは水平線の先まで行きやしない。高波を抑《おさ》えるためのブイが、大陸からの船以外を通さないのだから。

あのブイは無意味だと文句をつける連中がいる。夏に台風が通りすぎるたび、最下層の家を波がざぶざぶ洗うからだ。だが、あのブイがなかったら、もっと波は高かったろうと言うやつらもいる。

要らないと言うやつと、必要だと言いはるやつ。

どちらが正しいのか、キューは知らない。べつに知らなくてもかまわないとも思う。高波がいやなら、上階へ越《こ》せばいい。それだけの話だ。

夜が近づくにつれ、海がぼうっと底から青く光りはじめる。海中で点々と発せられた光がラインを作り、街の北端《ほくたん》に位置する七二地区を中心に、ブイに届くほど遠くまで連なるのだ。おなじくして、街のあちこちにオレンジや黄色や白の灯《ひ》がともり、星空みたいに無数に広がる。

大海原《おおうなばら》に建つ鉄の街。キューはその南端《なんたん》に住んでいる。そして、彼《かれ》はわりあいこの生活を気に入っている。昼間はくそみたいに暑いけれど、夜に飲むトンバはなかなかうまいし、コエダはかわいい。

だがそう思えるのも、キューが順調に上の階に移り住めているせいかもしれない。いまはおなじ生活レベルのしみったれた連中と間借りしているものの、どうにか中階に家があるのだから。キューの左手首のイレズミが示すように、生まれが最下層だったことを考えれば、ずいぶん出世したものだ。

もちろん、最終的には上階に住めれば最高だ。コエダとふたりきりならなおいい。きたない海から遠く離《はな》れ、高波にさらわれる心配もなく、ぬるい潮風の香りとも引き離《はな》されて優雅《ゆうが》に暮らせる。本物の金持ちはさらに上を目指して増改築をくり返しているし、キューもそのおこぼれにあずかりたい。

だけど下は最悪。古びて、さびて、いつ海の中へ沈《しず》んでいくかもわからない。

地震《じしん》が起きるたび、街は数十センチ、あるいは数メートル、大きく沈《しず》む。だが、地震《じしん》がなくたって、この街は毎日少しずつ沈《しず》んでいるのだ。街が沈《しず》んでいるのか、海の水があがっているのか、それはわからないけれど。

キューは舌打ちした。

下階はきらいだ。子どものころを思い出す。

最後の荷物を届けるため、キューは最下層に来ていた。

鉄の通路のすぐ下を、波がたぷたぷと音を立てて打ち、いまにも海水が流れこんできそうな気がした。赤さびだらけの通路をじっくり見ないですむよう、足早に行く。

どの家も、半分水につかったり、屋上だけ水の上から顔を出したりしていた。すっかり浸水《しんすい》するはずの水位のくせに、往生際悪く水よけのビニール材を玄関《げんかん》周りにめぐらせて、なんとかしのいでいる家もある。完全に水につかってしまった家は藻《も》におおわれ、貝がへばりつき、銀色の魚が窓やドアのあった四角い穴から出入りしている。

こういう家に住んでいた連中は、ここより二、三メートル高いだけの家に移り住んだに決まってる。ここはそういう連中が住む場所だ。ろくに上には行けない連中が。

これで留守だったら、小包は海に投げ捨ててやる。キューはイラつきながら思った。

どうせここらの連中は、配達局に問い合わせるなんて発想すら持っちゃいない。むしろ、キューは配達料を徴収《ちょうしゅう》できるかどうかさえ、かなりあやしいと思いはじめていた。居留守を使われるか、踏《ふ》み倒《たお》そうとしてくるか、どっちかだ。

配達先の最後の家にはブザーの設備すらなかった。ドアをがんがんたたく。二秒で返事がなければさっさと帰ろうと思っていたのに、間髪《かんぱつ》入れずに怒鳴《どな》り声が返ってきた。

「あいてるよ！　足がうずくから、入っとくれ！」

ふん、そりゃそうだろうさ。キューはつまらなく思った。

こんな場所に住んでいたら、足を悪くするに決まってる。どうせ満潮時には、毎日床《ゆか》が水びたしになってんだろう。

むかむかしながらドアを開けたキューは、はっと息をのんだ。瞬間《しゅんかん》、それまでのイライラが——自分でもびっくりするくらい——きれいさっぱり、消えた。

植物園。

そんな言葉がぴったりだ。

緑でおおいつくされた部屋には、むわっとした濃《こ》い空気が充満《じゅうまん》していた。だけど、うんざりするほど慣れ親しんだ潮のにおいとはちがう。死んだ微生物《びせいぶつ》のにおいじゃなく、青々とした生命力のにおい。

細長くとがった草や丸みのある葉っぱ、すらりと伸《の》びていたり節くれだった低木、流木に菌糸《きんし》を伸《の》ばしたキノコや苔《こけ》、どこで仕入れたかわからないサボテンや、キューも名前くらいは知っているような観葉植物。

これらは鉢《はち》に入れられ、床下《ゆかした》から三十センチは高いベンチや作り付けの棚《たな》に押《お》しこまれて、せいいっぱい生きていた。天井にフックが引っかけられて鉢《はち》がぶら下がり、部屋のそこかしこに鏡がいろいろな角度で設置され、ただでさえうす暗い最下層で、日の光を効率よく分散できるようになっている。

ほとんどは、価値のあるシロモノではない。ときどき見かける大陸の植物は、流れついた種を拾いでもしたのだろう。土の代わりの農用スポンジは、農区の工場に行けば買える。切れっ端《ぱし》のくずなら二束三文だ。

それでも、これだけの植物を育てあげるなんて。毎日水をやり、肥料を与《あた》えないといけないはずだ。日の光に当たるよう、気を配っていないといけないはずだ。おそろしくめんどうくさく、手間のかかる作業だということは、見ただけでわかる。

下階に、こんなことをする人間がいるなんて。

「こっちだよ」

しわがれた声が部屋の奥《おく》からきこえてきた。キューはごくりとつばを飲み、後ろ手でドアを閉め、緑の中を進む。

植物のあいだを歩いていると、昔はこんな感じだったのかな、と思えてくる。

林とか、森とか。自然がある感じ。

大陸から追っ払《ぱら》われる前は、みんなこういう場所に住んでいたのかな。

「配達にあがりましたー……ええと、どこっすか？」

あっちもこっちも緑一色。と。

「なんだ、おまえかい」

斜《なな》め下から声がして、なにかに足を触《さわ》られた。ぎょっとして飛びのいたキューは、背後の植物を倒《たお》しそうになってあわて、今度はほかの鉢《はち》を壊《こわ》しそうになってと、あわあわしたのち、家主にあきれたため息をつかれた。

「あいかわらずだね、キュー」

なんとか体勢を立て直したキューは、ほっとして笑った。

「タマちゃん！」

「まさかあんたがうちにあがりこむ日が来るとはね」

丸い黒眼鏡をかけたおかっぱ頭のタマは、にこりともせずに前を向いて足をさすっていた。小さな机と椅子《いす》が並んだせまい生活スペースで、はやめの夕食をとっていたらしい。

老人はおそろしく早寝早起きだからな、とキューは思った。

「うっそ。え、ここ、タマちゃんの家？　なに、この植物？　そんで、なんでこんな下階も下階の、最下層なんかに住んでんの？」

キューはタマの前の椅子《いす》に座《すわ》りこんで勝手にお茶をぐびっと飲んだ。うえー、と舌を出して湯飲みをさかさにすると、中身が床《ゆか》に飛び散った。

「まっず。なにこのお茶？」

「……足にいいんだよ。健康な若者は飲まなくてよろしい」

「こんなまずいもん飲んでたら、よけい足を悪くするんじゃないの。あは。タマちゃん、そっかあ。そういや、あんたはあの乗り場の受付、日中だけの契約《けいやく》だもんね」

「おかげで夜はおまえみたいなクズの相手をせずにすんでるよ」

タマは眉間《みけん》にしわを寄せながら手探《てさぐ》りで湯飲みを奪《うば》い返し、急須《きゅうす》のお茶をそそいですった。はあ、とため息をつき、片方の眉《まゆ》をつりあげてキューのほうへ顔を向ける。

「それで、届け物を壊《こわ》してやいないだろうね？」

「え？　あ、そうか。おれ、仕事中だったっけ」

キューはへらへら笑ってナップザックをひっくり返した。コエダがきゃんと悲鳴をあげながら床《ゆか》に落ちる。ざらざらと落ちた小包の山をあさって、キューはそれをうやうやしくタマにさしだした。

「はい、タマちゃん。おれからのプレゼント！」

「ふん。壊《こわ》れていたら金は出さないからね」

「あはは。壊《こわ》れるようなもんじゃないでしょ、これは」

ビニール製の袋《ふくろ》の上からでもわかるくらいにやわらかい小包を受け取ったタマは、ぴたりと動きを止めた。

「どうしたの？　もしかして触《さわ》っただけで中の状態がわかるとか？　タマちゃんって目が見えないんじゃなくて、千里眼の持ち主だったりして」

「……これ、あたし宛《あ》てじゃないだろ。受取人と差出人はどうなってる」

「は？　ちゃんとタマちゃん宛《あ》てだよ。おれが間違《まちが》えるわけないだろ。字は読めるよ」

「……待ってたやつじゃないね」

「そう？」

「差出人はだれだい？」

キューはタマから小包を受け取って読んだ。足元では、コエダがこぼれたお茶をなめ、きゃんと飛びのいて舌を前足でひっかいた。

「七四地区、への5、72の55。フナキ修理工」

「修理工だ。たしかに出したんだ」

「なにを？」

タマは一瞬《いっしゅん》口ごもり、かすかに首をふって言った。

「ラジオだよ」

キューはありありと思い起こしていた。たしかにあった。古い、何十年も前に型落ちしたような、質にも入れる価値のないラジオ。確認したあと、ちゃんと包み直して……。

いやな予感がして、キューはテープをはがして中のものを引っぱりだした。

ああ、うそだろ。

座《すわ》っていた椅子《いす》の背もたれに身をあずけ、キューは顔をおおって息をつく。

「あー……。やっちゃった……」

キューが机に置いたそれを、タマは手を伸《の》ばしてつかみ、だまりこくった。

目がきらきらした、古びた黄緑色の、カメのぬいぐるみ。質屋に入れてもたいした値はつかないだろう。そう思って気にとめなかったのを覚えている。

キューは今朝、いくつかの小包をいっぺんに開けて中を調べた。一応、なにがどの包みかは、ちゃんと見ていたはずだ。だけど、そう……風が強くて、包みが飛ばされそうになったりして、ずれたんだ。

「くっそ。めんどくせえ……」

中身が入れ替《か》わっているなんてわかったら、キューは配達人としての仕事を失ってしまう。確実に。

ばれる前に、なんとか戻《もど》さないといけない。少なくとも、タマを納得させなければ。

タマ以外だったら、問い合わせもなくごまかし通せるかもしれない。中身がちがうことにすら気づかないバカは、この街にはごまんといる。

キューははっとして足元の小包を机の上に乗せ、小さなカッターを出して中身をあらためた。ラジオ、ないか。この中にあれば、首がつながる。

「……ない」

青くなりながら、キューはおそるおそるタマを見た。カメの甲《こう》をゆっくりともんでいたタマは、前を向いてだまっている。

「……タマちゃん、そのぬいぐるみ、気に入った？　ラジオ、なくても平気？」

「あれは大切なラジオなんだ」

タマはきっぱりと言った。

「手元に戻《もど》ってこないなら、おまえを訴《うった》える」

「そんなー。おれとタマちゃんの仲じゃん！」

「だまれ、クズ」

タマはぬいぐるみをひっくり返した。おなかの部分に小さなボタンが並んでいる。それを、タマはひとつひとつ、引きちぎりはじめた。

「ちょっと、タマちゃん！　なにしてくれてんの？」

「ちゃんと元通りに縫《ぬ》うよ、アホ」

「あっ。アホって言った！　ねえ、クズとアホ、どっちがひどいの？」

「このぬいぐるみ、ただの思い出の品じゃなさそうだね」

「へ？」

ボタンをちぎられ、おなかをはがされたカメのぬいぐるみには、真新しいポリエステルの綿が詰《つ》めこまれていた。タマが中に指をさしいれる。

キューは青ざめた。ベストのポケットからのぞいた紙巻きタバコが、燃えあがるんじゃないかと思った。

「これはまた、ずいぶんなつかしい手触《てざわ》りだね」

タマはのんきな調子で言った。

ぬいぐるみから出てきたそれは、ぎちっと丸められ、輪ゴムでくくられていた。まぎれもない、形のある紙片《しへん》、何十枚も重ねて小さく折られた厚み、その一枚一枚にゼロが四つ並んだ、とんでもない金額の紙幣《しへい》――現金だった。

2 脚の値段

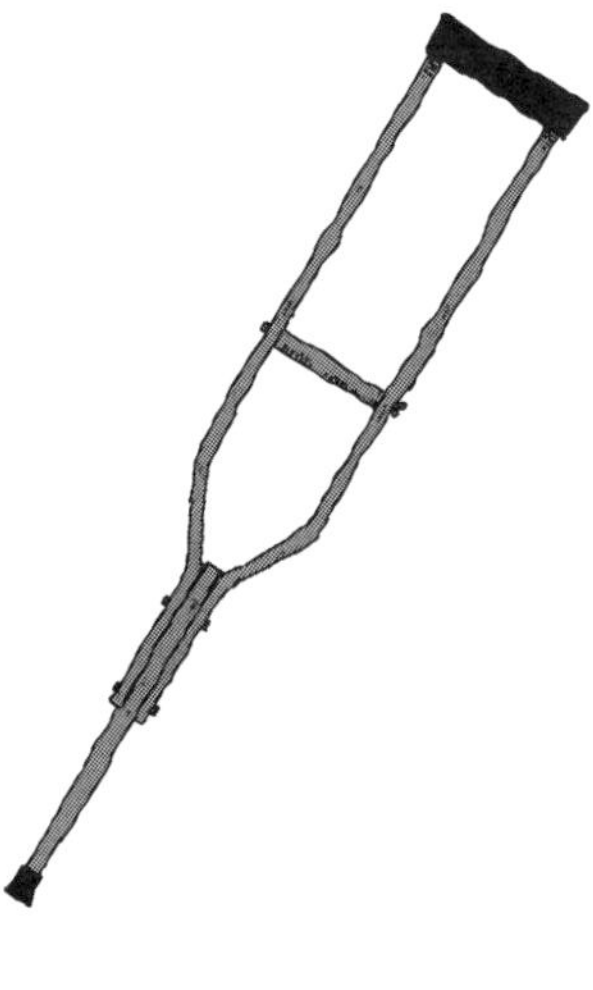

サクラとショウは、その家のブザーを鳴らす前に顔を見あわせた。

「足はどう？」

たずねるショウに、サクラはほほ笑《え》んでみせた。短い髪《かみ》は風になびき、頬《ほお》にはそばかすが目立つ。

「大丈夫《だいじょうぶ》、今日は調子がいいから」

「本当？　なら、やめとく？」

サクラは笑って首をふった。

「なんでショウがびびってんの」

「だって……今のままでも平気なら、べつにこんなとこ来なくたって……」

ショウはうさんくさい目つきで壁《かべ》にかかった看板を見あげた。サクラも、そこに書かれた漢字を不安げに見る。

「漢字、読める？」

「えっと……最後のこれはわかる。『士』だ。たしか、戦う人間とか、そういう意味だった気がする」

　難しい顔をするショウを、サクラは不審《ふしん》げに見た。

「ほんとに？」

「たしかそうだ。こわいな。もしけんかっ早い人だったら……」

「ちょっと、やめてよ。ちがう意味かもしれないんでしょ？」

「たぶんそうだよ。いや、ぜったいそうだ。サクラ、やめよう。今日はもう帰って……」

「せっかくここまで来たのに？」

　ショウはだまりこんだ。

　そう、ふたりは「せっかく」来たのだ。ここまで、ずいぶん苦労して。

「ここで間違《まちが》いはないんだよね？」

「……ああ、住所は合ってる」

「よかった」

「先生も、ちゃんと伝言人を送ったって言ってたし、大丈夫《だいじょうぶ》だとは思うけど……」

「なら、大丈夫《だいじょうぶ》だよ」

　りんとした顔でほほ笑《え》み、サクラは恋人《こいびと》の背をたたいた。

「ほら！　私がショウを励《はげ》ましてたんじゃ、あべこべじゃない！」

「……サクラ。おれは、このままでもいいと思うよ」

サクラは口をつぐんだ。ショウがなにかつづける前に、彼女《かのじょ》はブザーを鳴らした。

「サクラ……」

「決めたのは、私なの」

顔をあげて、サクラはドアが開くのを待った。ショウは「ごめん」と言って、彼女《かのじょ》の肩《かた》にそっと手をまわす。

南端《なんたん》の街の、最西端《さいせいたん》だった。

崖《がけ》っぷちのここからは建物に視界をさえぎられることなく海がのぞめ、用のある人間しか近寄らないのでひたすら静かだ。それでも西向きという立地のせいで、日中の多くの時間、陽が差さない。

中階のおだやかな界隈《かいわい》。

恋人《こいびと》同士が身を寄せ合って立っているのは、影《かげ》におおわれた、平凡《へいぼん》なコンテナ規格の家の前。玄関《げんかん》先に捨て置かれたような小さな鉢《はち》には雑草が何本か生え、海風にゆれていた。

街の内側から見かける人がいたら、海と空の青が光って、ふたりの姿は真っ黒なシルエットに見えただろう。

内側からドアが開き、ふたりは緊張《きんちょう》して姿勢をただした。細く開けられたドアの中は、海からの光で目がくらむせいか、暗くてよく見えない。

くぐもった女の声が響《ひび》く。

「どちらさま?」

くちびるをなめ、サクラが口を開いた。

「メイ先生の紹介《しょうかい》で来ました。コトウサクラです」

ドアの向こうの人間はなにも言わない。ドアを細く開け、顔も見せない。

「あの。……紹介状《しょうかいじょう》が」

肩にかけたウエストポーチをあさるサクラ。彼女《かのじょ》を支えつつ、ショウはうさんくささをぬぐえない目で家主をうかがった。

「これです」

サクラがカワラを起動させ、画面を向ける。ドアが大きく開かれ、中の人物が一歩前に出た。

ふたりは口を閉ざした。

家主の顔は、半分以上が見えなかった。

彫刻師《ちょうこくし》が造る、損傷した顔を隠《かく》すための仮面。右目と顔の下半分をすっぽりとおおう仮面は、そうした意図のものだと、メイ先生のもとに通うサクラにはわかった。

「拝見します」

仮面の向こうから発せられる言葉はくぐもって、妙《みょう》な広がりを持っていた。サクラは書面を表示したカワラを渡《わた》すと、杖《つえ》をにぎり直した。

仮面の女がひとつだけのぞいた目で、カワラの文字を追う。白い仮面はのっぺりとして、不自然に整っていた。白く、ぴたりと顔にはめこまれていて、右目の部分には穴もない。彼女《かのじょ》には右目がないのだと、サクラは気づいた。

紹介状《しょうかいじょう》を女が読むまでの、短い沈黙《ちんもく》。海風が三人の服をゆらし、仮面の女の長い前髪《まえがみ》をなびかせた。

「はい、たしかに。私のもとにもメイ先生から伝言が届いています」

仮面の女はカワラをサクラに返し、下がってドアを押《お》し広げた。

「すみません。立っているのはつらかったでしょう」

サクラは礼を言った。彼女《かのじょ》の左足は太ももの中ほどからなく、木の棒のような義足があてがわれていた。

ふたりが中に入るまで、仮面の女がドアを支えてくれた。ドアの横にかけられた看板には、漢字でこう書かれていた——義肢《ぎし》装具士、と。

サクラとショウは家の中でぽかんと口を開けてしまった。

白い壁《かべ》、清潔な空間。そしておびただしい彫刻《ちょうこく》の数々。

それらは人の一部の形をなしていた。仮面、腕《うで》、脚《あし》、手、指。人間と同じサイズの骨格標本や、かつらや義眼の並んだ棚《たな》――。

ここは彼女《かのじょ》の居室であり、作業場でもあり、診療所《しんりょう》でもあるのだろう。奥《おく》にベッドがあり、ゆるくみだれた衣服や寝具《しんぐ》などに生活感がある。プラスチック製の作業机がボルトで床《ゆか》に固定され、見慣れない器具やプラスチックのかけら、コンパスなどが散乱していた。

「そこにかけてください。サクラさん、でしたね」

仮面の女は入ってすぐ右手にある台所に立ち、湯を沸《わ》かした。

「それから、お連れさんも」

「婚約者《こんやくしゃ》のショウです」

相手の間違《まちが》いをそれとなくただすような口ぶりでショウが言った。ショウは背もたれのついた椅子《いす》にサクラを座《すわ》らせ、自分はシンプルな丸椅子《いす》におさまっている。

仮面の女はやかんに手をかけたまま、ふり返って会釈《えしゃく》した。

「そうでしたか。よかった」

その目が笑《え》みをたたえているのにサクラは気づいた。それまで女のまわりに張りめぐらされていた見えない壁《かべ》がぱりんと割れて、安心した、おだやかな雰囲気《ふんいき》があふれ出てくる。

「私はただの技師です。医者ではありません。ですが、患者《かんじゃ》のためにできることはいたします」

サクラは頭を下げた。

「ありがとうございます」

「いえ。メイ先生にはお世話になってますから」

その言葉にはしかし、どこか違和《いわ》感を覚えた。

事実上はたしかに世話になっているから、しぶしぶ認めているような、そんなふうにもとれる言い方だ。あまり仲はよくないのだろうかと、サクラは邪推《じゃすい》した。

ふたたび背を向けてお茶の準備をする女を見ながら、ショウは仮面を揶揄《やゆ》する身ぶりをしてみせた。サクラがその太ももをたたき、やめろと顔だけで伝える。

「メイ先生とは、お仕事仲間ですか？」

サクラが明るくたずねると、女は棚《たな》からキヌア煎餅《せんべい》の缶《かん》を引っぱりだしてステンレス皿にうつし、いえ、と答えてふたりの前に置いた。

「私はただの患者《かんじゃ》でした。先生が治せなかった部分を、私が造ることにしたんです」

湯が沸《わ》いた。不揃《ふぞろ》いの湯飲みがふたつ出され、それぞれにお茶がそそがれる。

「バイオ茶しかありませんが」

「十分です、ありがとうございます」

サクラはいそいで言った。

「あの、先生の分は……？」

「私は先生と呼ばれるような人間じゃありませんよ」

女は答え、大きいほうの湯飲みをサクラに渡《わた》して目を細めた。笑っているのがぎりぎりわかる。目しか見えないから、彼女《かのじょ》の表情がつかみにくい。

「私はミケです。人前では仮面を取らないことにしていますので、ご安心を」

サクラは少し戸惑《とまど》うように笑った。ショウは笑《え》みを浮《う》かべていいのかすら判断しかねているようだ。

ミケは大きめの規格のカワラを起動すると、ふたりの前に座《すわ》った。たらした前髪《まえがみ》を耳にかけて、左目でサクラをじっと見つめる。ひじまである白い作業用の手甲《てっこう》の下から、美しい蝶《ちょう》の彫《ほ》り物がのぞいていた。

「それでは、問診《もんしん》をはじめてよろしいですか」

「はい」

あわてて湯飲みをおろすサクラの手を、ミケは止めるように触《ふ》れた。

「お茶は飲んでいて大丈夫《だいじょうぶ》です。リラックスしてください」

「……はい」

ミケが目元で笑いかけ、背もたれに身をあずけてうなずく。

「ぼくも……いて大丈夫《だいじょうぶ》ですか?」

ショウが居心地《いごこち》悪そうにたずねる。ミケはあごをひいて彼《かれ》を見た。仮面の頬《ほお》も、唇《くちびる》も、一切動かないから表情がわからない。それでも、たったひとつのぞいた目は、すんでいて美しい。

「彼女《かのじょ》への質問を横から奪《うば》って話しはじめたりしなければ、ここにいていいですよ」

思わず、サクラは吹《ふ》き出した。

「ミケさん、この人にそれがまんできるか、微妙《びみょう》です」

「ひどいな、サクラ。そんなことないだろ?」

サクラはくすくす笑った。ショウはむっとしつつも、どこか緊張《きんちょう》がほぐれたように、肩《かた》をすくめてミケにうなずく。

「じゃあ、口をはさんでべらべらひとりラジオをはじめないように、気をつけます」

「そうしてください」

ミケははじめて、声をたててくすっと笑った。その声は仮面の内側に当たってくぐもり、

ほんの少しだけショウの顔をこわばらせたが、彼《かれ》はすぐにほほ笑《え》んだ。

「では……その脚《あし》は、生まれつきで？」

「いいえ。ちょうど二年前、事故にあって――」

それから、サクラは話した。お茶を飲み、ときどき煎餅《せんべい》に手を伸《の》ばしながら。

ミケは最低限のことしかたずねなかった。サクラが売り子として働いていたことや、脚《あし》がなくなった当時の混乱よりも、現在の脚《あし》の具合をたずね、いまの生活でどんな不便があるかを知りたがった。かつて、サクラにどんな友だちがいて、どんな仲間と暮らしたか。信頼《しんらい》できる親方とどこまでも出向き、なにを売ったか――メイ先生には幾度《いくど》となく話したそれらを、ミケはきかなかった。淡々《たんたん》と、必要最低限の話だけをつづけるよう、サクラをうながした。

サクラはひとつひとつまじめに答え、ショウはとなりでだまってきいていた。

脚《あし》を失ったことも、そのあとの不便な生活も、だんだんと人が遠ざかり、孤独《こどく》が生活にしみこんできたことにさえ、すでに彼女《かのじょ》は慣れはじめていて、話すことに苦痛はそれほどなかった。

事故にあった直後は、毎日が地獄《じごく》だった。

生きる意味などない気がして、ショウとの婚約《こんやく》を解消したいと泣きわめいた。いつか戻《もど》ってきてくれと言ってくれた親方に、皮肉ですかと詰《つ》め寄った。腫《は》れ物に触《ふ》れるような態度をとった友人にも、適度な距離《きょり》を保ってくれた同居人にも恨《うら》み言を言いつのり、人々をイラつかせた。

　気の短い者は怒《いか》りの言葉とともに去っていき、忍耐《にんたい》強かった人たちまでも、やがて潮が引くようにサクラから遠のいていった。仲の良さや血のつながりは関係なかった。人は理《り》不尽《ふじん》な目にあいつづければ、その人のもとを去る。その当たり前にサクラは気づかず、自《じ》業《ごう》自得の結果にショックを受けた。

　いつしか、サクラは数階分家の高さを落とし、ショウとふたりで暮らすようになっていた。絶望し、泣き暮らしながらも、現実はそう簡単にサクラを逃《の》がしてはくれない。痛みに歯を食いしばり、なだめすかされながら、リハビリを耐《た》えぬいた。

　それでも、二年という歳月《さいげつ》が、なにもかもを慣らしてしまった。

　つらい気持ちはある。すっかり元気を取り戻《もど》せたかというと、それはうそだ。それでも当時のつらさに比べると、心はすこぶるおだやかだ。

　ふり返ってみると、こんなふうに思えるようになったのはすべて、ショウのおかげだった。脚《あし》をなくしたことをさっ引いても、サクラは周りに最低な態度をとりつづけていた。いちばん近くにいたショウは、いちばんの被害者《ひがいしゃ》だ。なのに、そばにいてサクラを支えつづけた。
ミケに話しながら、サクラは無意識にショウの手をにぎった。つらい過去を話している
わけではなかったのに、自然と意識のかけらが呼び覚まされ、罪悪感がせりあがる。ショ
ウはサクラの手をとって、ぐっとにぎりしめた。
「……よくわかりました」
話し終えたあと、ミケはふたたび立ち上がり、湯を沸《わ》かした。今度はやかんではなく、
この家でいちばん容量のある、寸胴《ずんどう》の鍋《なべ》で。
彼女《かのじょ》は見た目のおそろしげな風貌《ふうぼう》に反して、至極《しごく》おだやかにサクラの言葉をきいていた。
が、鍋《なべ》を電気コンロに乗せる手つきは、どこか荒々《あらあら》しく、怒《いか》りさえ感じる。
「ミケさん、お手伝いできることがありますか？」
ショウがおそるおそる声をかけると、ミケはふり向いて首をふった。怒《おこ》っているのか、
笑っているのか。目だけではわかりにくい。
「あとは沸《わ》くのを待つだけですから。ありがとうございます」
ミケはふたりの前に腰《こし》かけ、机に散乱している器具や部品を腕《うで》ですみへよけると（いく
つか金属片《へん》が落ちたが、ミケは気にとめなかった）ふたりの前に腰《こし》かけ、たったいま自分
でカワラに書き付けたカルテに目を落とし、眉間《みけん》にしわを寄せた。

やはり、怒《おこ》っている。

「メイ先生は医師としては最高の先生です。ですが……」

そのつづきを言おうかどうか、迷っているようだった。

「……あの人は、義肢《ぎし》を造るのに最適な人とは言えません」

サクラとショウはそっと目を見交《みか》わした。

「でも……少しずつですけど、出歩けるようになったのは先生の造った義足のおかげです。

それまでは、家の中を歩くのもままならなくて……」

「家の中くらいなら、歩けるでしょう。その義足でも、杖《つえ》を頼《たよ》れば」

サクラは椅子《いす》に立てかけた自分の杖《つえ》をそっと見た。

「問題は、この街が高低差だらけだということです。ちょっと友だちの家に行くのにも、階段やはしごを使わねばならない。ちょっとした段差やすきまを、飛びこえなくてはならない。幅《はば》三センチの穴の開いた金網《かなあみ》の上を、歩かねばならない」

サクラはくちびるを引き結んだ。

メイ先生の診療所《しんりょう》で出会った人々を思い出した。

この街では、足を踏《ふ》み外して落ちたり、手足をはさんで怪我《けが》をしたりする人がときどきいる。子どもや老人はとくにあぶない。障害が残れば、ひとりで街を出歩くことはできなくなる。街にはカゴ屋と呼ばれる、客を背負ってどこへでも連れて行く職業の者もいるし、代買屋という、代わりに買い出しをしてくれる者もいるにはいる。だが、毎回彼《かれ》らを利用していては、いくら糸目があってもたりなくなる。

メイ先生の診療《しんりょう》所には、ひとりで出歩けなくなった人がたくさんいた。大勢でせまいコンテナにぎゅうぎゅう入院し、リハビリを重ね、それでも快方の見込《みこ》みが立たないときは、ほかの患者《かんじゃ》に場所をゆずるため、出て行かなければならない。そうして彼《かれ》らは最終的に、最下層へ移り住む。

歩けない人間にとって、海はいい移動手段になる。公務員として認められれば小さな舟を貸し与《あた》えられ、渡《わた》し守の仕事ができるかもしれない。人の目が気になるならば、漁業をはじめることもできるだろう。最下層ならば、衰《おとろ》えがちな体力をつけるために海で泳ぐこともできるので、メイ先生は悪いことばかりではないと言う。

だが、サクラにはとても受け入れられない話だった。

だいたい、海で泳ぐなんて……。

海はきたない。街の排水《はいすい》が垂れ流されているし、そもそも汚染《おせん》物質がよどんでいる。浄《じょう》水器《すいき》に通さなければ、雨水だって飲めたものではない。

サクラはあせりはじめていた。これ以上住む階を下げるのはいやだった。自分は歩けるのだと、信じていたかった。

「教えてください。今日、ここへ来るまでに、いったい何時間かけました？」

ミケの言葉に、サクラはにぎっていた両手の指を強くからませ、息をはき出して答えた。

「……三時間半」

ミケはカワラに目を落とす。そこには、サクラの住所が記載《きさい》されているはずだ。

「こことおなじ八五地区に住んでいて、三時間半」

「でも……ここは崖《がけ》っぷちだから、少し時間がかかったんです。な、サクラ？」

ショウが言って、なぐさめるようにサクラの肩《かた》をさすった。ミケはしずかに首をふる。

「ショウさん。その種のなぐさめは、やさしさではありませんよ」

となりで恋人《こいびと》が言葉を途切《とぎ》らせた。サクラはミケを真正面に見すえ、ぐっと手をにぎりしめる。

わかっていた、本当は。

健康な脚《あし》なら、三十分の距離《きょり》だ。それを、三時間もよけいにかけなければならなかった。

こんなもの、歩けているとは言えない。

自立しているとは言えない。

「あなたのいまつけている義足はまったくひどいものです。怒《いか》りさえ覚えます」

ミケはカワラをテーブルにたたきつけるように置いた。

「こんなものを患者《かんじゃ》に渡《わた》して、平気でいられる医者も医者です」

反射的に、ショウが顔をあげた。

「その言い方は、失礼なんじゃありませんか」

サクラは「ショウ」と恋人《こいびと》の手をとった。ショウは半分腰《こし》を浮《う》かしている。

「メイ先生はこの二年、サクラのために本当によくしてくれたんです。そりゃ、義足のことではあなたにかなわないかもしれないけど……」

「ショウ、いいから」

ミケは腕《うで》を組み、じっとショウを見ていた。にらんでいるのか、ただ見つめているのか、よくわからない。

「私は技師です。サクラさんがこの二年、どのような治療《ちりょう》を受けたのかは知りません」

「なら、メイ先生のことを、あれこれ悪く言うもんじゃないでしょう?」

「メイ先生は医師です。あの人は義足のことをなにも知らない」

ミケはきっぱりと言った。

「私が怒《おこ》っているのは、メイ先生がひどい義足を造ったことではありません。ひどい義足しか造れないくせに、患者《かんじゃ》をまっすぐ私のところへよこさなかったことです」

サクラは恋人《こいびと》の服のすそをぐいぐいと引っぱったものの、ショウは動かなかった。ミケは冷ややかにショウを見つめ、ため息をついた。

「まあ、理由はなんとなく想像がつきます。メイ先生は私のことをあまりよく思っていませんから。ですが、患者《かんじゃ》のことを第一に考えるなら、個人的な感情で患者《かんじゃ》を技師に紹介《しょうかい》しないなんて、ありえないでしょう」

「メイ先生があなたのことをよく思っていないのは、なんでだと思います？」

サクラはショウの左手をつねった。

「さあ、ご本人にきいてください」

「あなたの意見がききたい」

「ショウ、いい加減にして！」

サクラがきつい声を出すと、ショウはしぶしぶ引き下がった。

「……すみません、言いすぎました」

彼《かれ》はこういうところがある。なにかが気になると、まわりが見えなくなるのだ。

サクラはミケに謝った。

「……いえ」

ミケはぎこちなく座《すわ》り直してため息をつくと、わずかに頭を下げた。

「こちらこそ、すみません。私も言葉がきつかったですね」

サクラはそっとショウを横目で見た。ショウは「いえ、まあ」と答え、ちらっとサクラを見て、「ごめん」とつぶやいた。

「ミケさん。私の義足の話をしていただけますか？」

「はい、そうですね」

ミケはふたたびカワラを手にしてカルテを表示し、咳払《せきばら》いした。サクラはその手がかすかに震《ふる》えているのに気づいた。

――さっきは強気な態度を見せたけれど。

サクラはふと思った。

――本当はこの人、気が弱いのかもしれない――。

「そうですね……ひざ上からの義足は造るのが難しく、私も造るのは二度目になります。以前に造った患者《かんじゃ》さんはもともとご高齢《こうれい》であまり街を出歩かない方だったのですが、使い心地《ごこち》のお話をきくかぎり、性能は問題ないと思います」

「そうですか」

「とはいえ、前のように歩けるとは言いません。健康だったときの倍は時間がかかると考えてください。しかし、杖《つえ》は要《い》らなくなります。サクラさん」

ミケの目が、まっすぐサクラにそそがれる。サクラはどきりとした。大きな黒い瞳《ひとみ》が、サクラをとらえた。

「新しい義足なら、この家まで一時間……いえ、四十五分で歩けるようになります。杖《つえ》なしで。恋人《こいびと》の手を借りずに、どこへでも行けるようになると、お約束します」

サクラは胸がいっぱいになった。ショウに笑いかけ、寄りそうように体をかたむけると、恋人《こいびと》はそっとサクラを抱《だ》きしめた。

「先生、最後のひと言は余計ですよ。ぼくなしでサクラが遊び歩けるようになったら、ちょっと困る。ほかに男を作っちゃうかも」

サクラは跳《は》ね起きてショウの肩《かた》をたたいた。

「もう！　そんなこと、したことないでしょ？」

「そうですね。私の経験では、そういう心配をする人間のほうがあやしいわ」

ミケはいたずらっぽく笑った。

あ、わかる。サクラは思った。

彼女《かのじょ》の表情が、少しわかるようになってきた。

魔法《まほう》のように、こわばった空気がなごんだ。

「では、具体的にどうすればいいか調べるために、触診《しょくしん》に入ります。できれば今日中に型をとっておきたいです。素材とデザインを決めて、リハビリの日取りも決めてしまいましょう」

「一日でそんなにできますか？」

「そうですね。本当なら、何回か通ってもらいたいところですが……」

ミケは考えるように目をそらし、少しためらいながらサクラを見た。

「もし、サクラさんがかまわなければ。ここにしばらく、入院という形で泊《と》まっていきませんか？　患者《かんじゃ》用のベッドはないので、私のを使ってもらいますが……」

「でも……それじゃミケさんはどこで寝《ね》るんです？」

「私は、床《ゆか》で」

「そんな！　私が床《ゆか》で寝《ね》ます！」

おいおい、とショウがあきれたように笑った。

「ふたりで並んで寝《ね》たらどうかな？」

コンテナ規格のワンルームでは、ミケのベッドもすぐ見えるところに置かれている。

ゆったりと、ふたりが横になれるサイズだと、だれの目にもあきらかだった。

サクラは不安になった。ミケはだれかと同棲《どうせい》しているのではないかと、とっさに思ったからだ。普通《ふつう》、この高さの階に住む女性は、ひとり暮らしなどしない。

「サクラさんがかまわなければ、私は大丈夫《だいじょうぶ》です」

「でも……」

サクラは視線をさまよわせた。仕事道具以外には片付いた印象の部屋。キッチンの流しのそばにある、一人分のタオルや歯ブラシ。

ここに入ったときから抱《いだ》いていた違和感《いわかん》が次第に大きくなる。

この家には、ミケ以外の、同居人の気配がない。

恋人《こいびと》や、血のつながった家族でなくともかまわない。普通《ふつう》はだれかと暮らすものだ。

この街ではすべての人間が家族みたいなものだから、少しでも気が合えば家を共有する。コンテナ規格の家はひとりで住むには広すぎるし、家賃やそろえるべき家電のことを考えると、ひとり暮らしは不便が多い。サクラも事故にあうまでは数人の女友達と一緒《いっしょ》に暮らしていたし、いまの家にショウとふたりで暮らすのも、どこかさみしいと思っていたくらいだ。

ふたりきりで暮らすような人間は、お互《たが》い以外見えていないおしどり夫婦か、下層にちかい階に暮らす、心に余裕《よゆう》のない人々くらい。

ひとりきりで暮らすのは、最下層の人間か、偏屈《へんくつ》な老人か、よっぽどの変人か――。

「私はひとりでここに暮らしています。壊《こわ》れやすい部品なども置いてありますから、そのほうが気楽なんです」

ミケがこともなげに言うと、ショウはちょっと笑ってサクラをこづいた。

「だってさ。サクラ、壊《こわ》すなよ」

「そんなことしないよ！」

くすくす笑う恋人《こいびと》をにらみつけ、サクラはあらためてミケに頭を下げた。

「なにもかも、すみません。よろしくおねがいします」

「はい、こちらこそ」

ミケが目を細めてうなずく。きっとほほ笑《え》んでいるのだ。それがわかる。

片道三時間半かかるサクラがミケの家に通うのは、たしかに現実的ではない。泊《と》まりで義足を造ってもらうのは当然の流れだと思えた。

しかし同時に、不安もあった。

人前では仮面を取らないと言ったミケ。それはおそらく、彼女《かのじょ》自身が人に見られたくないという意味でもあるだろう。ひとりで暮らしているのだって、仮面の下を気にしているからではないのか。

サクラはかまわない。その仮面の下になにがあったとしても——あるいは、なにがなかったとしても——きちんと受け入れるつもりだ。こわがったり、気味悪がったりしないと心に誓《ちか》う。

しかし、ミケ自身はどうなのだろう。

サクラが泊《と》まっても、本当にかまわないのだろうか。

ショウはサクラの着替《きが》えをとりに、一度家に戻《もど》ることになった。

ふたりは同棲《どうせい》をはじめて一年半になる。サクラの同居人が次々と出て行って家賃の負担が大きくなり、引っ越《こ》しをせまられたときに、ショウがいまの家を見つけてきた。長らく放置された空き家で、すきま風だらけだし家電はないし、鋳掛《いか》け屋——壊れた金属製の道具を直す仕事だ——をしているショウの商売先からも、行きつけの屋台や銭湯からも遠く離《はな》れてしまった。それでも、休みの日に壁《かべ》や屋根を修理し、となり近所にあいさつをかわし、なんとかやってきた。

「大丈夫《だいじょうぶ》？　急に決まっちゃったけど」

玄関《げんかん》先までショウを見送ると、小声できかれた。ミケは型をとるのに使うと言って、あれこれと器具を鍋《なべ》の熱湯にほうりこんでいる。

「もちろん。脚《あし》のためだし、ミケさんはいい人そうだし。なんの問題もないよ」

サクラが答えると、ショウはドアのすきまからミケをうかがい、もう一段低い声でつづけた。

「ミケさん、ちょっと無理してるよな。やけに明るくふるまってるっていうか……」

「そう?」

サクラは話半分に相づちを打つ。ショウはなんとしてでもミケを悪くとらえたいのだろう。これは彼《かれ》のくせみたいなものだ。一度不快に思ったら、それがつづく。

「私には自然体に見えるけど」

「そんなわけないだろ。あんな顔で。無理してるんだよ」

サクラは少しだけ顔をくもらせた。恋人《こいびと》にはいつも感謝しているが、この人がときどき見せる失礼な態度は、好きになれない。

「考えすぎ」

「いや、絶対そうだって」

「なんでそう思うの?」

「メイ先生、本当は紹介《しょうかい》したくなかったらしいんだ。ミケさんは、精神的にちょっと……変だからって」

心臓がひとつ、どくんとはねた。

ショウは一度きらいと決めたらずっとその人を悪者にしたがるので、サクラは気にしていなかった。先ほどのミケの言い方も、職人のプライドからくる怒《いか》りだろうと思って、どちらかといえば信頼《しんらい》すら覚えた。

だが、メイ先生がはっきり言ったというのなら、話は変わってくる。

「なにそれ。私は聞いてない」

「いや、おれもくわしいことは知らないけど。あの人、昔はものすごい美人だったらしいんだ。なのにいまは、あの顔だろ。こんなへんぴなところに、たったひとりで住んでてさ。ちょっと話すと問題なさそうに見えるけど、逆にそれがこわくないか？」

「ショウ。そろそろ行って」

サクラは恋人《こいびと》の腕《うで》を押《お》した。

「それ以上ききたくない」

「サクラ、気をつけろよ。なんでもにこにこ答えて、怒《おこ》らせないようにな」

サクラはあきれた。

「平気だよ。そんな心配、私はしてない」

「だけど……」

サクラはショウの肩《かた》をぱしっとたたいた。ショウがびくりとして、「ごめん」と口走る。

「技師としての腕《うで》はたしかだって、メイ先生は言ってたでしょ。これ以上食い下がったら怒《おこ》るから。あ、緑のシャツ、忘れないで持ってきてね！」

ショウがなにか言う前に、サクラはドアをぴしゃりと閉じた。杖《つえ》をしっかりと持ち、ふり返る。ミケは作業用のエプロンをつけ、煮沸《しゃふつ》消毒した器具を机の上に並べていた。

ゆっくりと、一歩一歩、彼女《かのじょ》のほうへ歩いていく。

ひたいに汗《あせ》が浮《う》かび、自分でもなさけなくなった。たった五歩かそこらの距離《きょり》を、自分はこんなにも一生懸命《けんめい》、歩かねばならない。

ミケは手を貸さなかった。じっとサクラの歩く姿を見つめ、なにかを心に刻んでいるようだった。

「ここへ座《すわ》ってください」

ミケにうながされるまま、サクラはゆっくりと進み、体の向きを変え、震《ふる》えながら、そろりそろりと腰《こし》をおろした。

ショウの言葉が胸の内でさわぐのを、サクラはむりやり無視した。

なんであんなことを言うのだろう――サクラはこれから、しばらくミケとふたりきりになるというのに。

ミケが椅子《いす》を引っぱってきてサクラの目の前に座《すわ》る。サクラはにこっと笑った。

「義足を外してください。断端《だんたん》を確認します」

サクラはためらった。ミケが首をかしげると、「じつは」ともじもじしながら言う。

「ひとりでは、外すことはできても、つけることができないんです。いつもショウが手を貸してくれて……」

「義足をひとりで着脱《ちゃくだつ》できるようになるのも、リハビリのひとつです。最終的には、それを目指しましょうね」

「……はい」

「いまは私がいますから、大丈夫《だいじょうぶ》ですよ」

「はい」

サクラは普段《ふだん》、義足を着脱《ちゃくだつ》しやすいようにスカートをはいている。それも、座《すわ》ったままでも着られるよう、上からかぶれるワンピースや、ふわりとしたゆとりのあるスカートが多い。しかし、そういったものは海風の多いこの街ではあまり向かない。男も女も、強風が下から吹《ふ》きあげてもいいように、すそをしぼれるもんぺや、ぴったりとした伸縮《しんしゅく》性のズボンをはくのが一般《いっぱん》的だ。今日はサクラも久しぶりにもんぺを棚《たな》の奥《おく》から引っぱりだしてきた。スカートやワンピースは室内用で、内職の人間やパーティー用に売られているが、どれも上階の人間向けで、安くはない。

サクラは義足のすねあたりでしぼったヒモをゆるめ、レーヨン製のもんぺをたくしあげて左脚《ひだりあし》をさらした。ベルトで二重に固定した木製の義足は、ほんの少しだけひざが折れた形状をしている。こうなっていることで、少しだけ歩きやすい。

「思ったとおり、膝継手《ひざつぎて》もなしね」

ミケが眉間《みけん》にしわを寄せて舌打ちした。

「ベルトによる固定タイプ。これではひとりではけないのも無理ないわ。足部もなし。よくぞここまで三時間半で歩けたものね……」

ミケは「外しても?」とたずねた。サクラはどきりとして、あわてて言う。

「自分で外します」

「おねがいします」

顔を赤くしながら、サクラは脚《あし》にしっかりとくくりつけられたベルトを二本、手こずりながら外した。太ももはちょうど真ん中あたりをベルトで圧迫《あっぱく》されているので、いつもにぶい痛みがある。カタンと音がすると、ゆっくりと義足を前へスライドさせる。切断された脚《あし》を包むように加工されたプラスチック製のソケットの内側には、布をきつく巻いている。すぐに蒸れてくさくなってしまうので、人前で外すのがどうしようもなく恥《は》ずかしい。

「この布は、毎日巻いているのですか?」

「はい」

ミケはしばらくだまっていた。じっとサクラの途切《とぎ》れた太ももに目を落とし、やがてうなずく。

「きちんと断端《だんたん》に合う義足を造れば、布をあてがう必要はなくなります。ふん。ま、思ったとおりですが、つまり全部造り直さないといけませんね」

そこで、ふと目をあげ、ほんの少しだけ申し訳なさそうに言う。

「すみません、メイ先生を批判しているわけではないのですが。しかしこれは……」

「いえ、大丈夫《だいじょうぶ》です。私は、わかってますから」

あわてて言うと、ミケはほっとしたように少しだけうなずいた。サクラはおそるおそるたずねた。

「あの……全部造り直すとしたら、どのくらいで……」

「数週間。いえ、もう少しかかるかもしれません。でも、そうですね。二ヶ月はかからないと思います」

「いえ、期間ではなくて、その……」

サクラは真っ赤になってうつむいた。

「値段は……」

ミケの手が、うつむいたサクラの右ひざに置かれた。熱い手だ、とサクラは思った。

「六千円以内で造ります。材料費だけでも、それくらいかかります」

「六千円……」

サクラは息を飲んだ。

お金は、ある。いつか、ショウとふたりでもう少し上に移り住もうと話していた。だから、貯金はある。

ふたりでお金を出し合えばなんとかいい場所に住めそうだと、楽しげに計画していた昔を思い出した。結婚《けっこん》したら、しばらくはふたりきりで暮らそう。ちょっとくらい、そういう時期があってもいい。子どもが生まれたら、だれか家に入れて、一緒《いっしょ》に育てるのを手伝ってもらうだろうから、せめてそれまでのあいだ。いまより高く、見晴らしのいい場所に。そんなふうに、夢を語りあった。

サクラが事故にあったのは、その直後。

彼女《かのじょ》は仕事を失い、友人を失い、なにもかも失い、貯金は少しずつ、確実に減っている。

そしてこの義足を手に入れれば——きれいさっぱり、なくなる。

「新しい義足を使えば日常動作はできるようになりますから、仕事はまた見つかるでしょう」

ミケはサクラの考えを見すかすように言った。

「前のお仕事は、接客だとききました」

「……売り子をしていました。囲い広場や大橋で……」

サクラが答えると、ミケはうなずいた。

「どうりで。笑顔《えがお》がすてきだと思いました」

あらためて言われると、慣れた笑顔《えがお》も作りにくくなるものだ。サクラはぎこちなく笑った。ミケは真剣《しんけん》なまなざしでサクラを見返していた。

「あなたはまだ若い。一度合うものを造れば、一生ものです。部品はときどき交換《こうかん》する必要がありますが、そこまでの額ではありません」

「そう……ですよね」

「絶対に造ったほうがいいです」

「……はい。いえ。造ります。造ってください」

これ以上、ショウに迷惑《めいわく》はかけられない。

せめてひとりで日常生活を送れるようにならなければ、サクラにつきっきりのショウまでも、仕事を失いかねないのだ。

ミケは目元でわかるように笑いかけてくれた。

「さあ、脚《あし》の状態を見せてください」

サクラは布を外した。ミケは肌《はだ》の状態をたしかめ、そっと触《さわ》って「痛いですか?」とたずねる。

「いえ」

「これも平気?」

少し力を強めて皮膚《ひふ》を押《お》す。サクラはうなずいた。

「大丈夫《だいじょうぶ》です」

「問題なさそうですね」

ミケは熱くぬらしたタオルを渡《わた》して「きれいにしてください」と言うと、立ちあがって台所に立ち、白い粉を混ぜ合わせはじめた。サクラがタオルで拭《ふ》いていると、バケツと粉の入ったボウルを持ってきて、サクラの前にどんと置く。

「石膏型《せっこうがた》をとります」

肌《はだ》に離型剤《りけいざい》をぬり、バケツの中に断端《だんたん》を入れ、そこにミケが冷たい石膏《せっこう》を流しこんでいく。サクラはどきどきした。なんだか、楽しい。

「メイ先生は石膏《せっこう》型をとらなかったんですか?」

「はい」

「だから歩くのがつらくなってしまうのね」

ミケは何度目かの舌打ちをした。

ときどき文句を言いつつも、淡々《たんたん》とした仕事ぶりには信頼《しんらい》できるものがあった。

この人なら、大丈夫《だいじょうぶ》だ。ショウはあんなことを言ったけれど、優しくて、よく気のつく、親切な人ではないか。

それは彼女《かのじょ》の左腕《ひだりうで》に彫《ほ》られた蝶《ちょう》の絵柄《えがら》にもあらわれているように思えた。蝶《ちょう》はたしか、頼《たよ》らず生きる、強い魂《たましい》の象徴《しょうちょう》。

「私もどこかに蝶《ちょう》を入れようかな」

笑《え》みを広げてサクラが言うと、ミケははじめきょとんとして、それから自分の左腕《ひだりうで》にある蝶《ちょう》に手を触《ふ》れた。手甲《てっこう》の下に半分隠《かく》れて、網目《あみめ》模様の美しい黒が飛んでいる。

「ああ、これ」

「はい。とってもすてきだから。あ、まねされるのはいやですか?」

「いえ」

ミケは目を細めた。

「光栄ですよ」

よかった、とサクラは手を合わせ、口元を隠《かく》すようにして笑った。

「私、左脚《ひだりあし》に桜を入れていたんです。ほら、木に咲《さ》く花の。雑誌でしか見たことはありませんけど、一応、自分の名前の由来だから」

ミケはうなずいた。

「本当にきれいな花だそうですからね」

そんなふうに言われると、サクラは自分が褒《ほ》められたようでうれしくなる。

「そうだ。義足に絵を入れてもらうのはどうなんでしょう？　だって、私の一部になるわけだから。桜の花のあいだを飛ぶ蝶《ちょう》の絵……すてきじゃありませんか？　彫《ほ》り師さん、義足でも彫《ほ》ってくれると思います？」

ミケは「いいと思いますよ」とやさしげな声でうなずいた。

「そのときには私から彫《ほ》り師さんに、義足の素材に描《か》く方法をお伝えします。楽しみがひとつ、できましたね」

サクラはにこっと笑った。

「今度、ショウに絵図帳のデータを買ってきてもらいます。ううん、買ってきてもらうんじゃなくて、新しい義足をつけて、自分で買いに行こうかな。ミケさんの造った義足で、自分で買いに行って、自分で選ぶんです。それって、すごく……」

サクラは顔を伏《ふ》せた。涙《なみだ》がひとつ、はたりと落ちる。ミケが近づいて、サクラのひざに手を置いた。

「すごく、いいですね。私も楽しみです」

こくこくとうなずいた。胸がいっぱいで、なんとも答えられなかった。

うれしかった。

言葉にならないほど。

ミケが離《はな》れていき、残りの作業に戻《もど》った。器具をしまい、てきぱきと台所や机の上を片付けていく。サクラはこっそりと目をあげ、高揚《こうよう》した気持ちでミケを見た。

ミケとメイ先生のあいだになにがあったかは知らないし、知りたくもない。ふたりの仲が悪かろうと、サクラには関係ない。

だって、ミケは顔が半分なくなっても、自分の仕事をきちんと持って、ひとりで立っている。

それって最高に、かっこいい。

「そろそろ時間です」

ミケはサクラに手を貸して、石膏《せっこう》から断端《だんたん》を引き抜《ぬ》いた。熱くぬらしたタオルでふたたび断端《だんたん》をふき、新しい布を貸してくれた。サクラのつけてきた布は、洗濯《せんたく》場行きの袋《ふくろ》にほうりこまれた。

「まずは仮義足を造ります。ここにある材料で簡単に造りますから、数週間はそれで過ごしてください。いまとった型でソケットを造りますが、何回か調整しないといけないでしょう。なにか質問は？」

「ミケさんは、おいくつですか？」

ミケは目を細めた。サクラは舌を出して笑う。

「あなたよりもずっと年上です」

「でも、お若いですよね。技師としては、かなりベテランって感じなのに」

「そうですね。はじめたのがずっと若かったから。それこそ、いまのあなたよりも若かった」

ミケが技師として学びはじめたのは、顔を半分以上なくして、メイ先生の患者《かんじゃ》になったあと。

「義足をはくお手伝いをしましょうか？」

「おねがいします」

ミケは椅子《いす》に立てかけていた義足をとって舌打ちした。

「それにしても、重いわ」

太ももに義足をさしこみ、ぐっと引っぱりこむ。サクラはひたいに汗《あせ》を浮《う》かべた。ミケがはっとして顔をあげる。

「痛いですか?」

「大丈夫《だいじょうぶ》です。つけるときは、いつもこうだから」

ミケは眉間《みけん》にしわを寄せた。

「問題だらけね、この義足は」

ミケが「肩《かた》に手を」と言ってくれたので、サクラはありがたくミケの肩《かた》につかまった。

ベルトをきつく締《し》めねば、この義足は歩くときに外れてしまう。

ミケの肩《かた》につかまりながら痛みに耐《た》えていると、腕《うで》に彫《ほ》られた蝶《ちょう》の絵が目に入った。手《て》
甲《こう》がずれて、蝶《ちょう》の絵柄《えがら》があらわになる。そこではじめて気がついた。

蝶《ちょう》が、二匹《ひき》。

一匹《ぴき》は、ミケ本人をあらわしているのだろう。では、もう一匹《ぴき》は——?

気がつくと、サクラはミケの背中を思いきりつかんでいた。装着が終わり、はっとして
手をひっこめる。

「ごめんなさい!　痛くなかったですか」

「いいえ」

にこりと笑いかける、黒い瞳《ひとみ》。

この人は美人だった、とショウは言った。サクラには、それが真実だろうとわかった。

だからこそ、胸がきゅっと苦しくなる。

「それにしても、すごい力だわ。その元気があれば、こわいものなしね」

なんと返せばいいかわからず、ほほ笑《え》んで下を向いた。ベルトをしめられ、赤紫色《むらさきいろ》になりかけてきた肌《はだ》を見ないですむように、もんぺを上から下ろす。

「ミケさん」

サクラは言った。

「ミケさんは、だれかとここに住んだことが……」

そのとき、ブザーが鳴った。

ふたりは顔をあげ、玄関《げんかん》を見た。

「ショウさんですかね」

「早すぎます。あの人、あれもこれもって、迷っちゃうタイプだから」

ミケは少し考え、あ、と思いついたように言った。

「頼《たの》んでいたシリコン樹脂《じゅし》かもしれないわ」

ミケは玄関《げんかん》に立ち、細くドアを開けた。彼女《かのじょ》は人と距離《きょり》をとるタイプなのだなと思いながら、サクラは首をのばした。気の抜《ぬ》けた、若い男の声がした。

「こんにちはー、配達でーす。お荷物、お届けにあがりましたー」

「いつもありがとうございます」

「いえいえ、こちらこそ。あ、コエダ、入るなって」

子犬の鳴き声と、ミケの笑い声。カワラで支払《しはら》いをすませたミケが、ほくほくした様子で戻《もど》る。サクラは小包を持ったミケに首をかしげた。

「配達人に運んでもらっているんですか？　でも、盗《と》られません？」

「え？」

ミケは一瞬《いっしゅん》きょとんとしたが、すぐに、ああ、と笑った。

「これは大陸から取り寄せを申請《しんせい》していた材料なんです。配達人でないと、届けてくれません」

「でも……なら、直接港に引き取りに行くとか」

「大丈夫《だいじょうぶ》ですよ。こんなもの、素人《しろうと》には価値がわかりませんから」

ミケは気楽に言って机に小包を置き、「よかった、これですぐに作業に取りかかれるわ」と言いながらテープを切った。そこで、ぴたりと動きを止める。

「ミケさん？」

ミケは片方だけのぞいた目を、ぱちくりとしばたたいた。そしてプラスチック製の箱に手を差し入れ、そっと中身を取り出した。

「あ」

サクラにも、それがシリコン樹脂《じゅし》でないことくらいはすぐにわかった。

それは、古い型のラジオだった。

3

三本足のガマ

「だからさあ、タマちゃん。おれがうまいことやるから、家で待っててってば」

ナップザックを背負い直しながら、キューは困りはてたように言った。タマはそのうしろを、杖《つえ》を小刻みにふりながらおなじペースでついてくる。

「まじで、ちょっとこわいところに行くんだから」

「なにがこわいもんかね。公務員のとこだろ」

白い杖先《つえさき》がキューのベストの背中をこづく。

「いてっ」

「あんたもあたしも、公務員だろ。なにがこわいもんかい」

「そうだけど、いやそうじゃなくて。ああもう、最下層に住んでたらわかるでしょ?」

すれちがうとび職の男たちがこちらをじろじろ見ていく。キューとタマはすっかり暗くなった上階への階段を、大声でわめきながらあがっていた。

空はカラメル色にうつり変わり、海は青白く発光し、建物と建物のすきまから、白い星がまたたきはじめた。街のあちこちに白や青やオレンジ色の灯《ひ》がともり、屋台の密集する界隈《かいわい》ではおびただしい数の提灯《ちょうちん》に灯《ひ》が入れられて赤く染まった。街のてっぺんで動くクレーンが動きを止め、そこかしこでウィンチが寝静《ねしず》まり、作業者の持つ懐中《かいちゅう》電灯が、ぞろぞろと歩いて帰るスピードに合わせてゆれ動く。

街はどこも今日の仕事を終えたが、北端《ほくたん》の七二地区だけが明るいままだ。機材がまぶしいほどに照らし出されて、掘削機《くっさくき》とサルベージが昼夜を問わず白い煙《けむり》を吐《は》きつづける。

上階へのびる殺風景な階段の踊《おど》り場でも、蛍光《けいこう》灯が明滅《めいめつ》して足元を照らしていた。

「あんたがうまいこと交渉《こうしょう》できるとは思えないね。いいからだまってあたしを連れて行きな」

「ああ、もう。おれ、ややこしいことはごめんだよ……」

「だれのせいでややこしいことになったと思ってんだい」

キューは舌打ちし、へーへー、と気の抜《ぬ》けた返事をしながら階段の手すりにもたれかかって小休止した。ここまでのぼると、そのへんの手すりひとつもきれいに磨《みが》かれていて、キューはどこか落ち着かない気分になる。自分の手脂《てあぶら》で汚《よご》しやしないか、下々の者がこんなところを歩いていると怒《おこ》られるんじゃないか、不遜《ふそん》の罪で罰金《ばっきん》をとられやしないか……

そんなことにはなりっこないって、わかっちゃいるけど。

「どーせ、おれが悪いんでしょ、おれが」

「そうだ、おまえが悪い」

「ふん、最下層に住んでるくせに……」

「きこえてるよ、キュー」

もう！　とキューはじれったそうに階段をあがる。

「いっつも、おれが悪いんだ。くそっ！」

タマはため息をついてキューのあとを歩く。ナップザックから顔を出したコエダが、わん！　と元気に吠《ほ》えた。

しばらくはお目にかかりたくないと思っていた、上階にある白塗《しろぬ》りのコンテナのあいだを、キューはとぼとぼ歩いた。腹立たしいことに、このあたりは室外機までおしゃれに見える。目的地はその中でもとびきりあやしげな豪邸《ごうてい》だ。あらためて見ると、コンテナがへんな角度と高低差で融合《ゆうごう》し、個人宅とはとても思えない。

いや、本当に個人宅ではないのかもしれない。事務所とか、そういうのだろうか。警団ってのはそういうものを構えるんだっけ？　わからない。雲の上の人間が考えることは、キューにはさっぱりだ。

その玄関《げんかん》前には筋肉質の黒服が立ち、手にはバールのようなものを持ってときどきゆらしていた。

「ああ、ほんとにむり」

建物の影《かげ》からのぞきこんでから、キューはさっと頭を引っこめた。

「むり、むり、むり。なにあれ、昼間は玄関《げんかん》前にあんな人いなかったのに！　あっ、もしかしておれがおんぼろのラジオなんか届けたから、厳戒《げんかい》態勢入っちゃったとか？　あれ、おれを待ちかまえてるの？　やばくない？　行ったら身ぐるみはがされちゃうわけ？」

キューの前をすたすたと通りすぎようとするタマを、キューはあわてて引き止めた。

「だから、タマちゃんはじっとしててってば！」

「あんたにまかせてたら日がくれちまうよ」

「どうせいつも真っ暗なんだから、かまわないでしょ？」

「ちゃんと寝《ね》ないと朝のラジオ番組がきけないだろ。修理に出してからずっとご無沙汰《ぶさた》なんだ。明日の朝こそはきく。メリーの歌が流れるかもしれないからね」

キューがあわあわしているうちに、タマはたしかな足取りで歩いていく。白い杖《つえ》を足元でふって、それが玄関《げんかん》先で仁王立ちしている男の靴《くつ》に当たると、ぴたりと止まった。

「すまないね。目が見えないもんで」

「いや、大丈夫《だいじょうぶ》ですよ」

「ところで昼間、ここにアホ面《づら》の配達人が来なかったかい？」

ゴーグルの男はぴくりと眉《まゆ》をあげた。いたたまれなくなったキューは物影《ものかげ》から、だあっと走っていって、男の前でぱっと頭を下げる。

「申し訳ありません！　このばあさん、ちょいとボケはじめておりまして！」

タマの杖先《つえさき》がぴしりとキューのすねを打った。キューは声にならない悲鳴をあげてその場にうずくまる。

「いやね、本当にアホ面《づら》かどうかは知らないんだ。目が見えないからね。だけどアホなことばかりするから、きっと顔にも出てると思うよ。どうだい？」

「たしかに」

男が含《ふく》み笑いするのをききながら、キューはもう帰りたくて仕方なかった。

「昼間、こいつがあたしとおたくの荷物を入れ違《ちが》えちまってね。交換《こうかん》してもらいたいんだ」

タマはあごをそらして淡々《たんたん》と言った。男はじっとタマを観察し、やがて口を開く。

「少し待っていてください、確認します」

タマは「ありがとね」と言って、すぐとなりですねを押《お》さえるキューの首根っこをつかみ、引っぱって立たせた。男は中に半歩入り、ひそひそだれかと相談している。

「タマちゃん……おれ、ややこしいことはごめんだよ……」

「事情を話して交換《こうかん》してもらうだけさね。なにをびびってんだい」

タマが体をこちらに向けて、眉間《みけん》にしわを寄せた。

「まさか、札束から抜《ぬ》いちゃいないだろうね？」

「しないよ！　しないしない！」

キューはあわてて手を振《ふ》りまわした。

「そんなおっそろしいこと、できるわけないでしょ！」

「なにがそんなにこわいんだよ。相手が警団だからかい？」

キューはびくりとして、しいっ！　と口に人差し指をあてた。

「タマちゃん、そういうことは大きな声で言っちゃだめ！」

「なんでさ。あたしは事実を言っただけだよ」

「なんでもかんでも、だめなものはだめ！」

タマは肩《かた》をすくめ、舌打ちをして小声で悪態をついた。

「まだ待たせるのかい。ったく。ひざが痛くなってきた」

相談していた男は戻《もど》ってきてふたりの前で腕《うで》を組み、じろっと見おろしたままだまりこんだ。キューは不安げにタマを見やったが、タマにはなにも見えていないことを思い出し、あのう、とおそるおそる笑いかける。

「それで……お荷物のほうは……」

「おまえ、覚えてるぞ。昼間の兄ちゃんだな」

男はにこりともしない。キューは生きた心地《ここち》がしなかった。

昼間に会った三人の黒ベストのうち、こいつがだれだったかもキューにはよくわからなかった。男たちはみんなおなじに見える。

「ええと……えへへ」

「やっぱり、おまえには金を渡《わた》さなくてもよかったなあ？　適当な仕事をするようなやつが、うちの若《わか》はいちばんきらいなんだよ」

キューは「へへへ」とごまかし笑いをしたけれど、本当は、いますぐきびすを返して家まで走り出したいと思っていた。

コエダはナップザックの中でもぞもぞ動いている。たのむから、おとなしくしててくれよ。

ドアが開いてほかの男が顔を出し（これも、外にいた男とどうちがうのか、キューにはてんで見分けがつかない）うなずいた。見張りの男がタマの肩《かた》に手を触《ふ》れる。

「さ、おばあさん、どうぞ」

「すまないね」

キューはぽかんとして、おそろしげな男が目の見えないタマの手をひき、中へ案内するのを見ていた。タマがちょっと立ち止まってぴしゃりと言う。

「ほら、おまえも来るんだよ、キュー」

キューははっとしてナップザックを背負いなおし、ふたりのあとにつづいた。中でドアを開けていた男が「よお、兄ちゃん」と言ってにやりとする。背中でドアを閉められて、キューは思った。

おれ、ゴミ処理コンテナに詰《つ》めこまれて、海の底に沈《しず》められれんのかな。

中では楽しげな音楽が流れ、カラフルなライトが床《ゆか》や壁《かべ》をうねるように照らしていた。とびきりおしゃれで非実用的な服に身を包んだ男や女が、踊《おど》ったり酒を飲んだり賭博《とばく》に興じたりしている。

見張りの男はタマの手をひいてそっと階段をあがり、中二階の、ホールから丸見えのガラス張りの部屋にふたりを案内した。コンテナハウスを組み合わせただけでよくもここまできらびやかな空間を作り出せたもんだと、キューは呆《あき》れを通り越《こ》して感心していた。雲の上の人間が考えることは、やっぱりキューには、想像のはしっこにもひっかからない。

中二階の部屋では、丸いソファに座《すわ》ってなにやらほの暗い会談が行われている真っ最中のようだった。そのうちのひとり、かぎりなく白にちかいベストを着た若い男が、ぱっとにこやかな笑《え》みを浮《う》かべて立ちあがる。

「やあ、配達人さんじゃないか！　今日のうちに二度も会えるとはね」

そこにいた、賢《かしこ》くて腹黒そうな男や女が、目を見交《みか》わしてそっと立ちあがる。ふたりくらい、灰色のベストを着たやつも混じっている。だが、いちばん白にちかい色のベストを着ているのは、やはりこの中でいちばん若い、例の男だ。

「では、この話はまた」

「ああ、すみませんね。よければ下で楽しんでいってください」

若い男はにこやかに言い、ほかの連中がキューたちをにらみながら出て行くと、歓迎《かんげい》するように腕《うで》を広げた。

「いやあ、配達人さん、よかったよ。あんたに会いたくて仕方なかったんだ。なんだかおれが待っていたのとちがう小包が届いちゃってね、どうしようかと思っていたんだよ。今日中になんにも連絡《れんらく》がなけりゃ、差出人のとこに出向かなくちゃならないかと思っていたんだ――あるいは、配達人さんの家に」

ははは、とキューは生きた心地《ここち》のしない笑い声を立てた。

「よかったっす、その……今日中に来られて。だって、おれの家なんてわからないでしょうし？」

「いやいや。そんなのはいくらでも調べがつくから」

若い男はさらりと言って、ちょっと首をかしげてタマを見た。

「それで、そちらの方は？」

「あたしはあんたとおなじ、この配達人の被害者《ひがい》だよ」

タマはいつもどおりの淡々《たんたん》とした口調で言った。

「このばかが間違《まちが》えて、あんたの荷物をあたしに届けたんだ」

「へえ？」

若い男は細い目を少し広げて、タマをじっと見つめた。キューはどきりとした。男が見つめているのは、タマの腕《うで》で泳ぐ、金魚のイレズミ。

「あ、えっと、タマちゃんは……」

「変わったデザインの金魚ですね」

男はぽつりと言って、ちょっと笑った。

「まるで本物みたいだ」

タマはふんとあごをそらした。

キューはひやひやしながら、男が次にどう出るかを待った。自分たちは追い出されるのか、それとも身ぐるみはがされたあと、追い出されるのか？

けれど男は楽しげにもう一度笑い、とにかく座《すわ》ってください、とふたりに勧《すす》めた。

「なにか飲まれます？」

「いや、おれは、大丈夫《だいじょうぶ》です」

「焼酎《しょうちゅう》はあるかい？」

若い男はにこっと笑って、ここまでふたりを案内してきた男にうなずいた。

「彼女《かのじょ》に最高級の焼酎《しょうちゅう》を持ってきてくれ」

「あたしは芋《いも》しか飲まないよ」

「だ、そうだ」

ドアが閉まり、若い男はゆったりとふたりの向かいに座った。その背の向こうには、ガラス越《ご》しに低い位置でパーティーを楽しんでいる連中がいる。どんな技術が使われているのか知らないが、この部屋にはパーティーの音楽も笑い声も、気味が悪いほどきこえてこない。

キューは緊張《きんちょう》していた。

こわい、のもあるけれど、どこかでわくわくもしていた。

スペースをとる丸いデザインのソファも、やたらつるつるしたガラス製のテーブルも、どこに主電源があるのかわからない間接照明も、この男の着ているやけにいい素材の服も、ラジオや雑誌でしか存在を知らない別世界のものだ。どんなにがむしゃらに稼《かせ》いでも、おそらく一生関われないと思っていた世界。

自分が一瞬《いっしゅん》でもこんな場所にいることが、そもそもの間違《まちが》いであるかのように感じられる。自分はこんなふうに白い家に招き入れられ、ソファをすすめられるような人間だなんてぜんぜん思えない。なのにタマは、どうしてこうも堂々として、芋焼酎《いもじょうちゅう》なんぞ頼《たの》めるのだろう。キューは、たとえ自分が百歳《さい》になっても、タマみたいにひょうひょうとできる気がしなかった。

ソファに腰《こし》かけてナップザックをひざの上に乗せると、もぞもぞと動いてコエダが顔を出し、わん、と吠《ほ》えた。若い男がおしゃれなラベルの酒瓶《さかびん》からグラスにトンバをそそぎ、キューに差し出しながらにこりと笑う。

飲まないと言ったのに。

「いい犬だね。どこで手に入れたの？」

「こいつは、その」

キューはコエダをナップザックごとしっかり抱《だ》きしめて、にこやかな男から守った。

「闘犬場《とうけんじょう》で、強くならないからって、売られてて。値切って買ったんです」

「へえ、闘犬《とうけん》か。よくやるの？」

「いや、おれはあんまり」

キューはばつの悪い思いでコエダから目をそらした。

うそだ。キューは闘犬《とうけん》が大好きだった。賭《か》け事も、犬同士の争いも、鉄の檻《おり》の中に飛び散る血しぶきも、キューをひどく興奮させた。毎週末の試合には必ず顔を出していたくらい。

だが、それもコエダに出会うまでの話だ。

いまは闘犬《とうけん》場へ足を向けるだけでコエダに申し訳なくなってくるし、なにより傷つく犬を見ると他人事に思えなくって、胸が痛い。

仲間からは笑われるが、かまうもんか。

闘犬《とうけん》はもう、楽しくないんだ。これっぽっちも。

「下階ではよくあるんだよね？　闘犬《とうけん》とか、闇市《やみいち》とか。ぜひ行ってみたいなあ。そうだ、今度、連れて行ってくれない？」

いやあ、とキューは首をふる。

「くさいしきたないしろくなのないし、行ったって面白くもなんともないですよ。闇市《やみいち》ならまだましだけど、闘犬《とうけん》はほんとに、おすすめしないっす」

「ふうん。闇市《やみいち》はまだましなんだね」

口がすべった。キューはあわてて言いつくろう。

「いや、まあ、その。闇《やみ》っていうか、ほんと、ただのがらくた市で。たま〜に掘《ほ》り出し物はあるけど、それは……」

「ほとんどは、盗難品《とうなんひん》。でしょ？」

男はにこりと、凍《こお》りつくような目でキューをとらえた。

闇《やみ》と名がつくからには、光から隠《かく》れて出品されている。

海洋の街における光というのは、すべてを取り仕切る御上《おかみ》……警団だ。

「おれはね、配達人さん。闇市《やみいち》に出る品は、ひとつ残らずチェックするべきじゃないかと思ってるんだ。だって困るだろ。せっかく大陸の人間に頭を下げて運んできてもらったものを、正規のルートを使わず、闇《やみ》に流している連中がいたとしたら……。ほら、職業柄《がら》、そういうのは気になるんだよ」

男は首もとのボタンをふたつ外して背もたれに腕《うで》を乗せた。襟《えり》から半分顔を出していたガマガエルの全体像があらわになって、がめつい三本足がキューの目に飛びこんだ。

ろくにしつけのひとつもされなかったキューだが、それでも遠い昔に大人たちがからかい半分、教えてくれたことをありありと思い出す。

——三本足のガマには近づくなよ。ひとつ残らずひんむかれちまうぞ。

「そう思わない？」

震《ふる》えながら、キューは一気にグラスを飲み干した。男はにこりと笑って、自分のグラスに口をつける。

ノックの音がして、青海波《せいがいは》の文様を腕《うで》に入れた女が焼酎《しょうちゅう》の乗った盆《ぼん》を持って入ってきた。

「ああ、ありがとう。彼女《かのじょ》にそそいでくれ。ええと、すみません。ぼくはトガキといいます。名乗るのが遅《おく》れましたね」

タマはあごをつきあげた。

「あたしはタマ」

「タマさん、ですね。あんたは？　配達人さん」

役目を終えて部屋を出ていく女をうらやましげにながめていたキューは、あわてて背すじをただした。

「はいっ、ええと、ヒサシです」

キューは危なっかしくテーブルにグラスを置いた。

「でもその、みんなにはキューちゃんって呼ばれてます」

「へえ？　どうして？」

「おれの漢字が、どっちにも読めるらしくて」

トガキは小首をかしげ、「名前に漢字があるんだ？」と興味深げに言った。

これにはキューもまんざらではない。これが彼《かれ》の、唯一《ゆいいつ》だれにも奪《うば》われる心配のない自《じ》慢《まん》だからだ。

「ええ、そうなんです。へへ」

「すごいな。名付け親は？」

「さあ。いや、よくわかんないっす。いまでこそ中階に住んでますけど、生まれは最下層で……あのへんは、出入りが激しいですから。落ちこぼれてきただれかが勝手に名付けて、まわりがそれでいこうって感じで、ほんとに適当に決まったんだと思います」

「でも、すごいじゃないか。漢字なんて、読める人間のほうが少ないのに」

「ですよね」

キューは頭をかいてへらへら笑った。

「だからおれ、昔からほかの連中とはちがうんだって思ってて。いまは中階だけど、いつかは上階に住めるような、立派な人間だって自分で思うんです。だってそうでしょ。名前がこんなに立派なんだから、十分その価値はありますよね？」

トガキはにこにこきいていたが、キューの問いかけに直接答えはしなかった。ただ、胸ポケットからカワラを出して、キューのほうへすべらせた。

キューはどきりとした。

なんてうすいカワラだよ。

「書いてみてよ。どんな字？」

「ええと……そんな、難しいやつじゃないから……」

「いいから、書けよ」

キューはごくりとつばを飲みこんで、ベストで指をぬぐい、きたない字で「久」と書いた。トガキはしみじみと漢字をながめて、「ヒサシ」と言った。

「それと……キュー、か。ははは。面白いね」

トガキはあっさりとデータを消してカワラを胸ポケットにしまい、にっこりしながらテーブルの上に脚《あし》を組んだ。

「それで、キューちゃん。と、呼んでいいんだよね？」

「も、もちろん」

「キューちゃん。おれは弟たちに言ったんだよ。配達人に大事なものを運ばせるのはどうなのかな？　ってね。ただ、あいにくと先日、うちの運び屋がなぜだか海に落ちて、そのまま行方《ゆくえ》知れずになっちまってね……仕方ないから利用させてもらったんだ」

「それは、どうも。ご利用ありがとうございます」

キューはナップザックをぎゅっと抱《だ》きしめた。コエダが一生懸命《けんめい》外に出ようともがく。

タマはだまって、ちびちび酒をあおっている。

「弟たちはね、大事なものに見えなければ届けてくれるはずだって言ったんだよ。一度くらいならってんで、おれも信用することにした。あんたが届けに来てくれたときは心底うれしかったなあ。ああ、ちゃんと届けてくれたじゃないか、これからも信用しよう、って思ったよ」

タマが焼酎《しょうちゅう》のボトルを手さぐりで探しはじめた。

トガキが気づいてタマのグラスに酒をそそぐ。

「どうも」

「いやいや」

トガキは背もたれに身をあずけ、キューに笑いかけた。

「なのに、ねえ……中身をあらためて、がっくりきちゃってさ。本当に、がっかりだ」

「その、すみません。手違《てちが》いが……」

「キューちゃん、もう一杯《いっぱい》飲むかい？」

「いや、おれは、ほんとに」

「いいから飲んでくれよ」

トガキはキューと自分の分にトンバをそそぎ、タマのグラスにかちりと当てて乾杯《かんぱい》した。

タマが「うまいね」とつぶやくと、うれしげにうなずく。

「よかったです。気に入ってもらえて」

「ただ、飲みすぎは医者に止められてるからね。これを飲んだらおいとまさせてもらうよ」

タマはぐいっとグラスの中身を空にして、顔をキューに向けた。

「ほら、さっさとあれを渡《わた》しな。あたしは自分のものを返してもらって、さっさと帰りたいんだ」

キューは、はっとしてナップザックの中身をあさった。コエダがキューの指にかみつこうとするので「こら、やめろ。遊びじゃないって!」とささやきながら、すっかりしわくちゃになった小包を引っぱりだす。

「これです!」

トガキは冷たい目で小包をじろっと見おろし、ちょっとため息をついた。

「……これがおれ宛《あ》てのものだって、確証はあるんだろうね?」

「あんたが運んでもらいたかったのはこれだろ」

そう言って、タマは上着のポケットから丸められた紙束を取り出した。年季の入った、

紙幣《しへい》のかたまり。

「ああっ！　タマちゃん、なんでそれ持ってるの？　さっきボタンを縫《ぬ》い直したときにしまったんじゃなかった？」

「本人が必要としているものをきちんと目に見える状態でさしだしたほうが、話がはやいだろ」

タマは淡々《たんたん》と言った。

「本当なら、さっと渡《わた》してさっと帰りたかったんだ。だけど焼酎《しょうちゅう》が出るんなら、ちょいと長居してもかまわないと思ってね」

「そんな……」

キューが泣きそうな声を出す。あっはっは、とトガキが空気を破り、顔をおおってしばらく笑いつづけた。キューはびくびくして、なにも言えない。

「タマさん、あんたって、面白いねえ」

「さ、こっちは出したよ。あんたもさっさと、あたしのラジオを返しとくれ。そうしたら問題は万事解決、あんたはもっと信頼《しんらい》のおける運び屋でも見つけて公務をつづけるんだね」

トガキはちょっと首をかしげて面白そうに笑った。

「タマさん、あんたの受け取る荷は、ラジオなのかい」

「ああ。年代ものなんだ」

「ふうん……」

トガキはあごをさすり、タマから札束を受け取って重さを確かめるようにゆらすと、にっと笑った。

「あんた、これがなにか、本当はわかってんだろう？」

そう言って、細い目をさらに細める。

「本物の金魚なら」

タマは肩《かた》をすくめた。

キューはなにがなにやらわからない。タマの腕《うで》にはたしかに金魚が彫《ほ》られているけれど……。トガキはなにを言ってるんだ？

トガキはキューに向き直り、「広げて枚数を数えなかったのかい」と笑った。

「そんなこと！」

キューはぱたぱたと手をふった。

「びた一目《もく》、手え出してませんから！」

「まあ、どうでもいいけどね。一枚無事なら」

トガキは札束をぎちぎちに丸めていた輪ゴムを外し、テーブルの上にばらりと紙幣《しへい》を広げた。一枚一枚、印字されているゼロの数がきちっと読めるくらいまで。

気がつくと、キューはにぎったこぶしを口元に当ててぐっと押《お》さえつけていた。トガキが気づいて、「気楽にしなよ、キューちゃん」と笑う。キューはあわてて手のひらを広げてひざの上にのせた。

「金が欲しいかい」

なんだその質問は。キューはむっとした。

金持ちが貧乏人《びんぼうにん》に、情けでもかけようってか？

「そりゃ、欲しいですよ」

ふてぶてしく答えると、トガキは笑った。そして首をふり、「金は使ったらなくなるよ」とつぶやくように言う。紙束の中から一枚の紙幣《しへい》を抜《ぬ》き取り、持ちあげた。

知らないおっさんの似顔絵が描《えが》かれた、緑色の紙。

キューはそう思った。本物を見たのははじめてだ。いや、これは本当に本物なのか？だってこのゼロの数……この札束の中の一枚だけで、キューはいますぐ上階に住める。それを、このトガキって男は、平気な顔でつまんでいる。魚の骨をとってよけておくみたいに。

緑色の紙幣《しへい》の左端《ひだりはし》に、やけに見慣れた光りかたをする部分があった。そこだけうすい金属が貼《は》られているようで、光の加減でてらてらと鈍《にぶ》く反射している。トガキは胸ポケットからカワラを取り出し、起動するためのスリ板を引き抜《ぬ》いて、キューに笑いかけた。

「なあ、わずらわしいと思ったことはないか。データをやりとりするのに、いちいちケーブルを通さないといけないこととかさ」

「えーと」

キューはあっちを見たりこっちを見たりしながら、できるだけ意識を目の前の現金から離《はな》そうと必死だった。

「本来なら、カワラなんて介《かい》さなくてもいいはずだ。データひとつあずけるだけなら、極小サイズで事足りる。そうじゃないか？」

「うーん……そうかもしれないけど……」

キューはいまいちぴんとこなかった。

だいたい、この男はなにを言ってるんだ？

「つまりだよ……データを送るのにカワラは要《い》らない。これだけあればいい」

そう言って、紙幣《しへい》についたうすい金属をペリッとはがし、スリ板の端《はし》に乗せた。よく見ると、スリ板の先には似た金属片が張り付いていて、トガキは慣れた手つきでそれを外し、紙幣《しへい》からはがしてきた金属を、あいた部分にカチリと入れこむ。

キューは目をみはった。スリ板はカワラを買うときに職人が入れておいてくれるものだ。キューは自分で解体したことなどない。

あんなことをして、壊《こわ》れないのか？

「で、なんだったんだい？」

タマがキューに顔を向けて聞いた。キューは顔をしかめてタマをこづく。

「見てわかるかよ」

「見えてもわからないとは。ほんとにおまえはアホだね、キュー」

トガキはこらえきれないように笑った。

「これはね、クソみたいなこの街から出て行くための、チケットだよ」

スリ板をもとの小さな穴に戻《もど》し、カワラを起動しながらトガキは楽しそうに言った。

「この街の連中は、どいつもこいつも上にあがることばかり考えている。キューちゃん、あんたもそうだね。名前に漢字が使われていることを自慢《じまん》にして、それだけで、自分は特別な人間だって信じこんでいる。ほかのだれより価値があると思っている。おれはそういう連中を見ていると、本当にがっくりくるんだ……せまい世界で他人を蹴落《けお》とすことばかり考えている、なんて浅はかで了見《りょうけん》のせまい連中だろうってね」

「自分はそいつらとはちがうって言いたいのかね？」

タマがつまらなそうに言うと、トガキはふっと笑って「どうだろう」と言った。言葉の上では自信がなさそうだが、言い方は「そんなの、きかなくてもわかるじゃないか？」とでも言いたげだ。

カワラの画面になにかが表示されたらしく、トガキは笑《え》みを浮《う》かべた。

「この街はゆっくりと沈《しず》んでいる。なのにみんな、気づかないふりをして上へ上へと増改築をくり返すんだ。いつ足元から崩《くず》れてもおかしくないのに、どこまでも上はあると信じている」

トガキはテーブルの脚《あし》をさぐり、ぴっとケーブルを引き出してカワラにつないだ。ガラスだと思っていたテーブルの全面が白く光り、カワラと連動して画像を映し出す。

「でも、それは仕方がないんだ。無知なんだから。ルールを知らないまま賭博《とばく》に参加させられちゃ、負けがこむのは当然の流れだろ。なあ……キューちゃん」

キューが言葉を失っていると、トガキがにこりと笑った。

「タマさんの目になって、教えてやれよ。なにが見えたのか」

キューは家に帰りたくて仕方なかった。だけどこんなものを見せられて、はたして無事に帰してもらえるのかどうか、疑問だ。

「ええと……設計図、だ。これは……」

うんうん、とトガキがうなずく。タマはかたい表情を崩《くず》さない。

「なんの？」

その名前は左端《ひだりはし》にちゃんとカタカナで書かれていた。キューはびくつきながら、それを読み上げた。

「……ルーター、の」

白く光るテーブルの向こうで、トガキが底の見えない笑《え》みを浮《う》かべた。

ルーターというのは、ケーブルなしでカワラとカワラをつなぐ機械だ。くわしい原理は知らない。おそらく、この街の人間はだれも知らないし、本物なんて見たこともない。この八五地区だけじゃない。キノトリ区全部の、どんなに上階の人間だって、そんな技術は持ち合わせていないはずだった。

ルーターがあれば、ケーブルを挿《さ》さずに、お互《たが》いの持つデータをやりとりできる。手紙も、会話も、買い物も、仕事も家の中でできるし、国の命令や警告さえ、どこにいようと全員が瞬時《しゅんじ》に受け取れる。遠い場所だろうが海の向こうだろうが、関係なく。

うわさはきくし、「あればいいのに」と話のたねにはときどきのぼる。

だが、だれひとり、現実感を持って話していたわけではない。もしもあったらどうなるかを、ちゃんと考えてみたやつもきっといない。闘犬《とうけん》で十万勝ったらどうするかとか、海の神がなんでもひとつ願いをかなえてくれると言ったらなにを願うかとか。そういう、酒の席でよく出るような、荒唐無稽《こうとうむけい》で子どもっぽい夢物語のひとつ。

だいたい、ラジオはあるんだ。それで十分だろうと言って、この話はいつもおしまいになる。それくらいの存在。

タマは「ふうん」と感想をもらし、背もたれに身をあずけた。

「それを作って、どうしようってんだい。八三地区のおふくろさんに毎晩手紙でも送るのかね」

キューはぎょっとした。

八三地区には大陸の船を受け入れる港があって、とにかく栄えている。そして警団の総本山があるのも、やはり八三地区だ。タマが「おふくろさん」と呼ぶ人間は、警団のトップをおさめる警吏《けいり》総長のことをさしている。

つまり、トガキの上司。

キノトリ区で、いちばんえらいやつだ。

トガキはくっくと笑って顔をおおい、しばらくうつむいて肩《かた》を震《ふる》わせていた。が、やがて「すまない」と手をふると、ふうっと息を吐《は》いて顔をあげ、凍《こお》りつくような目を向けた。

「あの女の話は出さないでもらえるかな?」

キューがひやひやしている横で、タマはひょうひょうとした声を出した。

「おや、失礼」

「そんな些末《さまつ》なことはどうだっていい。それより、おれが見ているのは……大陸ですよ」

タマがとなりで息をつく。キューにはトガキの言っている意味がまたもやわからない。

「大陸って……」

「大陸にはあるんだ。これが」

トガキは両手を広げ、テーブルに拡大して写し出された、ルーターの設計図を示した。

「ごく普通《ふつう》に、だれもが持っている。カワラと同じようにね」

キューはきょとんとした。そんなばかな、と笑いそうになるのを、こほんと咳《せき》をしてごまかす。

「だって、それなら、送ってくるはずじゃないですか。普通《ふつう》にあるなら。申請《しんせい》すれば、たいていのもんは送ってくれるんだから……」

「大陸の人間を、あれこれ無償《むしょう》で贈《おく》り物をくれる、気のいいやつらだとでも思っているのかな」

トガキは口元だけでほほ笑《え》んだ。キューは居心地《いごこち》が悪くなり、もぞもぞした。

「慈善《じぜん》事業じゃないんだ。送られてくる品物はすべて警団が買い付けている。中には、向こうが売ってくれないものもある。キューちゃん、そんなの当たり前だろう」

トガキは淡々《たんたん》とした口調で言った。キューはくちびるをかんだ。

そりゃ、そうかもしれないけれど。

キューはルーターの設計図を見おろした。

細かく配線の決められた、金属板の集合。いくつもの部品、どれがなんの働きをするのかもわからない、複雑な機械機構。おそらく、カワラを造る職人たちに数ヶ月も任せれば完成するだろう見覚えのないフォルムは、本物っぽく見えた。

ここにこれがあるということは、存在しているということだ。現実に。海の向こうの、大陸の人間が持っている。使っている。おそらくは日常的に。

「向こうが使っているということは、こちらとつなげることができるというわけだ。連中の使っている親機につないで、使えるようにする。すると、向こうとやりとりができるようになる。こっちとあっちで、情報をやりとりできる。時差なしで」

トガキの声はどこかうれしげで、テーブルに映り込《こ》んだ機器の細部をしみじみとながめ、手で口元を隠《かく》しながら笑っていた。

「すると、なにがわかるか？　連中の考えがわかる。連中のルールがわかる。連中の中にまぎれて生きていくすべがわかる……」

「あんたは、大陸に乗りこんでいくつもりかい」

タマがすぱんときくと、トガキは背すじをぴんとして「そうなるかな」と答えた。

「情報を仕入れて、ブイを超《こ》え、海を渡《わた》る」

「けど、船がないでしょうよ」

キューが思わず口をはさむと、トガキは笑った。

「連中がいつも、港に卸《おろ》しに来る船があるじゃないか?」

キューはごくりとつばを飲んだ。

船の荷卸《におろ》しは、一部のかぎられた人間しか立ち入りできないよう、厳重に警備がしかれている。人の出入りは刑務所《けいむしょ》よりも厳しく取り締《し》まられているといっていい。船に乗りこむなんてまね、たやすくできはしない。

……警備を担当している、警団以外は。

「いままではできなかった。できたとしても失敗しただろうな。だが、これからはちがう。ルールを知った上で、賭博《とばく》に参加できる。上ばかり目指していても仕方ないってことさ。本当に大切なのは横に広がる可能性だ。そう思いませんか、タマさん?」

「……昔、あんたにそっくりだったやつを、知ってるよ」

タマはあきれたようにため息をついた。

「それよりあたしの問題は、明日のラジオがきけるかどうかだ。水曜はメリーの曲がかかる日なんだよ」

「もう、タマちゃん！」

キューはひそひそ声でさけんだ。

「メリーはいま、どうでもいいでしょっ？」

トガキは笑った。ケーブルを抜《ぬ》くと、テーブルはもとのガラス板に戻《もど》った。

「まあ、タマさんのように人生を謳歌《おうか》しつくした人にはわからないかもしれないな。だけどぼくらみたいな若者は、いつも不安と戦ってるんだよ。キューちゃん、君はわかるだろ」

キューはどきっとした。トガキがうなずいて、だろ？　と笑う。

「キューちゃんは配達人なんかで満足してるわけじゃないはずだ。公務員になったのは、その上を目指したからだろ？　だけどさ……これからは、一緒《いっしょ》に横を歩かないか」

「おれは……」

キューは答えられなかった。

横の道。

考えたこともなかった。ずっとずっと、前や上ばかり見てきた。そこから外れると、あとは落ちるだけだと思っていた。真っ暗な、最下層に。

落ちこぼれて、はいあがれなくなって、自業自得《じごう》だとけなされて、そうしてきたない波にさらわれながらふやけていく。落ちこぼれたちがすり寄ってきて同情し、このまま一緒《いっしょ》に腐《くさ》っていこうぜと引っぱり、ごまかし、取りこまれて死んでいく。

そうなるもんだと思っていた。

上を見なけりゃ。

「いいから、ラジオを返しとくれないか。年寄りは寝《ね》る時間なんだ」

タマがイラついた声を出し、キューは我に返った。トガキは「すみませんね」と言ってまた笑った。

「さて、たしかに品物は受け取ったよ。ありがとうね、キューちゃん」

キューはあわてて頭を下げた。

そうだった。ここまで通されたのは、トガキがキューの届け物を確認するため。キューにルーターの設計図を見せるためではない。キューに企《たくら》みを教えてくれるためではない。だが……結果的に、見せてくれた。教えてくれた。そして、誘《さそ》った。

「あ、いえ、その。こちらこそ、ご不便を」

「いやいや。助かったよ」

トガキは自分のカワラをベストの胸ポケットにしまいこみ、札束をとんとんそろえて輪ゴムでくくりながら、おい、と外に声をかけた。すぐに見張りの男が顔を出す。

「あれ、持ってこい」

あの札束の一枚一枚に、データの入った金属片《へん》が貼《は》り付けられている。

キューはどきどきしながら思った。

トガキはあれを、信頼《しんらい》する人間に配ることができる。カワラを造る職人は多い。七四地区とか、あのへんに集まっている。そいつらに金を積めば、だまって仕事をやりのけるだろう。ひとり失敗しても、なんてことはない。ほかの大勢に、いっせいにおなじものを造らせればいい。

海洋の人間がいっせいにルーターを手に入れ、知りたい情報を得るようになったとしたら……そうしたら、この街はどうなるだろう？

トガキがくすくすと笑っている。その目はかたい顔のタマに向けられていた。

「心配ですか、タマさん。大陸に行こうなんて人間がいるのは」

「……なんであたしが心配しなけりゃいけないんだい」

トガキはなにも言わずに笑っている。タマは急に不機嫌《ふきげん》になり、横でぼうっとしているキューのひざをたたくと「しっかりしな」としかり飛ばした。

「キューちゃん、今日のところはタマさんを連れて帰ってくれ。だけど、その気になったらいつでも声をかけてほしい。なんたって君は、名前に漢字が使われているんだから。それって、特別なんだろう?」

ばかにした声の調子に、キューはむっとした。

「まあね。おれは特別なんだ」

不機嫌《ふきげん》に言うと、トガキは楽しげに笑った。

「できれば、返事はくれよ。手伝う気があるのかないのか。でも、すぐじゃなくていい。あんたはこれから、やらなきゃいけない仕事があるみたいだから」

「やらなきゃいけない仕事?」

「そう」

ふたたびドアが開いて、黒ベストの男が中の透《す》けない袋《ふくろ》をトガキに渡《わた》した。トガキは重さを確かめるようにゆらし、ちらっとキューを見た。

「配達人は大事なものは届けてくれない。質屋か闇市《やみいち》に走っちゃうから」

トガキはそう言ってキューに笑いかける。

「だから、おかしいなあとは思ってたんだ。なんだってこんなに大切そうなものを他人に届けちまうんだろうってね……まあ、配達人にとっちゃ、価値なんかないのかもしれない。だけどおれはこいつを見たとき、やべえなって思ったんだよ。こんなに価値のあるものを、他人のおれが持っていていいはずがないって」

トガキは手を差し入れて小包を取り出した。

あ、とキューは声を出しそうになった。それはきれいに包装し直されて、リボンまでかけられている。

「ひとつ、問題があるんだ、タマさん」

「なんだね」

トガキはキューに、わかるだろ？　というふうに笑いかけた。小包は、どう見てもぬいぐるみの入る形じゃなかった。かといって、ラジオの入る形でもなかった。

トガキはそっとタマの手に小包を持たせた。タマはそれを触《さわ》ってたしかめ、リボンをといて中身をあけた。

本だった。それも、紙製の。

こんな高価なもの、ぜったいキューの取り扱《あつか》いではない。見つけたらその足で質屋に走る。

「本当はこっちが入っていたんだ」

トガキは言って、もう一度袋《ふくろ》に手をつっこみ、子どもが遊ぶのに使うような、やけに大きなおもちゃのカメラを引っぱりだした。

そちらなら、キューにも覚えがあった。けばけばしい色で、二十数枚分しか容量がなく、しかもデータを移すことも削除《さくじょ》することもできないという、子どもだましのシロモノ。売り子が囲い広場で売っているような、よくある粗悪品《そあくひん》だ。

そのカメラは最後まで撮《と》られ切っていて、使えやしないことが判明した。だから「糸目にはならない」と思って、包み直して配達した。

「これ……でも、じゃあこれは？」

キューはまごつきながらタマの持つ紙製の本を見やった。ああ、とトガキが笑う。

「せっかくだから、紙印刷したくなっちゃってね」

もうなにをきいてもおどろくまい、とキューは思った。

タマはその本をめくった。うすい本の一枚一枚に厚みがあり、見開きに四枚ずつ、横長の写真が印刷されて貼《は》り付けられている。

キューはそっとトガキの指を見た。

もしかしてあいつ、自分で切り貼《ば》りしたんだろうか。意外にそういうのが好きそうな感じはある。包装してリボンを結ぶのだって、楽しげにやっていそうだ。

トガキがふっとこちらを向いて、キューはあわてて写真に目を落とした。

粗悪品《そあくひん》のカメラならではの、やけに黄ばんだ古い画質。ところどころピンぼけしたり、撮影《さつえい》者の指が映りこんでしまったりしている。そのどれにも、小さな男の子と母親の笑顔《えがお》が写っていた。おどけあい、ほおずりし、ふざけてくすぐりあう、幸せそうな姿が。

4 ラジオの歌姫

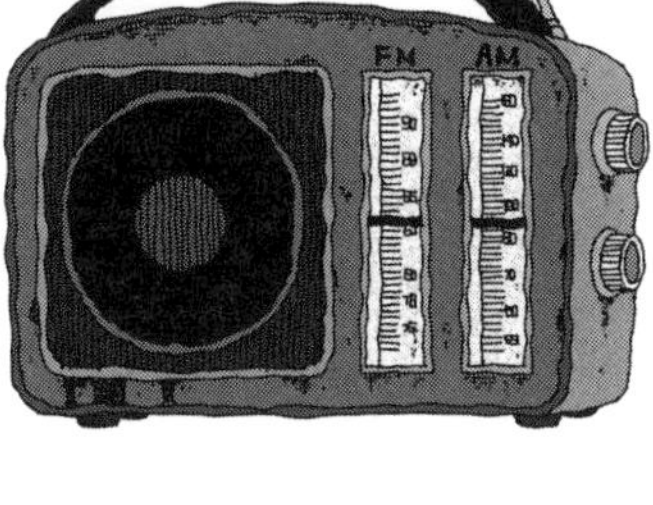

クロは毎日、夜も明けきらない時刻にアラームをかけている。音はいちばん小さく設定し、まくらの中に中古で買ったカワラを入れておく。そうすれば、けたたましい音で母親を起こしてしまわずにすむ。

アラームを切り、白みはじめた部屋の中でむくりと身を起こす。

この街でいちばん小さな規格のコンテナは、家の外側に増築されている。通常サイズのコンテナの片すみにたんこぶのようにくっついたその部屋が、クロの居場所だった。小さなコンテナは外から見るとワイヤーで宙づりになっていて、嵐《あらし》が来ると外れて落ちてしまうのではないかとひやひやする。高さは床《ゆか》に尻《しり》をつけていればちょうどいいくらいで、広さはタタミ一枚分。その空間に、クロは自分の全財産を詰《つ》めこみ、夜は丸くなって眠《ねむ》りにつく。

仕事着に着替《きが》え、そっと扉《とびら》を開けて、家の本体であるワンルームのコンテナにはい出す。奥《おく》で寝息《ねいき》を立てている母親と父親を起こさないように保冷庫を開け、ラベルのない缶詰《かんづめ》とお茶の入った水筒《すいとう》を出してナップザックに入れる。息をひそめ、そろりそろりと玄関《げんかん》に向かい、靴《くつ》をにぎりしめて外へ出る。

玄関《げんかん》ステップを足早におり、共同通路に出てから、やっと腰《こし》を落ろして靴《くつ》をはく。クロのお気に入りの靴《くつ》は、しっかりとヒモで固定できる、大陸製のものをまねた（それでも、けっこういい値段のする）合皮靴《ぐつ》だ。

こんなものを見たら、母親はきっと眉《まゆ》をひそめるだろう——そんな金があるなら、上階へ越《こ》すための資金にまわせ、と目くじらを立てて。

しかしクロは知っている。もしも上階に住めるようになったって、母親はそこにクロの居場所を用意するつもりはない。父親は申し訳なさそうな顔をして、母親の決定にしたがうだろう。なにより、彼女《かのじょ》の心をおもんぱかって。

父親はよくやっている、とクロは思う。

あれにつきあいきれるのは、あの人くらいだ。

ナップザックを背負い、クロは口笛を吹《ふ》きながら金属製のらせん階段をあがって通路を抜《ぬ》け、昇降機《しょうこうき》を目指した。

ぼんやりと青白く光る海の向こうでは、灯台の灯《あかり》がくるくる回り、あちこちの家の室外機がごうんごうんと動き出す。上に目をやれば、うっそうと積みあげられたコンテナのすきまから最後の星の光がちらちらのぞき、はるか下の波の音がきこえるほどに静まりかえっている。この時間にも煌々《こうこう》と明かりを灯《とも》しているのは、海洋の街の北端《ほくたん》で白い煙《けむり》をあげつづける、七二地区の刑場《けいじょう》だけ。

クロはこの時間帯の街を歩くのが好きだ。機械が制御《せいぎょ》する人のいない街に、たったひとりで住んでいるような気がする。

大通路から外れたせまい通路のどん詰《づ》まりに、この時間からやっている赤提灯《ちょうちん》の茶屋がある。クロはそこでいちばん安いイカの炙《あぶ》りと熱いみそ汁《しる》を買い、通路に戻《もど》って場所を探した。大通路には親切なことに（あるいは酒に弱い人間のために）プラスチック製の長椅《い》子《す》がそこかしこにボルトで固定されている。

クロはつぶれた酔《よ》っ払《ぱら》いのとなりに座《すわ》ってイカをほおばった。ときどき、手をこすりあわせ、はあと息をかける。昼間はうだるほど暑いのに、夜明け前は震《ふる》えるほど寒い。

陽が出てくると街はだんだん活気づく。店がのれんを出し、人々が大通路を行き交《か》いはじめ、がやがやと体の芯《しん》までにぎやいでいく。時間になると、クロは余ったみそ汁《しる》を酔《よ》っ払《ぱら》いのために残して立ちあがった。

街の中心まで来ると、昇降機《しょうこうき》の乗り場に人が列をなしていた。

だれかのラジオから、陽気な司会者が嵐《あらし》の予報を告げていた。台風がまっすぐこちらに向かっているらしい。こんなに晴れているのにな、とクロは空を見あげた。今日も暑くなりそうだ。

昇降機《しょうこうき》の前に並んでいるのは、日に焼けたとび職の人間ばかりだった。男だらけの中に、女もちらほらまじっている。ときどき電子キセルをふかし、世間話をして笑っている。

彼らは毎日、雲の上のそのまた上で街を建設しつづけている。クレーンを動かし、鉄筋を運び、足場を組んでコンテナを固定する。金持ちのご用命とあらば、壁《かべ》をくり抜《ぬ》いてコンテナ同士をつなぎ合わせ、継《つ》ぎ目もわからないほどなめらかに溶接《ようせつ》する。目をつぶって適当にだれかひとりを指さしたとしても、その腕前《うでまえ》はたしかなものだ。

だが、彼《かれ》らが自分で作った家に住むことはない。街が沈《しず》んで、いつか作った家が中階から下階に落ちこんでくれば、そのときは彼《かれ》らの何世代かあとの子どもたちが住みつくだろう。つなぎ合わされた家が分離《ぶんり》され、ひとつひとつがせまく貧相になった状態で、何人かと一《いっ》緒《しょ》に間借りする。この街は、そうやっておなじことをくり返している。

昇降機《しょうこうき》はぐるぐると回りつづけるワイヤーだ。三メートルごとに手足を引っかけられる出っぱりがついていて、それをうまくつかまえる。

はじめのころ、クロはなかなかそれをつかまえられず、何度もやりすごしてうしろの連中に舌打ちされた。「先に行かせろ」と言って順番を抜《ぬ》かす人間になにも言い返すことができず、一生懸命《けんめい》彼《かれ》らの乗るタイミングを見てまねた。いまでは、昇降機《しょうこうき》にうまく乗れなかったときの感覚を思い出せないほど、クロは自然にそれをつかまえられる。

昇降機《しょうこうき》をつかむと、急に視界が変わる。ぐんと体が上へ引っぱりあげられて、ものすごいスピードでのぼっていく。クロがいたのは中階の少し上、八五地区のツの3。そこから、昇降機《しょうこうき》は一気にタの3まで運ぶ。

目的地が近づくと、昇降機《しょうこうき》は乗り場にさしかかってスピードが鈍《にぶ》る。手を離《はな》してタラップにおりると、今度は階段をのぼる。鉄柱、柵《さく》、階段、コンテナの家々。それらがこれみよがしに白く塗《ぬ》られた「雲」の界隈《かいわい》を、さらに上へ。作業現場はこの街のてっぺんで、太陽が容赦《ようしゃ》なく照りつける。

「おはようございます」

「おう、おはよーさん」

「おはよー、クロ」

現場では、数人がゆるい輪になってラジオをきいていた。朝のラジオ番組は、この街のだれもが心待ちにしている。声の美しい歌手のメリーが、司会者と一緒《いっしょ》になって進行しているからだ。

メリーは二年間の契約《けいやく》でラジオに出ている。そしてその契約《けいやく》を終えたら、歌手活動もやめると宣言していた。

「メリーはまだか」

「あと五分あるよ、リョーさん」

「今日は歌ってくれっかなあ」

「昨日は曲紹介《しょうかい》だけだったもんな」

クロはラジオに興味がない。靴《くつ》ひもを結び直し、手甲《てっこう》をはめ、工具をチェックしてベルトからぶらさげる。準備ができて顔をあげると、職人たちがわあっと歓声《かんせい》をあげた。

「ほら、みんなー。始業時間ですよ！」

「だまれ、クロ。メリーが歌うってよ！」

「しいっ！」

クロはため息をつきつつ、先輩《せんぱい》たちを尊重して口を閉ざす。だれかのラジオからきこえてくるすんだ歌声に、キノトリ区全体が静まりかえる。

たしかに、うまいと思う。それはわかる。しかしクロには音楽の良さというものがわからない。感動して涙《なみだ》を流す人までいると、大げさだな、と思ってしまう。音楽は世界を変える、なんてフレーズには、冗談《じょうだん》で言っているんだよな？　と不安になる。

そんなクロなのに、今日は胸をつきさされたような気がした。みんながあんまりじっときき入っているので、歌詞に注意してきいてみたのだ。

はじめは恋《こい》の歌かと思った。よくあるテーマだ。いってみれば、ありきたり。しかしだんだん聞いているうちに、どうやらちがうとわかった。

これは……家族の歌だ。母親と子どもの歌。メリーは母と娘《むすめ》の歌を歌っているのだろうけれど、これは母と息子《むすこ》の歌でもある。

つきさされた？　いや、ちがう。えぐられた気がした。

ききたくないのに、もっとつづきがききたくなる。

「あー、やっぱりメリーの歌声は最高だな」

はっと気づくと、曲はとっくに終わっていて、職人たちが満足げに立ちあがって手甲《てっこう》をはめていた。

「いやあ、今日はいい仕事ができるぞ」

「ちがいないや」

笑いあう先輩《せんぱい》たちに、クロはおずおずと切り出した。

「メリーって、歌詞も自分で書いてるんですか？」

「うん？　どうだったかな。普通《ふつう》は自分で書くもんじゃねえの？」

「そういえば、知らないな。有名な歌手には歌を作る人間がついてたりするからな」

「クロ、おまえ、やっとメリーの良さがわかったのか」

先輩《せんぱい》たちは笑った。

「そりゃよかった。おまえにもやっと人間らしい感情が出てきたか」

「はじめから感情くらいあります」

むっとすると、先輩《せんぱい》たちはげらげら笑った。クロは笑って、「さあ、はじめますよ」と先輩《せんぱい》たちの尻《しり》をたたいた。

クロはここの仕事を気に入っている。一日中暑い日ざしの中で、金属材をあっちからこっちへ運び、コンテナを組み立てる。一歩足をすべらせれば確実に命はない高所での作業も、苦にはならない。

それでも、今日だけは仕事に集中できなかった。気がつくと、朝にきいたメリーの歌のことばかり考えている。

「うわっ。みんな、きいたか？　クロがメリーの歌を口ずさんでるぞ！」

だれかが気づいて、クロは顔が真っ赤になった。みんなが笑い、だれかが言った。

「クロ、おまえ、好きな女でもできたか？」

クロはびくりとした。思いもよらないことを言われてぎょっとしただけだったのだが、きいた相手は図星と思ってさらに笑った。

「メリーのラブソングが頭から離《はな》れないってか」

ちがう。これは恋《こい》の歌じゃない。

そう思ったけれど、説明するのがばからしかった。だいたい、母と子の歌だなんて言ったら、もっと笑われる。クロの歳《とし》で母親がどうのこうのと言うなんて、おかしいと言って。

それで、クロは力なく笑った。


日が暮れると仕事は終わる。クロたちの雇《やと》い主は照明の電気代を惜《お》しむので、残業はない。一晩中明るい七二地区のようにはいかない。

先輩《せんぱい》たちはまっすぐ家に帰るか、中階の酒場に寄っていく。中階には質のいいキビ酒のトンバが出回っているし、下階で作られた安酒も手に入るので、そのときの財布事情に合わせて飲みやすい。それで、酒場の集まる界隈《かいわい》は赤提灯《ちょうちん》に灯《ひ》が入ると、雑多な人々でさわがしくなる。

クロは中階の酒場にはめったに顔を出さない。だれかと相席になってぽろっと家族の話が出たときに、「じゃあ、一緒《いっしょ》に住もうぜ」と軽く言われるのが好きじゃないからだ。かといって、まっすぐ家に帰りはしない。

クロは仕事が終わるとどんどん下へおりていく。昇降機《しょうこうき》を使って乗り場のいちばん下へ、さらに階段やはしごを使い、最下層へ。

半分海水に沈《しず》んだ家々の屋根を伝って、クロはさびれた定食屋にたどり着く。定食屋といっても、あと少しで沈《しず》むコンテナの上にプラスチックのテーブルと椅子《いす》を並べただけの、店の形さえしていない飲み屋だが。

高低差のあるコンテナの屋根をふたつ使って客の席を並べ、目の前にある、まだ沈《しず》んでいない家の台所で食事を作る。ここに来る連中は魚のつまみを頼《たの》み、格安のバイオ酒ばかり飲む。クロがこの世でいちばん気をつかわなくていい場所。

「よお、クロ！　やっときたか」

クロは自然と笑顔《えがお》になった。

ここにはいろいろな人がいる――強面《こわもて》のおじさんや、顔にまでイレズミを入れたおばさん、冗談《じょうだん》ばかり言うじいさん、勝手に店の手伝いをして糸目を稼《かせ》ぐ、目つきの悪い少女。みんな、中階や上階で住む人々と変わらない。ちがうのは、この最下層に住んでいる、ということだけ。

客席の並んだふたつのコンテナの屋根には柵《さく》もなにもなく、みんな通路から海を飛びこえたり、やっつけ仕事の鉄板でできた橋を渡《わた》ったりして席につく。四十センチほど高低差があり、一メートルほど離《はな》れているが、やはり鉄板で橋が渡《わた》してあって、日銭を稼《かせ》ぎに来た子どもたちはそこを走りまわって料理や酒を運ぶ。

クロがなじみ客に笑いかけておなじテーブルにつくと、はねた黒髪《くろかみ》を短く切った女がやってきて、クロの肩《かた》に手を置いた。

「今日はなんにする？」

歳《とし》は四十手前くらい。すり切れたズボンをはき、しわくちゃのシャツの上から汚《よご》れたエプロンをつけている。その鎖骨《さこつ》からうなじにかけて、自由の鳥が翼《つばさ》を広げて飛んでいた。

「うん、じゃあ、サバの味噌煮《みそに》」

「また？　たまには卵でも食べなさいよ。魚ばかり食べてると病気になるよ」

ひでえや、と向こうに座《すわ》っているじいさんが笑った。そのじいさんはちょうど魚の煮付《につ》けを食っていた。女が笑って「もう手遅《ておく》れだからいいんだよ、じいちゃん！」と言ってクロに向き直り、どうする？　と首をかしげる。

「やだよ、どうせ培養卵《ばいようたまご》だろ。あれ、うまくないもん」

「あきれた。生意気な口きくねえ」

眉《まゆ》をつりあげる女に、クロのとなりに座《すわ》っていたトシが、いいじゃねえか、と口をはさんだ。

「スイの作った味噌煮《みそに》が好きなんだよ、このクロって男は。よく言うだろ、おふくろの味は世界一って」

「あら。じゃ、あたしはおふくろなのね？」

スイと呼ばれた女はいたずらっぽく笑ってクロの髪《かみ》をくしゃっとなでた。クロはわざと顔をしかめ、「冗談《じょうだん》言うなよ、血はつながってないじゃんか」と言ってにやりと笑う。スイはますます眉《まゆ》をあげ、「いやだ、反抗《はんこう》期だわ」とからかって台所に向かいながら、「サバの味噌《みそ》煮《に》、入りましたー！」と叫《さけ》んだ。

頼《たの》んでもいないのにクロの前にバイオ酒が並び、テーブルについていた男も女も、そろってプラスチック製のコップを持ちあげて「じゃ、かんぱーい」と笑いあった。彼《かれ》らはクロがやってくるより前からここで飲んでいて、知り合いがテーブルにつくたびに、こうして乾杯《かんぱい》をくり返すのだ。

波が高くなり、ときどき足元を水がさらったが、だれも気にとめない。台風が近づいているのにだれもが気づいていたけれど、とりたてて話題には出なかった。

今夜の彼《かれ》らの話題は、もっぱら今朝のラジオのメリーだった。

「ありゃあ、才能だね。あの声で、あの歌唱力！　百年に一度の逸材《いつざい》だよ」

「今朝の歌も、よかったねえ。新曲だっけ？」

「メリーって、見た目ものすごくきれいらしいよ。一度でいいから、会ってみたいなあ」

「むり、むり。メリーは人前に出てこないんだから。歌うのはラジオだけ」

「会うのはむりでも、見てみたい。雑誌で特集組めばいいのに。そしたらぜったい中階まで行ってデータ買うよ、あたし」

「正規で買うのか？　高いぞ」

「だって、コピーはときどき文字化けしてるだろ」

クロはそわそわした。口を開いて、なにげなくきいてみる。

「メリーがどこに住んでるか、知ってる？」

人々は首をかしげた。

「さあ。やっぱり上階じゃない？」

「すっごい稼《かせ》いでるはずだしね」

「それも、八五地区みたいなへんぴなとこじゃない。八三地区とか、九四地区に住んでるはずだぜ」

トシがクロの肩《かた》をがっちりと抱《かか》えこむ。

「なんだあクロ。歌手の家に押《お》しかける気か？」

「クロがとうとう、女に興味をねえ」

「年取るわけだわ」

けらけら笑う顔なじみに、クロは真っ赤になって手をふった。

「そうじゃなくて。今朝の歌、すごく、その……よかったから」

「ああ、あのラブソングか」

みんなが顔を見あわせる。

「すてきな曲だったよね。なんていうか、胸がぎゅっとなる感じ」

「わかるー」

ちがう。どうしてみんなはわからないのだろう？　あれは恋《こい》の歌なんかではないのに。あれは、子どもと、母親の。

「クロ。あんた、彼女《かのじょ》でもできたの？」

クロは飛びあがった。背後にスイが立っていて、にやにやしながらサバの味噌《みそ》煮《に》定食をクロの前にどんと置く。

「そんなんじゃないってば！」

「スイ、クロったら、メリーに熱をあげちゃったらしいよ」

「顔も見たことないのに。若いねえ」

みんなにからかわれて、クロは「だから、ちがうってば！」とテーブルをたたく。それを見てみんなが笑う。クロはため息をついて、仕方なく笑った。

「ったくもう。なんか、どうでもよくなってきたよ」

「あはは、そうだ、クロ。なんでも気楽に考えたほうがいいぞ。メリーが気になるなら会いに行け。感動したならそれを伝えろ。相手だってほめられていやな気持ちはしない。みんな幸せだ」

スイが目をぐるっとまわしてトシに笑う。

「いいこと言うねえ、甲斐性《かいしょう》なしのくせに」

「スイのためなら、甲斐性《かいしょう》がちったあ出てくる気がするな」

トシがにやっと笑うと、クロがその頭を軽くこづいた。

「って。なんだあクロ！」

「ぼくは認めないからね」

「なに言ってんだ。おまえとスイはほんとの親子じゃねえだろ！」

スイとクロは顔を見あわせ、大げさに、どうしよう？　みたいな顔をして、みんなの笑いを誘《さそ》った。これはいつものお決まりだった。みんなが笑ってトシに酒をそそぎ、「がんばれ、次は負けるな」なんて言ってはやしたてた。クロとスイは笑った。

陽は沈《しず》み、夜は更《ふ》けていく。

波はいっそう高くなり、風が街全体をゆらしはじめた。金属がきしむ音は街の底まで落ちてきて、海に当たって不気味に響《ひび》く。キノトリ区全体が崩《くず》れ落ちそうな気配がひたひたと最下層をおおい、空気がなまあたたかくよどんでいく。

気のはやい者は荷物をまとめて中階へのぼりはじめたが、たいていの連中は危機感もなく、のんきにだらけていた。もっと嵐《あらし》が強くなってせっぱつまってからでないと、中階の人間が家にあげてくれるはずがないと、わかっている者が大半だった。

通路の端《はし》に座《すわ》りこんで夜釣《よづ》りをする子どもたちがあくびをしながら帰り支度《じたく》をはじめ、テーブルに突《つ》っ伏《ぷ》して眠《ねむ》りこむ人がちらほら。こづかい稼《かせ》ぎの子どもが素知らぬ顔で彼《かれ》らに近づき、ポケットの中をまさぐるが、糸目になるものなんかたいして入っちゃいない。

「じゃ、そろそろ帰るか。明日もはやいんだろ、クロ？」

最後に残っていたのはクロとトシだけだった。クロはぐずぐずと、いつも最後まで残る。そんなクロに、トシはいつも最後までつきあう。

「……明日は休みなんだ」

クロは暗い声で言った。台風は明日の午前いっぱいで通りすぎる予報だった。屋根のない現場で働くとび職は、当たり前だが仕事にならない。

トシは酒を飲み、そうか、[illegible]。

「しかしまあ……気楽に考えろ。おまえは幸せ者だ[illegible]うな」

　クロは不機嫌《ふきげん》な顔でトシを見やった。もちろん、こんな顔はいつだって向けている。トシがスイにちょっかいを出したり、クロをからかったりするときに。

　だが、今回ばかりはそういった冗談《じょうだん》交じりの不機嫌《ふきげん》ではなく、まじめな不機嫌《ふきげん》だった。

「幸せって、なにが？」

「目くじら立てるな。おまえとスイのことはみんなわかってる。それでも、だ」

　トシはクロの肩《かた》に手を置き、強面《こわもて》の顔をちょっとかしげた。

「おまえは中階に住んで、人並みの仕事にありつけてる。すごいことだ。とくにここらに住んでる人間にとっちゃ、まねできることじゃねえよ。悪いことばかりに目を向けるな。今夜も楽しかっただろ？」

「ここにいるときは、楽しいよ」

　クロは最後の酒を飲みほした。

「仕事をしているときも、外にいるときも、トシさんと飲んでるときも。いつだって、家にいるとき以外は、楽しいよ」

「……クロ」

　トシは声を低めた。ふたつあるコンテナの、もういっぽうの上でテーブルを片付けているスイに、声が届かないように。

「それでも、おまえは幸せだ。血のつながった、本当の親と暮らしてる」

クロは手をにぎりしめた。トシはそれに気づいたようだが、かまわずつづけた。

「この街の人間は、だれもがお互《たが》いを家族だと言い合ってる。いいか、これはおれたちの悪いところだ。無責任なんだよ。きちんと自分の素性と向き合わずに、自分にとって居心《いごこ》地《ち》のいい連中とつるんでばかりいる。だからおれたちの先祖はこんな海の上で暮らすはめになったんだ。おまえは幸せ者だし、立派なんだ、クロ。それは忘れるな」

クロは立ちあがった。カワラを起動させ、テーブルにたたきつける。

「おい、クロ……」

「スイ、お勘定《かんじょう》!」

「あら、もう帰るの」

スイはにこにこしながらやってきて、エプロンのポケットからカワラを出し、クロの表示した糸目の額に目をやった。

「多いよ」

「いいよ、スイ。払《はら》いたいんだ」

「あんた、いっつもそれでしょ。少しは貯めなさい。もっと上に住めるように」

はい、と勝手に額を変更《へんこう》されたのを、クロはだまって見ていた。

「そういう律儀《りちぎ》なとこは、父親にそっくりよねえ」

そう言われると、クロは悪い気がしないのだ。スイがにっと笑って、クロの背をたたく。

「かっこいい靴《くつ》はいてるじゃない。男前に見えるよ」

クロはこくりとした。トシにもうなずきかけ、「じゃ」と軽くあいさつしてスイの店をあとにする。

胸がずくりとうずいた。

頭の中で、今朝きいた、メリーの歌ががんがんと響《ひび》きわたっていた。


クロが生まれたとき、母親は精神的に弱い人だったのもあり、いろいろなことが重なって、子どもを育てる状態にはなかったらしい。きくところによると、クロは一度、母親の手でゴミ捨て場に放置されたそうだ。

近所の人間は眉《まゆ》をひそめて父親に言った。子どもをゴミと一緒《いっしょ》に捨てるなんて、頭がおかしいとしか思えない。次は警団に通報する、と。

それまでも妻の奇行《きこう》にすっかり疲《つか》れきっていた父親は、クロを連れて最下層におり、目についた人間に片っ端《ぱし》から声をかけた。少しのあいだでいい、この子を育ててくれないか。

そこへたまたま通りかかって引き受けたのが、スイだった。

もともと、海洋の街の人間は家族の線引きがうすい。父親や母親なんてものは、その他大勢の大人と変わらず、「ちょっと血の濃《こ》い相手」くらいのものだ。見かけた大人はみんな親だし、年が近いならきょうだいだ。その感覚は大人になっても残り、職場の上司をおやじやおふくろと呼び親しむ。

だから、スイが簡単に引き受けたのだって、たいした理由ではなかった。困っている子どもがいたら、みんなで育てる。当たり前のことだ。それに、親は多いほうがいいからね、とスイは言って笑った。

父親は罪悪感からか、定期的に糸目やおもちゃをスイに届けた。自分で足を運び、ときには配達人を使って。その内容は時がたつにつれてみすぼらしく、最下層の人間が「しけてんな」と苦笑いするシロモノに変わっていったが、スイは気にとめなかった。

「あの人はがんばってるよ」とスイはよく言ったものだ。

「あたしは子どもひとりくらい見れるけど、あんたの父親のまねはとてもできないもん。あの父親が見捨てていたら、あんたの母親は生きていかれなかっただろうね。あの人は本当によくやってるよ」

クロの本当の母親は、いつまでたっても息子《むすこ》を受け入れようとしなかった。夫婦《ふうふ》が気を変えたのは、念願の、少し上の階に越《こ》せる見込《みこ》みがたったときだ。競争の激しいその家に移り住むには、家族は最低でも三人必要だった。居住人数が多いほど、家賃が安くなる仕組みの家だったのだ。それでクロは十二歳《さい》のとき、最下層から引き離《はな》され、育ての親のスイとも引き離《はな》されて、実の親の家に連れて行かれた。

十八歳《さい》になったいまでも、クロは実の親がいる家から出て行くことができない。

おかしな話だ。普通《ふつう》、キノトリ区の子どもは思春期になったら家を出る。若者は「青屋《あおや》敷《しき》」と呼ばれる中階と下階にまたがる区域に移り住み、自分たちのルールはきっちり守りつつ、大人の目を逃《のが》れて青春を謳歌《おうか》する。やがて二十歳《はたち》をこえたころ、そこにいるのもアホらしくなってきて飲み屋に出向き、同居できそうな仲間を探したり、寮《りょう》付きの仕事を探したりして歩き回るのだ。

けれど、クロがいまあの家を出たら、それでなくとも疲労困憊《ひろうこんぱい》の父親に迷惑《めいわく》をかけるのはあきらかだった。クロの両親は家賃を払《はら》えずに家を追い出されてしまうだろう。スイはクロに、それはやめてやれと言う。

「なにはなくとも、あんたの親には間違《まちが》いないんだ。ふたりがいなけりゃ、あんたはこの世に生まれてない。最初で最後の孝行だと思って、いてやんな」

スイはいままで一度も、自分を母親だとは言わなかった。ただ、親にはちがいないね、と言った。育ての親だ。呼び方は、スイでいい。家族は呼び捨てにしあうもんだから。

クロはスイが好きだった。本当の親だと思っていた。たとえ海洋の人間が他人全部を家族と思っていても、クロが抱《いだ》くスイへのそれは少しちがう。なんだかんだいって、やはり産みの母親は特別だと、みんなが心の底で思っているのと同じように。クロには、スイはほかの大人とはちがったのだ。

血はつながっていない。それは子どものころから知っていたけれど、クロにとってはどうでもいいことだ。

スイこそが、クロにとって本当の親だ。

クロはいつもの時間にアラームをかけ、そっと家を出た。

雨が横なぐりに街をおそい、風が建物のあいだをぬって威力《いりょく》を増しながら吹《ふ》きすぎていく。雨具をしっかりと身にまといながら、クロは早足で歩いた。

前に中階で知り合った同年代の連中が青屋敷《やしき》に住んでいて、いつでも遊びに来いと言ってくれていた。どこにも出かけられない日は、クロはそこへ避難《ひなん》することにしている。こんなふうに、波が高くて最下層にも行けないような、嵐《あらし》の日は。

実の両親と最後に会話したのがいつだったか、クロははっきり思い出せない。

クロの持ち物はすべてタタミ一枚分の部屋に詰《つ》めこまれ、わずかに用意する水筒《すいとう》と缶詰《かんづめ》などの食料だけは、保冷庫の決められた位置に入れてもいいことになっている。

玄関《げんかん》にクロの靴《くつ》はない。洗面所にクロの歯ブラシはない。ソファの横のケーブル電源でクロのカワラは充電《じゅうでん》されない。クロの持ち物は、家の共用スペースにはひとつたりとも置かれていない。

そうしなければ、母親がヒステリーを起こすことをクロはさんざん学んで知っている。父親は、いつも母親をなだめるのでせいいっぱいだ。

それでいい、とクロは思っている。思おうとしている。スイに言われたから。

産んでくれたということは、それだけで恩がある。生きているだけでクロは感謝しなければならない。少なくとも、感謝するふりをしておけ、と。

クロは視界の悪い街を歩きながら、冷える体をさすった。大陸製のそれをまねた靴《くつ》に水がしみこんで、歩くたびじゅぼじゅぼと靴下《くつした》が鳴った。

クロは少しだけ後悔《こうかい》した。みんながはいているようなシリコン製のサンダルにしておけばよかった。安物だけれど、この街ではサンダルのほうが間違《まちが》いなく便利だ。軽いし、かかとでしっかり固定できるし、なによりぬれてもすぐ乾《かわ》く。

大陸の人間は雨を考えずに靴《くつ》を作るのかもしれない。きっと連中は地下にでも暮らしているんだ。

クロは「地下」という言葉がいまいちぴんとこなかったが、雨も風も海水も届かない空間があるという話はきいたことがある。

昔は、キノトリ区の人間たちも大陸に住んでいた。だが、そのときからクロの先祖たちはろくでもなかった。無責任で、まじめに働かず、人々に迷惑《めいわく》ばかりかけ、刑務所《けいむしょ》に入り浸《びた》ってばかりいた。そんな連中にうんざりした大陸の人間たちは、とてもいいことを思いついた。海の果てに街を建て、彼《かれ》らと決別したのだ。

追い払《はら》った負い目があるからか、最低限の交易はある。大陸のものは、申請《しんせい》すれば、そして金を払《はら》えば、いちおうは手に入る。だが、人間の行き来はない。向こうが関わってこないから、キノトリ区の人間も好きにやれた。自分たちが住みよいように、楽なように、危なっかしくても、気にせずに。

これが、キノトリ区に言い伝えられている、海洋の街の歴史。

自分はその血を受け継《つ》いでいるというわけだ。逃《に》げて、楽なほうへと流されてきた、無責任な犯罪者の血が。

これも、「逃《に》げ」なんだろうか。

クロは通路にたまった水を蹴飛《けと》ばしながら考えた。

産みの親に心の底から感謝できないのは、無責任な「逃《に》げ」なのか？

スイに感謝を覚えるのは、自分の素性《すじょう》と真っ正面から向き合えない、「逃《に》げ」なのか？

ひときわ強い風が吹《ふ》きつけて、クロはたまらず通路の手すりにしがみついた。雨が鉄砲《てっぽう》水《みず》のように頰《ほお》を打つ。クロは手すりから目をあげた。だめだ。どこかに逃《に》げこまなけりゃ。

一瞬《いっしゅん》風が弱くなったすきに、クロは先を急いだ。とても青屋敷《やしき》までたどり着けそうにない。どこかの家に入れてもらおう。そう思った矢先、通路のすみに奥《おく》まった袋小路《ふくろこうじ》を見つけ、クロは逃《に》げこむようにそこに入った。

赤かった。

風がなぎ、クロはぽかんとそこに突《つ》っ立っていた。

ずらりと鳥居が並ぶ、細い通路。ほんの数メートル先に社《やしろ》があって、道はそこで行き止まりになっている。

へえ、と思った。

こんな場所があったのか。

トンネルのように連なる鳥居は短い通路を朱色《しゅいろ》に染めて、晴れた日には幻想《げんそう》的な雰囲気《ふんいき》をかもし出していそうだ。

ふたたび風が猛威《もうい》をふるいはじめ、クロはあわてて社《やしろ》に駆《か》け寄り、手を合わせて「ごめんください」とつぶやくと、戸を引いて中に入った。戸を閉めたそばから、突風《とっぷう》ががたがたと社《やしろ》をゆらした。

クロの部屋よりもひとまわりせまい社《やしろ》の中は、床《ゆか》がぬれてくさったにおいがした。それでも、外で強風にあおられているよりはよっぽどましだ。クロは頭を天井《てんじょう》にこすりながら身をかがめ、息を整えて社《やしろ》の壁《かべ》に背をつけた。

——あとで神さまにうんと謝らなけりゃ。

社《やしろ》は塩化ビニル製だったが、どこかにご神木として木材が使われているときいたことがある。だからくさったにおいがするのだろう。

クロはひざをかかえて目をつぶった。ふいにご神木を見てしまったら、目をつぶされるかもしれないとこわくなったのだ。

……そうだ。

クロはかかえたひざのあいだに頭をうずめながら考えた。

　ここでお祈《いの》りしていこう。

　社《やしろ》に入ったのは雨宿りのためじゃなく、お祈《いの》りするためだったんだと神さまに訴《うった》えれば、もしかしたら許してもらえるかもしれない。

　目をつぶったままクロは手を合わせ、困った。

　なにを祈《いの》ろう？

　嵐《あらし》が過ぎ去るように？　いや、赤い鳥居の神さまは、たしか狐《きつね》だ。狐《きつね》は海をおさめていないから、できないことを祈《いの》ったら機嫌《きげん》をそこねてしまうだろう。

　クロの状況《じょうきょう》がよくなりますように？　べつにクロは困っていない。

　実の両親が、もう少し自分を気にかけてくれますように？　それもちがう気がする。だいたい、クロは彼《かれ》らにこれっぽっちも愛情を感じていない。ずっと他人だったのだから。いまのままの、お互《たが》い無関心な生活でもいっこうに困らない。

じゃあ……スイと、もう一度暮らせますように？　いやいや。この歳《とし》で、なにを言っているんだか。スイはもう子育て終了《しゅうりょう》。本当のところ、スイがひとり暮らしをやめてトシと一緒《いっしょ》になってくれたら、クロは安心する。

ひとめぐり考えて、クロは決めた。

メリーに、会えますように。

うん、これならいい。会うって言っても、ちょっとだけだ。感動を伝えるだけ。だれも不幸にならないし、独りよがりのお願いにはならない。

そうだ、お願いっていうのはこういうものでないといけない。自分だけの希望じゃなくて、ほかの人たちのことも考えた、迷惑《めいわく》にならない、ささやかなものでないと。

どこかで街がきしみながら崩《くず》れる音がした。きっと気のせいだ、とクロは思った。一度か二度、街が大きく沈《しず》みこんだ気がした。けれどそれも、きっと気のせい。

クロは手を合わせ、ひたすらメリーに会いたいと、それだけ考えつづけた。そうしていれば、きっと終わる。ずっとつづくわけじゃない。こらえろ。

何時間もたった気がした。ばたばたと打ち付ける雨が弱まり、風がいきおいを失っていく。息をひそめて祈《いの》りながら、クロは感謝の言葉をつぶやいていた。

ここに祀《まつ》られた神さまは海なんておさめていない。わかっていたけれど、それでも礼を言わずにいられなかった。

クロは戸を引いて外をうかがった。雨はまばらになり、風は強いが、おもてに出られないほどではない。クロは社《やしろ》からはい出て丁寧《ていねい》に戸を閉め、手を合わせた。

「また来ます」

クロは言葉どおり、また来るつもりでそう言った。

まさか、二度とその社《やしろ》に顔を出せなくなるとは、そのときは思いもしなかった。

クロは立ちあがり、うーんと伸《の》びをして、並ぶ鳥居の通路を歩き出した。雨具のフードをぬぎ、雲のあいだから出てくる陽を視界の端《はし》にとらえる。

明日からクロの仕事は忙《いそが》しくなるだろう。嵐《あらし》のあとはあちこちのパイプが吹《ふ》き飛び、階段が外れ、通路がひしゃげ、ゴンドラが海に落ちるものだ。だからせめて今日は、自由に歩きまわりたい。どうせ最下層の連中はまだ中階に避難《ひなん》しているだろうから、スイの店は休みだろうし。

そうだ、休みはまだ半分も残っているのだから、好きなことをしよう。

たとえば……さっき神さまにお願いしたことを、現実にするとか。

嵐《あらし》を乗り越《こ》えたクロはどこか気が大きくなっていた。八五地区にラジオの収録施設《しせつ》があるのを、風のうわさできいたことがある。北のほうの、下階と中階のあいだにあったはずだ。青屋敷《あおやしき》のそばだから、ここからそんなに遠くない。

よし、行ってみよう。

冷たくなった体をあたためる意味もこめ、しっかりとした足取りで歩いていると、街のあちこちからラジオの音が漏《も》れきこえてきた。みんなまだ家にこもって、嵐《あらし》が完全に去るのを待っているのだ。

朝から昼間までぶっとおしの番組で、メリーは朝の一時間だけ、毎日出演している。だいたいは音楽の話題だが、ときどき自分でも歌う日がある。みんな、それが今日かもしれないと思って、毎朝欠かさずラジオをきくのだ。

今日は台風のせいか、いつもとちがう番組構成になっていて、昼になってもメリーがラジオでしゃべっていた。ときどき司会者にふられたときだけ、つつましやかに。

「たしかこのへんのはずなんだけど……」

それらしい表札はないかと、きょろきょろしながら通路を渡《わた》り歩いた。クロがきいたのはうわさばかりで、くわしい住所は知らない。ラジオでは、メリーが司会者にきかれて、昨日の新曲について答えている。

「だれでも一度はいだく感情について歌いたくて」

どこかの窓からきれぎれにきこえる声に、クロは足を止めた。

「つねに想っているわけではないんです。直接本人に伝えるのも照れくさい。でも、ふとしたときに、無性に愛情でいっぱいになるような。感謝でいっぱいになるような。そんな想いをこめられたらいいなって」

やっぱり、メリーが自分で書いた歌詞なんだ。クロは胸のうちがじんとした。

また、歌ってほしい。

今度は最初から、ちゃんと注意してききたい。ちゃんと歌詞を聴《き》く。

立ち止まって、じっとラジオにききいった。メリーは歌わなかった。嵐《あらし》は去りましたと司会者が言い、なごやかな音楽とともに番組はおひらきになった。街のあちらこちらから、落胆《らくたん》のため息がきこえた気がした。

クロはしばらくそこに突《つ》っ立っていた。胸がつかえた。

会いたい、と思った。

会ってみたい。話してみたい。

恋《こい》、ではないと思う。ただ、単純に話をしたいと思った。こんなにだれかと語り合いたいと思ったのははじめてだ。深い話なんて、うっとうしいと思っていたのに。

クロはため息をつき、顔をあげて歩きはじめた。

うわさはデマだったのかもしれない。だいたい、こんな下階と中階のあいだに、メリーがいるなんておかしいじゃないか。ラジオ局はきっと、上階とか、きらびやかな八三地区にあるに決まっている。

そう思いながらクロが通路を歩いていると、雲の割れ目から光が落ち、建築物のあいだを奇跡的《きせき》にかいくぐって、陽がさした。

少し先のコンテナから若い女が出てきて、「おつかれさまです」と言ってドアを閉めた。玄関《げんかん》ステップをおりて通路に出ると、顔をあげてクロと向き合う。

彼女《かのじょ》を照らし出すように、そこに光が満ちた。

クロは目を見開いた。女はすぐに目をそらして歩きはじめる。すれちがう瞬間《しゅんかん》、クロは彼女《かのじょ》の手をつかんでいた。

「メリーさん、ですか？」

眉《まゆ》を寄せてふり返った女は、本当に若かった。クロよりも若いのではないか。十七歳《さい》。

いや、もっと？

「……はい」

困ったように、それでも、うそはつけないというように、彼女《かのじょ》はおそるおそるクロを見あげて答えた。クロははっとして、つかんでいた彼女《かのじょ》の手を離《はな》す。

「すみません。声が……そうかな、と思って」

「声で、わかったんですか」

そう言う彼女《かのじょ》は、あまりうれしくなさそうな顔をしていた。

うわさは本当だとクロは思った。きれいな子だ。クロは彼女《かのじょ》より美人を見たことがない。若くて、歌がうまくて、きれいで。それだけで、この街では上階に住めるだけの十分な才能だ。なのにこの子は、いままでクロが出会った中で、いちばん不幸せそうに見えた。

実の母親はべつにして。

「じつはぼくは、あんまり音楽がわからなくて」

クロは正直に言った。意外そうに、メリーが顔をあげてクロを見る。

「いつも、ラジオは仲間たちがきいてるのを横で見ていたんだけど。あ、ごめん。出会い頭《がしら》にこんなことを言うのは、失礼かな……」

「……いえ、いろんな人がいますから」

心なしか、メリーの警戒心《けいかいしん》がとけたような気がした。熱心なファンではなさそうだと、安心したのだろうか。

「でも、昨日の歌。その、感動しました。歌詞がいいと思って」

「……ありがとうございます」

「あれ、親子の歌だよね？」

メリーの目が見開かれた。

やっぱり。クロは興奮して声が震《ふる》えた。

「あの歌……まわりの人間も司会者も、恋《こい》の歌だって決めつけてたけど。あれ、母親と娘《むすめ》の歌なんだよね？」

メリーは頰《ほお》を紅潮させ、口を開けてなにか言いたそうにした。が、目をそらし、恥《は》じらったようにうつむく。

なにを言いたいんだろう。

クロはいてもたってもいられなくなった。メリーの表情。しぐさ。目つき。一瞬《いっしゅん》のなにかが、クロの胸をがっちりとつかんだようだった。

「お時間ありますか」

思わず口をついて出たクロの言葉に、メリーがはっとして、少し迷ったのち、うなずく。

やっぱりそうだ。クロは思った。

きっとこの子も自分とおなじように、なにかをかかえている。話したくてたまらない、なにかを持っている。

クロはにこりと笑った。

「昼ごはん、食べに行こう」

5 横の道

キューの家は中階の入り組んだ内側、青屋敷《あおやしき》よりちょっと上、海の見えない界隈《かいわい》にある。うす暗いコンテナ内のあちこちにつるされたハンモックに、いつも三、四人の仲間が眠《ねむ》りこけ、朝になるともぞもぞと動き出す。

「いて。いったいよ、コエダ」

今日もキューは、顔をめちゃくちゃに踏《ふ》んづけられながら寝《ね》ぼけ声を出した。コエダはしっぽをぶんぶんふって飼い主の顔をなめ回す。キューは「やめろー」と言いながらコエダの顔を手でつかみ、なめられるのを阻止《そし》した。うれしいけれど、きたないのはいやだ。

ハンモックの上であぐらとあくびをかきながら、キューは身を乗り出し、天井から引っかけられた服を取って着替《きが》えはじめる。動き回るコエダが邪魔《じゃま》で、キューはハンモックから落として追っ払《ぱら》う。しわくちゃのシャツともんぺを着ると、髪《かみ》をがしがしなでつけて――キューの天然パーマの髪《かみ》は、ちっともおとなしくならなかったけれど――空き缶《かん》やプラスチックの袋《ふくろ》が転がる床《ゆか》におりたった。あくびをしながら身支度《みじたく》をととのえて、吊《つ》り棚《だな》から培養《ばいよう》焼き鳥の缶詰《かんづめ》をひとつ取り、ベランダに向かう。

ベランダといっても、キューの住んでいるコンテナが乗っかっているコンテナの、ずれてはみ出た屋上部分をそう呼んでいるだけだ。下のコンテナとはたがいちがいに重なっているので、けっこうな広さがある。プラスチックのテーブルと椅子《いす》が雑多に並び、酒缶《かん》やら空のリキッドが転がっているところを見ると、昨夜も遅《おそ》くまで仲間がカケフダで遊んでいたのだろう。キューはその椅子《いす》のひとつに腰《こし》かけ、朝ごはんの缶詰《かんづめ》を開けてコエダと半分こした。

「やっぱ、朝っぱらから焼き鳥はきっついなあ。朝はやっぱり、甘《あま》いのが食べたい。なあ、どう思う、コエダ？」

この街の人間は甘《あま》いものが好きだ。つねに吹《ふ》きつける海風の塩辛《しおから》さが、人を甘党《あまとう》にさせるのだろう。おやじ世代はやたらとかっこつけたがって、甘味料《かんみりょう》ひかえめだけれど、キューにはさっぱり理解できない。甘《あま》いやつは、存分に食えばいいんだ。人間さまは犬じゃないんだから。

コエダはぺろりと肉を食べ終えて、もの欲しそうにキューを見あげた。ま、そうだよねえ、とキューはため息をつく。

コエダと朝ごはんをわけっこしてるうちは、甘《あま》いのはおあずけかもな。

「行こっか」

家に入ってえんじ色のベストを着こんでいると、ほかのハンモックから知らない顔がこちらをのぞく。長い髪《かみ》がからまって、縄みたいになっている。腕《うで》には魚群の中を泳ぐ人魚のイレズミ。なかなかいい趣味《しゅみ》だ、とキューは思った。

「はよーっす」

「おー。なに、ここに住むの？」

「うん」

「あそー。おれ、キューちゃん」

「ムクでーす」

「よろしくねー」

「うん。いってらっしゃーい」

はいよと返事しながら、キューはちょっといい気分で家を出る。新しいやつが家に入ってくるのはいいもんだ。しばらくは兄貴面《づら》していられるから。

キューは毎朝、出勤前に銭湯に行く。

朝っぱらから白い煙《けむり》をぽんぽん出して風呂《ふろ》の水を沸《わ》かしている銭湯には、年寄りから若いやつまで、わらわら来ている。キューも朝風呂《あさぶろ》が好きだ。熱い湯につかって、水風呂《みずぶろ》でさっぱりして、風呂上《ふろあ》がりにくーっと甘《あま》い豆乳を飲むのがたまらない。

風呂《ふろ》からあがると、キューはガラガラまわる扇風機《せんぷうき》の前に陣取《じんど》って「あああー」と声を震《ふる》わせながら、貸しタオルで髪《かみ》をがしがし乾《かわ》かした。キューの天然パーマの髪《かみ》はそこでやっと落ち着く。といっても、あちこちの方向にうねうね伸《の》びて、存在を主張しつづけるのはあいかわらずだけれど。

どんなに外が暑くても、キューはシャツの上からえんじ色のベストをきちんと着こむ。番台のじいちゃんが、いってらっしゃいと笑いかけてくれるのがいい。まじめな勤め人として、認められている気がするから。

中階の外れに位置する銭湯から出ると、キューは鉄柱の定位置につないでおいたコエダに「たっだいまー」と言って抱《だ》きつく。コエダはかわいいので、待ってましたとばかりにしっぽをふってキューを出むかえる。

「さー、それでは、気乗りのしない職場へ向かいますかね」

わん！　と吠《ほ》えるコエダをナップザックに放りいれて、キューは歩き出す。

配達局はななめとなりの九四地区にある。キューの住んでいる八五地区には支部さえない。昔は八四地区にも支部があったらしいけれど、いつかの台風で崩壊《ほうかい》事故があったとき、海に沈《しず》んでしまったらしい。だから毎朝、キューはリフトに乗って海を渡《わた》り、荷物を受け取らなけりゃならない。

とても面倒《めんどう》くさいが、担当地区ではおふくろやおやじ——上司のことを、この街では普《ふ》通《つう》そう呼ぶ——の目を気にせずにいられるから、まあいいか、とキューは思っている。

リフトの乗り場の受付小屋には、いつもどおり黒い丸眼鏡をかけてしかめっ面《つら》をしたタマがいた。腕《うで》には、あいかわらず無愛想な顔で金魚が泳いでいる。これを見るとぎょっとする人間がいるが、タマは平気な顔で糸目をせびりつづけている。

キューは気が重かった。沈《しず》んだ声で「おはよ」と声をかける。

「おや、今日は無銭乗車を仕《し》掛《か》けないのかね」

「タマちゃん、おれの弱みをにぎりしめて離《はな》さないくせに、よく言うよ」

タマは「なんのことだか」と言ってはばからない。キューはため息をついて受付のカワラにケーブルを挿《さ》した。

「今日は、なるべくはやく配り終えるからさ。そうしたら、昨日のお客さんとこ、一軒ずつまわるよ。でも、あんま期待しないでよ。何日かかるか、わかんない」

「ラジオが戻《もど》るまでは、毎晩うちに来て報告してもらうからね」

タマの態度は昨日からがんとして変わらない。キューはふたたび重いため息をつく。

「そう簡単に言うけどさ……この写真の持ち主も探さなきゃだし……」

「全部、自業自得《じごう》だろ」

ほかの乗客がタマにお金を払《はら》いたそうにしていたので、キューは「じゃ、あとでね」と言って、まわるリフトをつかまえた。

今日も日ざしがきつい。帽子《ぼうし》でも買おうかしら、とキューは思う。帽子《ぼうし》ひとつ分の糸目を貯めたところで、上階に住める日が近づくとは、どうしても思えなくなっていた。そもそも、上階に住むことがそれほどすてきに思えなくなっていた。

リフトから飛びおりて、勤め人でごった返す大階段をあがり、崖《がけ》っぷちの配達局に向かう。

配達局は中階の西端《せいたん》に位置している。崖《がけ》から飛び出た出っぱり部分のクレーンが何本もワイヤーを下ろし、船着き場から荷物を上げ下げしている。集荷した小包は船に積みこまれ、該当《がいとう》地区の支部に運ばれる。大陸からの輸入品も選別を終えたあと、個人に配達するものはここでとりまとめている。しみったれたキノトリ区の中でもとくにしみったれた八五地区とはちがい、にぎわっていて、活気がある。

コンテナ六台分の配達局は階段みたいに並んでいて、それぞれ受付階、事務階、仕分け階、配送階、倉庫階と分かれている。倉庫は二台分を使っていて、船着き場から引き上げた荷物が直接運び込《こ》まれる。

荷物をあずけたり、受け取りに来たりする一般《いっぱん》の客は受付階に向かうが、キューは裏道を通ってまっすぐ配送階に入った。えんじ色のベストを着て、そろいのナップザックを背負った配達人たちが、仕切り棚《だな》で迷路みたいになった細い通路をやっとこさすれちがいながら、自分の担当地区の荷物を引き取ってゆく。

キューは知り合いに「よお」とか「おはよー、キューちゃん」と声をかけられるたび、「んー」と気のない返事をした。「85チク」と書かれた真鍮《しんちゅう》製のプレートの棚《たな》に、荷物が雑多に並んでいる。棚《たな》には重さを量る皿が並んでいて、ひとり頭の荷が適当に乗っている。八五地区の配達人はキューだけではない。どれを配るかは、早い者勝ちだ。

キューはいちばんはやく終わりそうな棚《たな》を選び、カワラのケーブルを計量器に挿《さ》すと、ナップザックを開けて小包を詰《つ》めこみはじめた。中にいたコエダが、突然《とつぜん》ふってきた荷物の雨にきゃんきゃんと鳴く。皿の上がからになると、カワラが音を立てて「カンリョウ」をキューに知らせる。

「あ、キューちゃん。やっときたか!」

ナップザックを背負ってカワラをしまいこんでいると、上司であるおふくろの声が響《ひび》いた。うへえ、とキューはその場でげんなりする。となりで自分の集配物をかき集めていた同僚《どうりょう》が、キューの顔を見て笑う。

「まーたなんかやらかしたのか、キューちゃん」

「うるせー」

「もっとうまくやれよ」

そう言う同僚《どうりょう》は、とても羽振《はぶ》りがいいのをキューは知っている。えげつない商売をして稼《かせ》いでいるのだ。公務員はみんなそうだ。いや、海洋の街の人間は。

みんな、自分がもうけることばかり考えている。

上しか見ていない。

「キューちゃん、きこえなかったの？」

おふくろの声に、キューは仕方なくふり返る。えんじ色の上着を着た背の低い女が、顔をしかめてキューのほうへ歩いてきた。首筋には、舞《ま》い踊《おど》る蝶《ちょう》たちのイレズミ。

蝶《ちょう》を入れた女はやっかいだ、というのはキューの持論だ。気の強いやつばっかり。

「ええと、すんません。ゆうべ耳かきしないで寝《ね》たから、きこえにくくて」

「ったく。下手な言い訳はいいよ。あんた、いったいなにやらかした？」

キューはどきりとする。

「やらかした……とは」

「カワラの不調！　交換《こうかん》しろって上からお達しが来てんだ。ったく、こんなのはじめてだよ。とにかく、ついといで」

人と人とがなんとかすり抜《ぬ》けられる棚《たな》のあいだを、キューはおふくろについて歩く。頭の中ははてなマークでいっぱいだ。

この相手は「おふくろ」と呼ぶにはあまりにも若くて、キューはいつも、どうしたもんかと悩《なや》んでしまう。ほとんどキューとおなじくらいに見えるから、なんとなく遠慮《えんりょ》してしまうのだ。だが、「姉貴」と呼んだら、それはそれで「なめてんのか」と怒《おこ》られそうだし……。

もっとも、こんなふうに悩《なや》むのはキューくらいで、同僚《どうりょう》たちが平気でおふくろと呼んでいることも、知ってはいるけれど。

どうやら昨日のミスは、まだばれていないようだった。ほっと安心しつつも、いつもとちがう展開にキューはどこか落ち着かなかった。入金機にカワラをつなげ、昨日の売り上げを報告する同僚《どうりょう》たちの列を横目に、おふくろとキューはまっすぐ事務階に向かう。

事務階では机がいくつも島を作り、巨大《きょだい》なカワラに向かって事務人たちが文字や数字を入力し、ときどき計算が合わなくて怒《ど》鳴《な》り合っていた。キューはこの階にあまり来たことがない。やけにすずしい空調の中を、おふくろが自分の席に向かってずんずん進む。

キューはそのあとを、首をすくめてこそこそ進む。

いちばん奥《おく》の席にたどり着くと、おふくろは席に座《すわ》って引き出しをあさり、キューが文給されているのとおなじ型のカワラを出した。顔もあげずに、あいたほうの手をキューにつき出す。

「キューちゃんのカワラ、貸して」

「え、あ、はい」

キューはあわててカワラを引っぱりだし、落下防止の金具を外しておふくろに渡《わた》した。顔をあげたおふくろは、キューの顔を見て、ふん、と鼻を鳴らす。

「いい加減、髪《かみ》切りなって言ってるじゃん。うざったいなあ」

「髪《かみ》の長さはおれの勝手でしょ」

むっとしながら言い返すと、不機嫌《ふきげん》そうにおふくろが肩《かた》をすくめ、カワラを起動する。

「あ。まだ昨日の売り上げ、報告してないんすけど……」

「ああ、わかってる。アカウントを移動するだけだから。ちょっとだけ待っててね」

おふくろは、机に載《の》った巨大《きょだい》なカワラ（といっても、薄《うす》いので重さはたいしたことない。持ち運びができるタイプではなく、机に置いて事務作業をするための、事務人御用達《ごようたし》のカワラだ）にキューのカワラと新しいカワラをつなぎ、カタカタと文字を入れはじめた。

キューはだらりと下げた手を体の前でゆるく組み、親指をくるくるまわしながら、ちらちらと事務階の連中をながめた。忙《いそが》しそうにカワラに向かい、ときどき立ちあがって地図を確認し、となり近所の連中と雑談しながら、仕事をこなしている。

こいつらはみんな、文字が書けるんだろうなと、キューは思った。それから計算も、ある程度自分の頭でできちゃうんだろう。漢字だって、いくつか読めちゃうにちがいない。

キューはそわそわとくちびるをなめておふくろを見やった。

はやく、終わんないかな。

「よっし、完了《かんりょう》！」

おふくろがはずむ声で言いながらケーブルを抜《ぬ》き、新しいカワラをキューに渡《わた》す。

「はいよ。今日からこっちね」

「えっと、なんで交換《こうかん》しないといけなくなったんすか？」

「知らないよ。あんたの使い方が乱暴だったんじゃないの？　犬がおしっこかけたとか」

キューのもごもご動くナップザックをちろっと見ながら、おふくろが答える。キューは心外とばかりに顔をしかめた。

「コエダはきれい好きなんで」

おふくろはあっはっはと笑う。

「ごめんごめん。あ、ついでに昨日の報告も出しておいたから、このまま現場に戻《もど》っていいよ」

「あ。昨日、糸目じゃなくて、現金の入金もあったんすけど」

「へえぇ？　めずらしい」

事務階の人間が何人か目をあげる。キューはもたもたしながらベストの胸ポケットをあさり、十円玉を引っぱりだした。引っぱりだしながら、やっちまったなあと後悔《こうかい》していた。先にどこかで糸目に換《か》えておけば、十一円か、十二円くらいの価値はあったかもしれないのに。ここで出したら、役人たちはきまじめに、きっかり十円分として勘定《かんじょう》するだろう。

「おー、十円玉だ」

「すげえ」

事務人たちがきゃっきゃと浮《う》かれている。おふくろは十円玉をためつすがめつして、キューの報告どおり、一円半の糸目を接収し、自前のカワラを出せと言った。

「おれの？」

「つりはもらったんだろ？」

おふくろはにやっと笑った。

「八円半は、キューちゃんのだ。糸目に換《か》えて入金するから、カワラを出しな」

「ま、まじで？」

「当たり前でしょ。公務員はやくざじゃないんだから」

「うわー。ありがとうございます！」

キューは自分のカワラをいそいそと取り出してケーブルを挿《さ》し、八円半を受け取って笑《え》顔《がお》になった。

「やったー」

「じゃ、いってらっしゃい」

「はいっ！」

こういうことがときどき起こるから、仕事が楽しい。さっきまでの居心地《いごこち》の悪さはどこへやら、キューは晴れやかな気持ちで事務階をあとにした。

現金の持つ余分な価値を手に入れられなかったのは残念だが、おふくろに八円半ももらえたことが、なんだかうれしい。怒《おこ》られることもなく、ミスを見とがめられることもなく、堂々とできるってことが、なによりいい。

あ、でも、昨日のミスがばれたら、一発でクビになるんだったな……。

キューはがっくりしながら配達局を出た。おなじように配達局をあとにする同僚《どうりょう》は、みんな自分の荷物をチェックしながら、質屋に持っていけそうなものはないかと考えている。

キューも、いつもならおなじだった。八五地区に渡《わた》る前にだれの目も届かない崖《がけ》っぷちの屋根にのぼり、糸目に換《か》えられそうなものはないかと『楽しい時間』を過ごすのが日課だった。

だが、今日はそんな時間はない。カワラの不具合だかなんだか知らないが、事務階に寄ったせいで、すでに時間をとられてしまった。

キューはまっすぐ、担当地区に戻《もど》るリフトへ向かった。


キューがはじめに向かったのは配達先……ではなかった。最下層の北側、あやしい連中がうろつく界隈《かいわい》。

暗い水際のぎりぎりで、壊《こわ》れかけたテーブルに集まり、だべっている連中があちこちにいる。昼間っから酒をくらい、カケフダをたしなむ連中のほとんどは、定職もないこそ泥《どろ》だ。やつらは早足に通りかかるキューに親しげにあいさつする。キューは「よ」と適当に答えて不穏《ふおん》な町並みを進み、目当ての店の前で立ち止まると、きょろっとしてからそこに入った。

弱々しい光を投げかける裸《はだか》電球がぶらさがる室内は、最下層らしい風情にあふれ、うすぎたなかった。いろいろなものが壁《かべ》や天井を見えないくらい埋《う》め尽《つ》くしている。テーブル、椅子《いす》、食器、電球、サンダル、帽子《ぼうし》、釣《つ》り道具、ナイフ、ナスカン、レンチ、ロープ、電子キセル、スミのビン、その他諸々《もろもろ》。どれもなにかが欠けていたり、壊《こわ》れていたり、破れていたり、なくなっていたりして、あってもなくても困らないようなものばかり。

きゃんきゃんと犬が鳴き、つられたコエダがナップザックから顔を出して、わんと吠《ほ》える。ごちゃついた店の奥《おく》から、頭のはげ上がった太鼓腹《たいこばら》の店主が顔を出した。

「よお、キューちゃん。今日はいいのがあったか」

「いや、売りに来たんじゃない。ラジオがないかと思って」

「ラジオ?」

店主は小汚《こぎたな》い風貌《ふうぼう》に似合わない、華奢《きゃしゃ》なチワを腕《うで》に抱《だ》いていた。チワはコエダを見て興奮している。いまにも目玉が飛び出してしまいそうで、キューはこの犬がなんだか苦手だ。だけどコエダはこの犬と仲がいい。

コエダを床《ゆか》におろしてやりながら、キューはうなずいた。

「めちゃめちゃ古い型だよ。イヤホンの穴があるようなやつ。大きさはこれくらいで、茶色で、局を変えるつまみがついてて」

店主は出っぱった腹をぼりぼりとかきながら口をすぼめた。

「えらく細かい注文だな。盗難品《とうなんひん》か?」

「さあ。だれかがここに売りつけてくれてたらラッキーなんだけど」

「あいにくと、ないな」

「まじ？」

キューはめんどくさそうにため息をついた。店主はチワを床《ゆか》におろし、「ちょっと待て」と言いながら店の中を引っかき回しはじめた。コエダとチワがしっぽをふってお互《たが》いの体をかぎあっている。キューはチワに「近づきすぎるなよ」とつぶやいた。コエダがチワのおしりをかいでいる。

「こら、コエダ、やめろ！　はしたない！」

「これじゃだめか、キューちゃん？」

キューは顔をあげた。店主はストラップ付きの真っ赤なラジオをかかげている。

「ちがうよ、ぜんぜんちがう。茶色だって言ったろ」

「なんだあ。ラジオなんて、きければなんだっていいだろうが」

「そうだけど、それじゃタマちゃんが……」

言いかけて、キューははっとした。

そうだ、色なんかどうでもいい。タマは目が見えないのだから！

「でも、それだと形がちがう。もうちょっとでかくて、置くタイプなんだ。上のほうがアーチになってる」

「ふーん。ねえな」

「何色でもかまわないから！　困ってんだ、頼《たの》むよ」

「そう言われてもなあ。こちとら盗難品《とうなんひん》専門ときてる。ま、だれかが持ってきたら、知らせてやってもいいけど」

まったく、使えない質屋だ！

チワの腰《こし》におおいかぶさろうとしているコエダを拾いあげて、キューはナップザックに罪深き黒犬を詰《つ》めこんだ。

「じゃ、またな」

「ああ。次は売れるもん持ってこいよ」

「そっちこそ、ラジオ、少しは探してくれよな」

店主は笑った。

「気が向いたらな」

つまり、探す気はさらさらないという意味だ。

クズめ。

あてが外れたキューは、どすどすと靴音《くつおと》を響《ひび》かせながら、チワのいる質屋をあとにする。

カケフダを楽しんでいた連中が「キューちゃん、今日は仕事休んで、仲間に入れよ」と声をかけてくるのを、適当にいなして階段をあがる。

この時間になると屋台持ちがいつもの場所に陣取《じんど》って、キヌアの握《にぎ》りや培養《ばいよう》肉巻きを売っていた。コンテナに付属する台所はしょぼい造りなので、キノトリ区の人間はろくに自炊《じすい》しない。道を歩けば、つまめるものはなにかしら手に入る。

ひとつ思いついて、キューは中階の囲い広場へ向かった。

大階段から外れて大通路を進むと、コンテナを二十個くらい並べた屋上が広場を成している。広場を作るコンテナの屋根は、たいてい連なった農区の工場だ。キヌアや豆といった作物を棚《たな》に入れて育てたり、肉や卵を培養《ばいよう》したりする農区は、コンテナをいくつもぶち抜《ぬ》いて作られる。その屋上が、広場にするのにちょうどいい空間になるわけだ。

今日もその囲い広場では、子どもが元気にかけまわり、そこここにチョマやエノキフジが申し訳程度に緑をしげらせていた。視線を走らせて目当ての店を探すキューの前に、大荷物を背負った女がにょきっと顔を出す。

「お兄さん、ウエストポーチいらない？　かっこいいよ、これ。ほら、ワンタッチで留められる。ポケットもいっぱい。見て」

キューはふいと無視して歩き出す。女はにこにこしながらとなりを歩く。むき出しの肩《かた》には三つ羽の風車と鳥が彫《ほ》り込まれている。

「ここでひもの長さを変えられるよ。こうすればショルダーバッグになるし。デザインもたくさんあるよ。お兄さん、それ、支給されたナップザックでしょ？　自分のカバン、欲しくない？　いつまでも自分のものにしておけるよ」

「いらん」

キューはむすっとして言った。

「しつこいぞ。おまえらそうやって、いっつもおなじもん売りつけてくるだろ。工夫《くふう》がないんだよ。ついてくんな」

「なにさ、えらそうに。きまじめなお役人に、工夫《くふう》がないなんて言われたかないよ！」

「んだと、このアマ」

キューが立ち止まって腕《うで》まくりをすると、売り子は猫《ねこ》みたいにさっと逃《に》げていった。ふん、とキューは鼻を鳴らす。面白くない。

「おれが、お役人だって？」

ひとりごちながら、キューはとぼとぼと足を進める。

キューは知っている。本当の役人っていうのは、巨大《きょだい》なカワラに向かって、文字や数字を入力するようなやつらのことをいうんだ。頭がよくて、品のいいやつら。公務員だからって、みんな役人ってわけじゃない。みんなえらいわけじゃない。そんなことさえ区別できないから、あの女はいつまでたっても、売り子で日銭を稼《かせ》ぐしかないんだ。

あいつはおれより上。あいつはおれより下。

この街ではいつもそうだ。人を上下で判断する。

キューも、ずっとそうしてきた。

だけど……。

転がってきたペットボトルを踏《ふ》みつぶし、キューは電機屋を見つけてそこに入った。

金網《かなあみ》の入った透明《とうめい》なプラスチックケースの中に、いろいろな大きさのカワラやライト、電子キセルや気圧計が陳列《ちんれつ》されている。むきだしの棚《たな》には、浄水器《じょうすいき》や電池、電球、用途《ようと》のよくわからない機材が並んでいた。耐水《たいすい》性のケーブルやコードが太さの別に束ねられて天《てん》井《じょう》からぶら下がり、小さな扇風機《せんぷうき》がカラカラ回って室内のよどんだ空気を混ぜ合わせている。

「らっしゃい」

奥《おく》の椅子《いす》に座《すわ》っていた中年のおやじが顔をあげた。もうひとり、顔を半分おおうほどでっかい眼鏡をかけた女がおやじの背中側に立って、肩《かた》になにか彫《ほ》っている。店主の足元で、あばら骨の浮《う》いたトラ猫《ねこ》が眠《ねむ》っていた。

「お。イレズミ入れてんの？」

「おう。ひと月前からちびちびとな」

おやじはにやりと笑った。女が顔をあげ、眼鏡を少し上にずらしてキューに笑いかける。真っ黒に日焼けしているから、笑うとその分、歯が真っ白に見える。

「見る？」

「見る見る」

キューはおやじの背中側にまわって、途中《とちゅう》まで彫《ほ》られたその絵を見、おお！　と声をあげた。

「犬じゃん」

「狐《きつね》だよ」

「狐《きつね》ってたしか、犬の一種でしょ？」

「そうだっけ」

「へー、いいね。このデザイン、好きだな」

キューはほれぼれと見つめた。そう？　と女が顔をほころばせる。

「あたしが考えたんだ」

「へえ！　いいなあ。これ、ほんと好きだなあ」

その狐《きつね》の絵は、大陸の筆で描《か》いたみたいに線に強弱があって、ふさふさしたしっぽを丸め、体をひねって遠吠《とおぼ》えをしていた。これ、いいな。キューは自分の体のどこかに、コエダの絵を入れたいと思っていた。こんなデザインだったら、きっとコエダのかわいさも十二分に伝わるだろう。

彫《ほ》り師の女ははにかみながら、「どいて」とキューに言った。

「次の予約もあるから、急がなきゃ」

「あ、ごめんごめん」

女は眼鏡を装着してつづきを彫《ほ》りはじめる。おやじは針が肌《はだ》に入れられても、顔色ひとつ変えずにカワラで雑誌を読んでいる。

「で、なにがほしいんだ、あんちゃん？」

「あ、そうだった。ラジオない？　ちょっと古くて、でかいタイプの」

「ラジオ？　んー、新しいやつしかねえかもなあ。そこの、右の棚《たな》見てみろ。二段目だ」

キューは言われたとおりにラジオを探す。だが、さっき質屋で見たような四角いのや、やけにつるりとした小型サイズばかりだ。そうかと思うと、ものすごくでっかい、スピーカー付きのラジオしかない。

「彼女《かのじょ》にプレゼント？」

彫《ほ》り師がにやにやしながらキューを見あげる。うえぇ、とキューは舌を出した。

「やめてよ！　冗談《じょうだん》でもそれは言っちゃいけない」

「あはは、ごめんごめん」

楽しげに笑う彫《ほ》り師を、キューはそっと横目で見た。彫《ほ》り師はみんなそうだが、この女も地肌《じはだ》が見えないくらい、イレズミだらけ。鎖骨《さこつ》の下では、ひときわ大きいエイが存在を主張している。イレズミを入れるとき、たいていの彫《ほ》り師はむっつりと集中する。だけどこの子は、やたらおしゃべりだ。

いいな、と思った。なにより、彫《ほ》り師は好きだ。自分の力で生きてるって感じがする。

「ばあさんを怒《おこ》らせちゃってさ。どうしてもおなじ型のラジオを手に入れて、献上《けんじょう》しなけりゃいけないいんだ」

「へええ。それはお気の毒」

「ほんと、大変なんだよ」

この店に目当てのラジオはない。キューは顔をあげた。

「今度、おれにも入れてくれない？　犬の絵」

彫《ほ》り師はちょっと手を止め、机にひじをついてにやにやしながらキューを見つめた。

「あたし、高いよ？」

「んー。じゃ、今度おごるから、安くしてよ」

彫《ほ》り師はこらえきれなくなったように、ははっと笑った。

大安告日

「いいね、そうしよう」

キューはうれしくなる。やった。

「そのおばあさん、どんなイレズミがあるの？　人柄《ひとがら》がわかれば、謝り方もわかるかも」

「金魚がいるんだ。いちばん目立つ腕《うで》のとこに」

言いながら、キューはいけね、と思った。ふたたび彫《ほ》り進めていく女の手が止まり、同時に、おやじがふっとカワラから目をあげたから。

「金魚？　ほんとか」

キューはもごもごと口ごもった。

「うん、まあ……」

「ふん。そんなばあさんなんぞ放っとけ！　金魚の言うことなんざ、いちいちきいてたら身がもたねえぞ！」

キューは言い返せなかった。おやじはますます不機嫌《ふきげん》になり、眉《まゆ》をつりあげる。

「なんだあ、その目は。金魚にやるものなんか売らん。出て行け」

彫《ほ》り師の女は「言い方あるでしょ、おやじさん！」と言いつつも、困った顔をしてキューに肩《かた》をすくめた。

「アドバイス、できないかも。ごめんね」

「いや、いいよ」

おやじがにらむので、キューは口ごもった。

「じゃ……こんど会ったら、おごる」

「楽しみ」

にこっと笑った彫《ほ》り師は、「手え動かせ」とおやじに文句を言われ、「はいはい」と作業に戻《もど》った。キューはすごすごと電機屋を出た。

金魚にやるものなんか売らない、だと？

えらそうなじじいめ！

ラジオが見つかるまで電機屋を探して回ろうと思っていたが、もうそんな気分ではなくなっていた。

こうなりゃ、本物を見つけてやる。

キューはリストを見つめて走り出した。いつもの倍も走りまわったような気がしたけれど、気がはやっているせいか疲《つか》れはない。とりあえず、今日の配達分を配りまくる。昨日の配達先が近いとわかると、キューはそこに乗りこんでいく。

「なに？」

キューを見て、たいていのお客は眉《まゆ》をひそめる。あるいはうさんくさそうな顔。

「昨日来たばっかりじゃん」

「そのう、昨日お届けした荷物って、中身見ました？」

「はあ？」

キューは頭をかいた。

「じつはね、昨日の荷物、いったん開けて中身を確認してから梱包《こんぽう》し直したんだけど、中身が入れ替《か》わっちゃったみたいで」

「ふん。これだから配達人は。いつかこういうことが起こると思ってたよ」

たいていの人はそんな感じで、ぶつぶつ言いながらキューに荷物の中身を確認させてくれた。キューが「おさわがせしました」と頭を下げると、「はやく探し物が見つかるといいね」と言ってくれる。

街の人間のこういうところが、キューは好きだ。お互《たが》いさまで、他人のだめな部分を許してくれるところが。

キューは八五地区を上へ下へと走りまわる。コエダをナップザックにしまいっぱなしにしていたら、ついにぎゃんぎゃん鳴きはじめたので、仕方なしに足を止めた。

「ラジオが見つからないんだよ、コエダ」

キューは泣きそうな声で言った。日は傾《かたむ》きはじめていた。キューを見あげ、コエダがくんくん鳴いている。

「ああ、ごめんね、コエダ。おまえのお昼も抜《ぬ》かしちゃって」

キューはコエダをナップザックからすくいあげて、通路におろした。しっぽをぴんと立てて、コエダは久しぶりの自由を胸いっぱい吸いこんだ。

「おれ、腹減っちゃった。少しはやいけど、晩飯にしよう」

キューは歩きはじめた。とんこつラーメン、食べたいな。安い培養《ばいよう》肉でいいから。店主がコエダに余った骨をプレゼントしてくれるといいんだけど。


屋台の並ぶ夜店街に出ると、野良《のら》犬や野良猫《のらねこ》が我がもの顔で闊歩《かっぽ》していた。コエダがこわがるので、抱《だ》きあげて高低差のある通路を進む。両脇《りょうわき》に並ぶ店は、まだ提灯《ちょうちん》に灯《ひ》が入っていないところばかりだ。

行きつけの屋台に顔を出すと、四人がけのカウンターにはまだだれもいなかった。キューは店主に「とんこつちょうだい」と言いながらナップザックをおろして足元に置き、ひったくられないようにもんぺと金具でつないだ。コエダはキューの足元でお行儀《ぎょうぎ》よくお座《すわ》りしている。

カワラを出して、残りのリストをチェックする。今日の荷物はあと少し。昨日回った配達先は、まだまだ残っている。先に寄り道したせいか。

「……ま、少しずつだよな、コエダ」

キューは手を伸《の》ばしてコエダをなでた。男がふたり入ってきて、キューのとなりに腰《こし》かける。店主は早いうちからお客さんがいっぱい入ってきてうれしそうだ。キューはカワラをしまった。食事どきは、仕事のことは考えたくない。

キューのとなりにもうひとり客が来て、店はあっというまに満席になった。この店、いつもこんなに人気だっけかな。

店主は忙《いそが》しく働きながら、手際《てぎわ》よくラーメンを用意して、キューの前にどんと置く。

「はいよ、お待ち」

「わーい、うまそー」

「うまいぞ」

キューはラーメンをすすった。店主はひたいに汗《あせ》を浮《う》かべて残りのラーメンを作っている。甘辛《あまから》ラーメンをとなりの客に出し終えると、いそいそと提灯《ちょうちん》に灯《ひ》を入れた。電球を付けるんじゃなく、ライターで本物の火をつけて、ろうそくに移している。それをながめながら、キューはごくんととんこつスープを飲みこんだ。

「おっちゃん、そのライター、どこに売ってんの」

「ああ？　囲い広場で売ってるぞ」

「へー。欲しいなあ」

「なにに使うんです？」

キューのとなりで食べていたふたり客のいっぽうがきいてきた。キューの倍は生きてそうな、おっさんふたり。歳《とし》のわりにはイレズミが少なく、どっちも妙《みょう》にやさしげな笑《え》みを浮《う》かべている。

「いやあ、じつは紙巻きタバコ、手に入れちゃってさ。あれ、火をつけないといけないんでしょ？」

キューは頭をかいて笑った。

「せっかくだから、ちゃんと吸ってみたいし」

「紙巻きタバコか！」

店主が目を丸くした。キューはへへへと笑う。

「一本だけだけどね」

「すげえなあ。どこで手に入れた？　闇《やみ》か？」

「ちっげーよ、もらったの」

「だれにもらったんです？」

また、話に割りこんできた。いや、それはいいんだ。この街の人間はみんな、知らない顔でも平気で話に割って入るもんだから。だけど、やけにばか丁寧《ていねい》だな、とキューは思った。こんなに歳《とし》が離《はな》れているのに、なんだってキューに敬語を使う必要がある？

ふたり組はどちらもしわくちゃの服を着てはいたが、それにはしみひとつなく、破れもほつれも見当たらなかった。サンダルだって新品みたいだ。なんとなく、気味が悪い。

「いや、その……お客さんが、太っ腹で」

キューはラーメンをすすった。ふたりはまだ、にこにこしながらこっちを見ている。

「幸運でしたね」

男のひとりが言って、相方にうなずく。もういっぽうの男がうなずき返して、「うらやましいです、本当に」とキューに笑う。

なんだこいつら、とキューは思った。

幸運でしたね？

普通《ふつう》、「ついてたな、にいちゃん」くらいのもんだ。なんだってそんな、かたくるしい言い方をする？

店主も妙《みょう》な顔をしている。相手は客だから、なにか言ったりはしないけど。

「もらったときに、なにか言われました？　その警団の人間に」

キューは、食べていたラーメンをろくにかみもせず、ごくんと飲みこんだ。

……警団の人間にもらったなんて、言ってない。

「べつに、なにも」

もぐもぐ食べながら、キューは汗《あせ》をかいていた。いやな汗《あせ》だ。ふたりから目をそらし、店主のほうを向いてこわばった笑顔《えがお》を作る。

「おっちゃん、うまいよ、これ」

「あたりめえだ」

ふたりの男はにこにことキューを見ていた。しかしやがて、店主に礼を言って糸目を支《し》払《はら》い、屋台を出て行った。こんなにうまいラーメンを、半分も残して。

ほっと安心して、キューは最後の一本をすすりあげ、自前のカワラをごそごそと出した。

「おっちゃん、そのライター、売ってくれない？　囲い広場に行くのめんどくさくて」

「ああん？　もうほとんど油ないから、やるよ」

「ほんと？　やった」

キューとほとんどおなじタイミングで、となりで甘辛《あまから》ラーメンを食べていた客のじいさんも支払《しはら》おうとした。キューは先をゆずった。年長は立てるものだ。

「ありがとう」

キューは気づいた。この客も、ろくにラーメンを食べていない。半分以上残している。そのじいさんはにこにことキューに礼を言うと、ところで、とキューに向き直った。

「ほかに、そいつからなにかもらわなかったかい？」

キューは言っている意味がわからなくて、ちょっとまごつく。

「ほかに、って……え、なんの話？」

「さっきの話ですよ」

じいさんはにこにこしながら言った。その笑い方は、さっきのふたり客とまるでおなじだった。やけにきれいな服を着て、うす気味の悪い、無害そうな笑《え》みを浮《う》かべて……なんだか妙《みょう》に、品がいい。

まるで……キノトリ区の人間じゃないみたいだ。

「その警団の男に、ほかになにをもらったんです？」

キューの心臓が破裂《はれつ》しそうなほどばくばくいっている。

座《すわ》ったまま、キューはそっともんぺのすそに手を伸《の》ばし、ナップザックの金具を外した。

「……えっと、おれは、べつに……」

「ここは私が支払《しはら》いましょう」

そいつはさっとキューの分まで支払《しはら》うと、目を丸くしている店主からライターを受け取って、キューに渡《わた》した。そしてあごをくいっともちあげる。

「少し話があります、ヒサシさん。ちょっと来ていただけますかね」

次の瞬間《しゅんかん》、キューはナップザックとコエダをつかむと、ラーメン屋を飛び出した。

逃走《とうそう》はあっという間に失敗に終わった。のれんの向こうにふたりの男が待ちかまえていて、キューの腕《うで》を両側からがっちりと押《お》さえこんだのだ。

「ちょっ。うそだろおいっ！　放《はな》せっ！」

のれんの内側から、じいさんが出てきて福々《ふくぶく》しく笑った。

「まあまあ。取って食いやしませんて」

「おれ、なんも知らない。ほんとに、なんもやってないって！」

「話はすぐに終わります。あ、ご主人、ごちそうさまでした」

キューは首をすくめた。のれんのすきまから、ぽかんとした店主の顔が見える。店主は「やらかしたな」という顔をして、キューを哀《あわ》れみの目で見ていた。

「ちがう！　ちがうって、おっちゃん！」

「静かにしろ」

それまでにこにこだったふたり組のいっぽうにすごんだ声で言われて、キューはとつぜんおとなしくなった。じいさんが笑って、「まいりましょうか」と先頭に立つ。

なんにもしちゃいない。なんにもしちゃいないのに。

ずるずると両側から引きずっていかれながら、キューはうわごとみたいにつぶやきつづけた。


三人の男たちはなんのベストも着ていなかった。黒でも灰色でもいいから、なにか着ていてくれたらよかったのに。そうすりゃ、キューはこいつらがどこのだれかがわかる。自分がなにに巻きこまれたのかも。

こいつらは、なにもかもが異質だった。イレズミも少ないし、日焼けもしていないし、しわくちゃの服もサンダルも、ま新しすぎて仮装みたいだ。まるで、いつもはぜんぜんちがう服を着て生きているのに、わざわざ中階の人間に合わせたみたいじゃないか。

「配達局で働いているんですよね、ヒサシさんは」

キューが連れてこられたのは、人の少ない崖《がけ》っぷちだった。住宅街の一角で、大階段からも離《はな》れているから人の通りが少ない。

キューはちろっと海を見やった。ほんの一メートル先から身を乗り出せば、海へまっさかさまに落ちるだろう。ちなみに、両側の男たちはまだしっかりとキューをつかんでいて、放《はな》してくれない。

「それで、昨日は二度もおなじところへ配達に行きましたね？」

探《さぐ》るような目を向けられて、キューはもごもごと言葉を探す。

「ええと、それはあのう、ちょっとしたミスがございまして。いや、ミスったのはおれなんすけど。あの、もしかして警団の方ですか？」

じいさんはにこにことしてなにも言わない。両側の男にぐっと二の腕《うで》をにぎりしめられて、キューはへんな叫《さけ》び声を出した。

「いやっ、すんません。べつになんでもないです。あんた方がどこのだれでも、おれには知る必要もないっていうか、はい、その」

コエダの入ったナップザックは右側の男が背負っている。キューは人質をとられていて、目の前には海が開けていて、落ちたらたぶん、ただではすまない高さがあって。

「でもその、トガキさんはお許しになってくれまして。あ、おれのミスの話ですけど。それでこの話はいったんすんだというか、いや、そうしていただけたらうれしいなって、おれの勝手な願望ですけど。それでその、なんというか……」

「ああ、どうぞ気を楽にしてください。ヒサシさんのミスをあげつらいに来たわけではありませんから」

「そ、そうすか」

キューは震《ふる》えをごまかすためにくちびるをかんだ。

こいつらはおれに会いに来た。おれの名前を知っているし、昨日、トガキのとこに配達したことも知っている。でも、わからない。なんだってこいつらは、おれがあのラーメン屋にいるってわかったんだろう？

えんじ色のベストを着た人間なんて、キュー以外にもごまんといる。それに、配達先で待ちかまえるんじゃなく、食事どきに来たってのが不気味だ。まるで、キューの居場所がわかっていたみたいじゃないか。

そのときキューは、今朝の出来事を思い出した。

おふくろに呼び出され、カワラを交換《こうかん》された。上に命令されたからって。

どろりと、へんな汗《あせ》をかく。

だけど、そんなことって。あるのか？　カワラを持っているだけで居場所がわかるなんて、そんなこと……だって、この街には、ルーターもないのに……？

それとも。

あるのか。

キノトリ区に。すでにルーターが？

「トガキさんになにか言われましたかねえ」

じいさんが、にこりとキューを見つめる。

「えっと……なにか、とは……」

「これは内密にしていただきたいんですがね」

やけに丁寧《ていねい》な口調で、じいさんはつづけた。

「当局に対する反乱分子の疑いがありましてね。そういうものは、この街の平和を乱すのです。いやもちろん、なにもないならないで、いいんですがね。こちらの勘違《かんちが》いなら、それはそれで喜ばしいことではある」

キューはごくりとつばを飲みこんだ。

「はっ、反乱……？　いやちょっと待ってください。おれは、なんも。そりゃ、しがない配達人で一生を終える気なんてさらさらありませんけど、でもそれは街の方々の平和を乱すような大それたことなんかじゃなくて、ほんとささやかで、朝ごはんに缶詰《かんづめ》ふたつ食えるくらいの身分になりたいなとか、そんな程度で」

「いえいえ、ヒサシさん。あんたじゃありません」

じいさんは苦笑しながら手をふった。

「私が知りたいのは、警団のバカ息子《むすこ》ですよ」

はたと、キューにも思い当たる。

そうだ。なにをバカなことを言ってるんだ。この不気味な連中が、キューなんかを警戒《けいかい》してわざわざやってきたわけがない。

もちろん、上の連中が警戒《けいかい》すべきなのは——大金を持ち、ルーターを作らせ、港の船を奪《うば》って大陸に乗りこんでいくつもりの——トガキしかいない。

「いや、その。おれは配達するものを間違《まちが》っちゃって。ほんとにそれだけで。ちょっとお小言もらって、謝って、取り違《ちが》えたやつを回収して、それで終わりで」

となりの男の背中で、ナップザックがうごめいている。おなかがすいて死にそうな犬がいるのだ。ああ、ごめん、コエダ。骨もらうの、忘れてた。

「彼《かれ》からなにを受け取ったんです？」

じいさんは冷たい目でキューを見すえている。ほかのふたりが身を寄せてきて、キューは縮こまった。

「え、ええと……間違《まちが》って配達しちゃったやつを回収しただけで、ほんとに……」

「いま、それはお持ちですか？」

「え？　あ、カメラ？　はい、持ってますけど……」

「検分させてもらってもかまいませんかね？」

「ええと……はい……」

両側の男がやっとキューを放《はな》してくれる。ナップザックを受け取って、キューは震《ふる》える手でジッパーを開けた。愛しの子犬がむちゃくちゃに手をなめてくるのをよけて、おもちゃのカメラと、製本されたアルバムを引っぱりだした。それを、すぐそばで見はっていた男のひとりに手渡《てわた》す。

男たちはひとつずつ手に持つと、ながめまわし、ふりまわし、すきまに爪《つめ》を立ててこじ開けようとした。

「ちょっと、それ、あずかり物なんです！　あんま乱暴にしないで……！」

「ヒサシさん、ひとつ提案があります」

じいさんが言って、キューは飛びあがった。

なんだろう。こいつらはちっともこわそうに見えない。にこにこして、なまっちろくて、どちらかといえば弱そうだ。なのに、なんでこんなにこわいんだろう。

ここにタマがいてくれたらいいのに、とキューは思った。なんだかんだ言って、昨日は警団のただ中に乗りこんでいっても、タマがいたのだ。こんなの、ひとりじゃむりだ。

「な、なんですかね、はい」

「機会があったらでいいんですがね。愚息《ぐそく》がなにか……そうですね、不穏《ふおん》な動きを見せたら、教えてほしいんですよ。なるべくおはやく」

そう言って、にこりとキューの胸ポケットをつつく。その下に、今朝替《か》えたばかりの、新品のカワラがおさまっている。

「そうしてくれたら、すごく助かるんです。この街のためにね。情報が正確であれば、相応の謝礼はします。そうですね……上の階に住みたいとは思いませんか?」

どくんと、心臓が跳《は》ねる。

「そりゃ、でも……」

「家賃の心配は無用です。もっといい仕事を紹介《しょうかい》しましょう。なにがいいですかねえ。刑《けい》務所《むしょ》の幹部なら、学がなくとも就《つ》けます。警団もいいものですよ、家族の絆《きずな》がどこよりも強いですからね。現場が好きなら、港で大陸の卸《おろ》し作業をするのはいかがですか。いい状態の酒や紙巻きタバコが、すぐに手に入りますよ」

キューはごくりとつばを飲む。

この男は、それを提案できる人間なのだ。

「もしも通報してくだされば、用立てします。あなたにとってみても、こちらについたほうがいいと思いますがね」

男たちの検分が終わったらしい。おもちゃのカメラとアルバムをキューによこして、年かさの男にうなずく。

「では、たのみましたよ、ヒサシさん」

じいさんはにっこり笑って、ふたりの男をしたがえ、キューをその場に残して去っていった。

キューは息を吐《は》き、へなへなとそこにひざをついた。

だから、警団に関わるのはいやなんだ。

キューはただ配達しただけ。そりゃ、配達物を取り間違《まちが》えたけれど、だからといって雲の上の連中に目を付けられるようなことはしちゃいない。なにひとつ、しちゃいない。

キューはナップザックを開いてコエダを出してやった。めちゃくちゃになめられながら、キューはぎゅーっとコエダを抱《だ》きしめた。

くそ。くそ。くそ。

ラーメン一杯《ぱい》分、冷や汗《あせ》に変わっちまった。

「……どうせ、おれみたいなクズなんざ、へとも思っちゃいないくせに」

むかむかして、気に入らなかった。

さっきの男たちもそうだったし、トガキもそうだ。けっきょくキューみたいな庶民《しょみん》のことなんか、へとも思っちゃいない。

一緒《いっしょ》に横を歩かないか、だって？　よく言うよ。キューのことなんか、駒《こま》のひとつくらいにしか思っちゃいないくせに。

この街は、ずーっとそうだった。

キューは、ずーっとそんな街で、生きてきた。

ナップザックにカメラとアルバムをしまいこみ、よろよろと立ちあがると、一刻もはやくコエダにごはんを買ってあげるため、キューは歩き出した。


今日の分の小包を届け終えたキューは、顔をあげて街のてっぺんを見あげた。

八五地区の西側に位置するこの中階からなら、ほかの建物に邪魔《じゃま》されずに七四地区の灯台を見あげることができる。灯台はくるくると灯《ひ》を回し、そのすぐ下には電飾《でんしょく》が時計の文字盤《ばん》をふちどって青白く光っていた。海が青く光り、キノトリ区の反対側にある七二地区から立ちのぼった白い煙《けむり》が、くっきりと夜空に流れる。

キューはへんな気分だった。

せまいんだな。ここって。

この海洋の街をそんなふうに思ったのははじめてだった。八五地区だけでも二、三万人くらい人が住んでいて、でかい街だと思っていたのに。

「だいぶ遅《おそ》くなっちゃったな。タマちゃん、寝《ね》てるかもなあ」

今日はいろんなことがあった。キューは昨日以上に疲《つか》れていた。だが、タマに文句を言ったところで、「自業自得《じごう》だろ」と切って捨てられるのが目に浮《う》かぶ。

もし……。

あの三人組の男たちに、トガキがルーターを作ろうとしていると通報したら。

キューはもっといい仕事に就《つ》けるのだろうか。上に住める権利を得て、お金をじゃんじゃん稼《かせ》いで。それで……下の人間のことをへとも思わず、ばかにしながら生きていくのか？

「くっそ」

キューは通路に転がっている空き缶《かん》を蹴《け》っ飛ばした。中途半端《ちゅうとはんぱ》にあけられた空っぽの缶《かん》詰《づめ》は、鉄柱や階段や家にぶつかりながら、かつんかつんと音を立てて最下層まで落ちていく。

だいたい、タマちゃんはさ、とキューはひとりごちた。

公務員のくせに最下層に住むとか、どんなもの好きだよ。

あんな生活をしているから、タマはキューがどうなってもかまわないんだ。本当ならもっと上に住めるはずだ。たとえ金魚を入れてても関係ない。家賃さえ払《はら》えば、どこにだって住める。なのにそれをしないなんて、タマはどうかしている。

もしも……。

キューは考えた。ゆうべのトガキの言葉が、ずっと頭から離《はな》れない。

もしも、横に道があったとしたら。

上とか下とか、そんなことを気にせずに生きていけたとしたら。いつもぴりぴりして、お金を貯めて、少しでも上に行こうと思わなくてすむんだとしたら。

そりゃ、そうなりゃ楽だ。自由でいいと思う。だけど、その結果がタマの生活レベルだ。この街では、そんなことは許されない。つねに上を目指さなけりゃ、すぐ足元へ水がせまってくる。だから仕方ないんだ。いつだって、前だけ向いて、他人を蹴落《けお》としてでも登りつづけなきゃいけない。必死にしがみついて、落ちないように。

だけど、もし。

横に道があったら……。

キューは立ち止まり、そういえば、と言いながらカワラを出してリストを確認した。

やっぱり。

近くに、昨日届けた配達先がひとつある。たしか、漢字で看板がかかっている家だ。個人病院だと思うが、実態はよく知らない。ちょくちょく大陸から輸入品を申請《しんせい》しているので、いいお客さんだ。家主の女は顔の半分以上を仮面でおおっていて、ちょっとこわいけど。

ほとんどダメ元で、キューはそこに寄ってから帰ることにした。

6 仮面の下

「ラジオ、つけませんか」

沈黙《ちんもく》に耐《た》えられなくなったサクラが、とうとう口を開いた。

石膏《せっこう》で型をとったあと、ショウが荷物を届けに戻《もど》ってきた。着替《きが》えと洗面道具、それから少しばかりの食料を置き、ミケに意地悪く笑いかける。

「おれの恋人《こいびと》にへんな気を起こさないでくださいね。顔を交換《こうかん》しようとするとか」

「ショウ!」

ショウはかぶりをふった。冗談《じょうだん》だよ、と笑って。

「そういう昔話、あるだろ。ほら、女の人って美貌《びぼう》がいちばん、みたいなところあるじゃんか」

「それは、あなたが考える『女の人』でしょ」

ミケはおだやかな声で「まあまあ、おふたりとも」と手をあげ、ショウに目元で笑いかけた。

「ご安心を。私はいま、人生でいちばんというくらい、幸せに暮らしています。他人に嫉《しっ》妬《と》するひまもないくらい」

ショウは「どうかな」という顔をして、サクラに目配せした。が、サクラはとても笑う気分になれなかった。

ショウはそれから、ミケの入れてくれたお茶を飲み、差し入れた団子をつまみながら、他愛もない話題をふった。サクラの機嫌《きげん》を直そうとあれこれ試《ため》したが、サクラは一瞬《いっしゅん》たりとも笑顔《えがお》を見せなかった。ショウはしばらくして気まずそうに席を立ち、ミケに頭を下げてそそくさと帰った。

恋人《こいびと》がいなくなってから、サクラはミケに謝った。だが、ミケはあいかわらずおだやかに、笑《え》みをたたえた目をサクラに向けた。

「いいんですよ。世の中には、いろんな人がいますから」

「でも」

それはそれで、なんだか……冷たいではないか、とサクラは思った。

どんな失礼な目にあっても、無礼な態度をとられても、「どうせ人間はそんなものだ」と、あきらめているみたいだ。はじめから、だれにもなんにも期待していないみたいではないか？

「私は、ミケさんに向かってあんな失礼なことは言いません。ぜったい」

ミケは目を細め、うなずいた。

「ありがとうございます」

本当にこちらの意図が伝わっているのだろうか。どこまでわかってくれているのだろう。サクラはもどかしく思いながらも、なにも言えなかった。ミケがサクラの荷物を運び、あれこれと家の説明をして、好きに雑誌を読んでいいからとカワラを貸してくれた。サクラはそのひとつずつに対して、丁寧《ていねい》に礼を言った。

「私はとりあえず、仮義足を造ります。簡単なものですが、いまつけているものよりはましでしょう」

「シリコン樹脂《じゅし》がなくても造れるんですか?」

サクラは不安げにきいた。配達人が届けたものにはたしかに、大陸から運輸されてきた証である、港の印が記されていた。が、中身は型落ちの、古いラジオだった。

「そうですね……とりあえずは、ほかのパーツから造ることにします」

「配達人って、糸目になるものを見つけたらすぐに売り払《はら》っちゃいますもんね。きっとそのせいで中身と包みが入れ替《か》わっちゃったんだ。ほんと、しょうもない人たち。そのくせ、えらそうな顔でふんぞりかえってて。大嫌《だいきら》い」

ミケは小さく笑って、「世の中にはいろんな人がいます」と言った。

「いろんな人というのは、いいところも、悪いところも、どっちも持っているという意味です。一面だけ見て判断してはいけませんよ。あなたの恋人《こいびと》だって、きちんといいところは持っているでしょう？」

サクラはそっと頰《ほお》を染めた。ミケはだまって仕事に取りかかり、サクラは沈黙《ちんもく》の中、カワラを起動させて雑誌を読んだ。しかし、ちっとも集中できなくて、ときどき目をあげてミケの作業姿を盗《ぬす》み見た。

なにをしているのか、素人《しろうと》のサクラにはさっぱりわからない。それでも、真剣《しんけん》になにかを造っている人というのは、美しく見えた。たとえ顔が半分仮面に隠《かく》れていても、どきりとさせられる魅力《みりょく》をはなっている。

サクラはうわすべりする活字の内容をあきらめ、それでも雑誌を読んでいると思わせるために、ときどきカワラの表面をなでた。静かな中で、ミケが金属を削《けず》る音だけが響《ひび》く。

「ラジオ、つけませんか」

とうとうサクラがそう言ったとき、ミケは顔をあげて、目だけでにこりと笑った。

「仮義足ができました」

「え？」

ミケの持ちあげたそれは、ひざから足までひとつながりの、ほとんど完成形に近い義足だった。

　ひざの部分にはよくわからないネジや歯車が何層にもついていて、複雑な形をしている。すねの部分はなんの変哲《へんてつ》もない金属の棒で、足首から先には、折り曲げた金属の板が足の代わりをしていた。

　サクラがつけていた義足は、ひざの部分こそ少し折れ曲がっているものの、歯車などないし、足首にはなんの工夫もされていない。ただ、杖先《つえさき》のようになっているだけだ。

　仮義足とミケは言ったが、こんなに本格的な義足をつけるのははじめてだ。

「すごい。クレーンみたい。あれより細かいけど……」

「クレーンは人の手で操作しますから、もっと造りが単純なんです。でも、これは操作なしに稼働《かどう》します。歩くたびにひざを曲げたり伸《の》ばしたりするボタンを押《お》すなんて、不可能でしょう?」

　ミケはちょっと笑いつつ、両手で両方のひじをつかんで、ふうっと息を吐《は》いた。

「大陸では技術が確立されているようなんですけどね。再現するのは大変でした」

　ほれぼれと義足を見つめていたサクラは、はっと目をあげた。

「ミケさんが、独学で?」

「仕方なく、です」

「すごい……たった半日で、こんなに……」

「あ、いや。もちろんいま、全部を造ったわけじゃありませんよ。試作の義足がいくつかあったので、仮義足に使えそうなパーツを応急でつなぎ合わせただけです。サクラさんの身体に合った義足を造るには、もっと時間がかかります」

それでも十分すごい、とサクラは思った。

「本当は大陸がデータを持っているはずなんです。何度も申請《しんせい》はしたんですけど」

ミケは眉間《みけん》にしわを寄せて言った。

「警団が遠慮《えんりょ》をしているのか、大陸側が出し惜《お》しみをしているのかわかりませんが、なかなか情報が開示されなくて。もっと、直接大陸の人たちとやりとりができればいいんですけど……。上の人間は、下のことなんて考えちゃくれませんから」

「それは仕方ないんじゃありませんか？」

サクラがちょっと笑って言った。

「だって、私たちって、しょうもない人間の集まりだし」

ミケはサクラを見たが、なにも言わずにサクラのそばにしゃがみ、にこりと笑った。

「では、さっそくつけてみましょう。ソケット部分は造っていないので、いまあるものをそのまま代用します。外してください」

サクラの義足の、断端《だんたん》をおおうプラスチック部分を手早く外し、仮義足に継《つ》ぎ合わせる。高さと角度を調節して、「つけてみましょう」とミケが言う。

サクラはどきどきした。義足をつける作業はいつもと変わらず、痛みがともなった。身体に密着する部分は変わっていないのだから当然だ。しかし、ミケの背中を必死でつかんで装着が終わると、いままでとはまったくちがう着け心地《ごこち》に驚《おどろ》いた。

軽い。

「すごい。えっ、うそ。ひざが」

きゅるきゅると、小さな機械音を響《ひび》かせながら、ひざの歯車が複雑な動きをして、座《すわ》るサクラにあわせてほんの少し曲がった。なにも操作していないのに、勝手に。

これまでは、足を伸《の》ばせない場所に座《すわ》るのが苦痛だったけれど、これなら。

「歩いてみますか？」

長い長い調整を終えて、ミケがやっと顔をあげ、ほほ笑《え》む。サクラはうなずいた。肩《かた》を借りて、そっと立つ。いつもならもっと相手にしがみつかねば立てないのに、驚《おどろ》くほどすっといく。

「どうでしょう。左右で、バランスは」

「ええと……ほとんど、違和感《いわかん》はないです」

「少しでも違和感《いわかん》があるなら、遠慮《えんりょ》せずに言ってください。毎日使うものですからね」

「はい」

サクラは一歩、歩いてみた。左脚《ひだりあし》のひざがきゅるきゅると足を伸《の》ばし、足首の金属板が地面をしっかりとつかまえてサクラを前に運ぶ。

こんなに、ちがうものなのか。

サクラは目に涙《なみだ》を浮《う》かべた。

この感覚を、忘れていた。普通《ふつう》に歩けていたころの感覚を。

「ミケさん」

サクラが感極《かんきわ》まった声で呼ぶと、ミケはうれしそうにうなずき、「いやだな、泣かないでくださいよ」とくぐもった声で笑った。

「つられて泣いてしまいます。これはまだ、仮義足ですからね」

「ミケさん……ありがとうございます」

サクラはミケに抱《だ》きついた。ミケは驚《おどろ》きながらも、サクラの背にぽんと手を置いて、うんうんとうなずいた。

「サクラさん、ラジオをつけましょうか?」

「え?」

「さっき、つけたいって言ったでしょう？」

そんなこと、すっかり忘れていた。だが、あれは沈黙《ちんもく》に耐《た》えられなかったからだ。もくもくと作業をするミケの邪魔《じゃま》をせず、かといって雑誌に集中するふりもつづかず、自然に、義足を造るミケをながめていたいだけだった。

「ちょっと借りちゃいましょう。音楽を聴《き》くのは久しぶりです」

「音楽、好きなんですか？」

「昔はきらいでした」

でも、いまは聴《き》きたい気分です、と言ってミケは笑い、配達人が間違《まちが》えて届けたラジオのつまみをいじった。が、音は出てこない。サクラが首をかしげていると、ミケは「壊《こわ》れているみたいですね」と言いながら、工具箱をあさって分解しはじめた。

「ラジオも直せるんですか、ミケさん？」

サクラの羨望《せんぼう》のまなざしに気づかず、ミケはラジオの外装をかこっと外した。

「いえ、でも、おかしいところがあればわかりますから……あ、これかな」

コードを交換《こうかん》し、ネジを締《し》めたり外したりして、ミケは元通りにラジオを組み立て、つまみをねじった。

ざりざりとノイズがきこえ、声が届いた。ミケがねじるつまみが急にかちりとはまり、はかなげな、美しい歌声が部屋を満たす。

「メリーだ」

サクラは笑顔《えがお》になった。しかもこれは、大好きな曲。いちばん売れた、ラブソングだ。

「ミケさん。リハビリに付き合ってくださいませんか」

サクラは手をさしだした。うれしさでいっぱいで、どこか大胆《だいたん》になっていた。

「踊《おど》りましょうよ」

ラジオをじっと見つめていたミケは、サクラをふり返って困ったように笑う。

「いきなり、踊《おど》りですか？　リハビリは少しずつやらないと」

「はやく、ミケさん。メリーの歌が終わっちゃう」

ミケは少しためらったあと、ほほ笑《え》んでサクラの手をとった。サクラはなんでもできそうな気がした。踊《おど》ったり、飛び跳《は》ねたり、しゃがんだり、走ったり。これからはなんでもできる。そう信じられる。心から。

しかし、慣れない義足でいきなり踊《おど》ることはできなかった。サクラとミケは、リズムに乗って体をゆらした。それだけ。それだけのことが、いままでのサクラにはできなかった。

メリーの歌が終わった。サクラは満面の笑《え》みを浮《う》かべ、ミケの仮面の頬《ほお》にキスをした。

ミケはちょっと目を見開いて、ふふっと笑った。

サクラはミケの手を離《はな》し、手でバランスをとりながら、部屋の向こうまで歩いた。杖《つえ》なしで。

ゆっくりと時間をかけて方向転換《てんかん》し、ふたたび椅子《いす》の前まで歩いて、ひじかけにつかまりながら座《すわ》りこむ。

ミケはなにかあればいつでも支えられるように待ちかまえながらも、けっきょく手を貸すことはなかった。満足げに笑うサクラに、ミケも笑《え》みを返した。

ラジオでは、司会者が次の曲の紹介《しょうかい》をはじめている。海の向こうに日が沈《しず》みかけ、ミケは電気をつけた。

「明日は、段差を歩く練習をしてみましょう。私は本義足の制作にとりかかります」

「はい。よろしくお願いします」

サクラは頭を下げた。

六千円の価値はある。心からそう思えたし、ここへ来てよかったと思った。どうしていままでミケに義足を造ってもらわなかったのか、不思議なくらいだった。

メイ先生はこの地区でいちばんの医者だった。多くの人の尊敬を集め、その言葉にはみんなが素直《すなお》にうなずいた。「だめな人間の寄せ集め」と自分たちを笑う海洋の街にあって、

「でも、メイ先生はべつだ」と断言する人間は大勢いた。

そんなメイ先生が、サクラの義足を造るときにかぎって、どこか歯切れ悪く「どうしようかねえ」と言ったのだった。

「この地区にも技師はいるんだが……ちょっと、不安だなあ」

尊敬する医者の言葉に、サクラのような若者は、ただ困惑《こんわく》するしかない。

不安とは、どういう意味だろう。

ぱっと思いつくのは、腕《うで》が悪い、金の亡者《もうじゃ》、性格が悪い、あるいは、身体のどこかに金魚を飼っている……。そういった、わかりやすくて短絡《たんらく》的な「問題」。

そういうものに、恋人《こいびと》は敏感《びんかん》だった。ろくに理由も問いたださず、ならやめましょうと即座《そくざ》に言った。おれはメイ先生を信じます。サクラはもう、十分大変な目にあったんだ。これ以上、問題を抱《かか》えるのは見ていられない、と。

それでも、二年。いまの生活に耐《た》えられなくなったサクラは、昔メイ先生が口にした技師の話を思い出し、さりげなくその話を蒸し返した。そして恋人《こいびと》が感づく前に、紹介状《しょうかいじょう》を書いてほしいとお願いしたのだ。

正式に紹介《しょうかい》が決まったとき、ショウは気に入らないようだった。ぎりぎりまで、いまのままでいいじゃないかとサクラに言った。だが、サクラの意志はかたかった。

実際にミケに会ってみて、会話をし、その仕事ぶりを目にして、サクラは困惑《こんわく》するばかりだ。明るくて、礼儀《れいぎ》正しくて、腕《うで》もいい。

いったいメイ先生は、ミケのなにが問題だというのだろう？

夜。ひとりでトイレに入り、ひとりで着替《きが》えをすませ、ひとりでベッドに入る。これらをこなして、サクラはすっかり感動しきっていた。

浴室の中に椅子《いす》を置いてもらい、そこに座《すわ》って義足も服も脱《ぬ》いで、座《すわ》ったままシャワーを浴びた。ドアの前に置いておいたタオルで体をふき、下着をつける。壁《かべ》や家具につかまりながらケンケン足で外に出て、浴室の目の前にあるベッドに腰《こし》かけ、髪《かみ》を拭《ふ》く。

ミケはそのあいだ、部品を削《けず》って歯車を調節し、パーツを組み替《か》えて計算していた。寝《ね》間着《まき》を着てもう一度髪《かみ》をかわかしながら、サクラはほれぼれと職人の作業をながめた。

ミケの造る義足は、着脱《ちゃくだつ》もひとりでできるようなものらしい。ならば、家にあるようなシャワーだけではなく、銭湯に行って湯船につかることもできるかもしれない。サクラはもうずっとながいあいだ、湯船につかっていなかった。

この街ではどの家にもシャワー以上の設備はなく（もちろん、雲の上の家はべつだろうが）湯船につかりたければ銭湯に行くほかない。個人宅の水はタンクがいっぱいにならないとあたためられないので、シャワーを浴びている最中にお湯が水に変わってしまうこともしばしばだった。だが、銭湯では巨大《きょだい》な浄水器《じょうすいき》がつねに稼働《かどう》していて、海の水をろ過して沸《わ》かしているので、お湯をたっぷり使える。

「ミケさん。もう遅《おそ》いけど、寝《ね》ないんですか」

脱《ぬ》いだ服をきれいにたたみながらサクラがたずねた。どうせ洗い物は袋《ふくろ》に詰《つ》めて洗濯屋《せんたくや》に出してしまうのだが、なんとなく手持ちぶさただったのだ。ミケは作業する手を止めずに、ちょっと首をかしげた。

「ええ。患者《かんじゃ》さんのために、少しでもはやく義足を完成させたいですから」

サクラは笑《え》みを浮《う》かべながら、広めのベッドに横になる。ふたつ並んだまくらをちらりと見て、なぜか心がちくりと痛んだ。

「ミケさん」

「なんでしょう」

「どっちのまくらを使えばいいですか」

「お好きなほうを」

「ミケさんは……結婚《けっこん》は、なさらないんですか」

ミケはおなじような質問に慣れているらしく、肩《かた》をすくめて笑うように言った。

「しません」

「じゃあ、恋人《こいびと》がいらっしゃるんですか？」

ミケははじめて手を止め、サクラを見た。その目の表情が、サクラには読み取れない。

白い仮面の口元はぴくりとも動かない。

「……だれかと一緒《いっしょ》でないと、いけないんですか？」

淡々《たんたん》とした、ただの質問だった。なのに、サクラはどきりとした。すぐには答えられなかった。

自分の中に矛盾《むじゅん》を感じた。言葉の上では、もちろんそんなことはありませんよ、と言うのが正しいとわかっているのに――だって、そんなものは人それぞれだ――ふと、自分の中ではちがうことを考えていると、気づいたのだ。

自分は、だれかと一緒《いっしょ》でないといけないと思っている。

ショウと一緒《いっしょ》にいないといけないと、思いこんでいる。

「サクラさん」

「は、はい？」

ミケに声をかけられて、思わず声が裏返った。ミケは目で笑いかけて、優しげに言った。

「先に寝《ね》ていてください。今日はここまで来るのに、疲《つか》れたでしょう。電気がまぶしいようでしたら、そこにカーテンがありますから」

「はい……ありがとうございます」

サクラの声は小さくなり、布団《ふとん》を自分の顔の上まで引っぱりあげて、胸騒《むなさわ》ぎを押《お》さえ込《こ》もうとした。

――だれかと一緒《いっしょ》でないと、いけないんですか？

答えてあげられればよかったのに、と思った。

自分の答えを見つけたい、と思った。

ミケのために。いや。

自分のために。


そのまま気づいたら眠《ねむ》ってしまったようだ。夜中に、ふと目がさめた。

背中側にだれかが眠《ねむ》っていた。どきりとしたが、すぐに気づいた。ミケだ。サクラのとなりで、こちらに背を向けて寝息《ねいき》を立てている。寝《ね》ぼけた頭でそっと体の向きを変え、その顔をのぞきこもうとして、はっと動きを止める。

ミケの手の先に戸棚《とだな》があった。そこに、白い仮面が置かれていた。カーテンのすきまからもれる灯台の光を浴びて、ぼんやりと浮《う》かびあがっている。

少し体を持ちあげればいい。ほんの少しだけ身を乗り出せば、ミケの顔を見ることができる。

もう少しでそうしようかと思った。好奇心《こうき》に負けそうになった。

けれどもけっきょく、首をふって丸くなり、眠《ねむ》っているミケの背中にひたいをとんと当てて、夢のつづきに戻《もど》った。


翌日、仕事を終えて夕方にあらわれたショウは、サクラの仮義足を見て目を見開いた。

「すごいじゃないか！　杖《つえ》なしで歩けるのか？」

「もともと、義足というのは杖《つえ》なしで歩けるようにするためのものですからね」

ミケがほほ笑《え》む。サクラはにこにこ顔であっちからこっちへ歩くと、ちょっと腰《こし》を落として「おひかえなすって」とおどけてみせた。ショウは「すごいすごい」とほめちぎった。

「これは仮義足です。いま、本義足を造りはじめています。サクラさんの身長と体重を加味して、もっと歩きやすくて、ひとりで着脱《ちゃくだつ》できるものにします」

ミケが説明するあいだ、サクラはゆっくりとイスに腰《こし》かけてにこりと笑った。そんな恋《こい》人《びと》に笑いかけていたショウは、ミケの言葉に引っかかったように首をかしげた。

「え？　これで完成じゃないんですか？」

「ええ。これは応急処置みたいなものですから」

「でも……」

ショウは「よくわからないな」という顔をして、首をひねった。

「前の義足より、断然いいじゃないですか？」

「前の義足は、もともとひどいものだったんです」

ミケは即座《そくざ》に答えたが、ショウはふに落ちない顔だ。

「そりゃ、ミケさんにとってはそうかもしれないけど……」

サクラはどきりとした。恋人《こいびと》がこういう言い方をするときは、いつもややこしくなる。

「ショウ。ミケさんといろいろ相談したの」

サクラはあわてて言った。

「私のために、一生ものの義足を造ってくれるって。それがあればまた仕事ができるようになるし、どこにでもひとりで出歩けるんだよ。銭湯にだって！」

「でも、これで十分、歩き回れているじゃないか？」

ミケはなにも言わない。ショウに向けた目は変わらず無言のほほ笑《え》みを浮《う》かべているように見える。いや、それともあきれているのだろうか。もしくは、怒《おこ》っている？

「杖《つえ》を使わずにすむんだったら、もう十分だよ。だって、いままでメイ先生の義足でも、生活できていたんだから」

サクラはそっとこぶしをにぎった。

生活できていた……？

本気でそう言っているのか。サクラのことを、いつも間近で見ておきながら？

「これ以上、お金をかけて最上級のものを造るメリットって、あるのかなあ。ミケさんは、そりゃもうかるだろうけど」

「ショウ！」

サクラは声をあらげた。だってそうだろ、とショウもゆずらない。

「あんまりお金がかかると困るって、サクラも言ってただろ？」

「そりゃ、そうだけど……」

「完璧《かんぺき》な義足は、そりゃできたらうれしいよ。負担も減るし、いいことずくめだろうさ。お金をかければね。だけど人生はバランスをとらないと。自分にとって十分だと思えれば、それ以上ぜいたくをしたって仕方ないだろ？」

サクラは口ごもった。

ショウは……間違《まちが》ってはいない。たしかに、サクラは経済面で余裕《よゆう》があるとは言えないのだから。脚《あし》をなくしたあとは、とくに。

彼《かれ》はサクラのことをよく知っている。サクラのために言ってくれているのだとわかる。

それでもサクラは許せなかった。

なにも、ミケの目の前で言わなくたって。

「ショウさん。ひとつ、技師の観点からいいですか」

「なんです？」

ショウは「だまされないぞ」という顔でミケをにらんだ。はらはらするサクラのとなりで、ミケは静かにまばたきをし、ショウを見すえた。

「たしかにこの仮義足は前にサクラさんが使っていたものよりずっとましです」

「ええ、そうでしょうね」

「でもそれは、前に使っていたものがひどいシロモノだからです」

「だけど、十分使えるなら、それでいいですよね？」

ミケは首をふった。

「言いましたよね？　この街の高低差を考えてください。大橋や囲い広場なら、たしかにこの仮義足でも不自由は感じないでしょう。ですが、一歩大通りを外れたら、街を移動するのはとても困難です。この街は健常者のことしか考えていません。それをわかってあげてください」

「わかってますよ。だから言ってるんだ」

　ショウは顔をしかめた。

「あなたこそ、弱い立場の人のことを、もっと考えたほうがいい。みんなあなたみたいに手に職があって、お金をもうけられるわけじゃないんだ。ひとりで暮らせるほど余裕《よゆう》のある人には、おれたちみたいな若い連中のことなんて、わかりゃしません」

　ミケは押《お》し黙《だま》った。ショウはちょっと得意げにあごをあげ、サクラにうなずく。「それでも」とミケがつづけると、うんざりしたように顔をしかめる。

「その仮義足は、そもそもサクラさんの身体に合っていないんです。いまはよくても、使いつづければ、必ず身体を壊《こわ》します」

「あなたは医者じゃないんですよね？」

　ショウはちょっと笑って言った。

「なら、壊《こわ》れないかもしれないじゃないですか」

「…………」

「サクラはまだ若いし、それに……」

「やめて」

　とうとうサクラが割って入った。ショウは「なんだよ」という顔で、なおも言いつのろうとした。それを、サクラがきっぱりとはねのける。

「ショウ。今日は帰ってくれる？」

「え？」

ショウはぽかんとしてサクラを見た。

サクラはいつも、なんだかんだ言いつつショウの味方だった。いつも一緒《いっしょ》にいてくれた恋人《こいびと》。絶対に見捨てず、脚《あし》のないサクラの世話をしつづけてくれた。友だちがサクラの前からいなくなっていっても、家族が会いに来なくなっても、最後までいてくれた。心の底から、感謝している。

それでも、いまは顔も見たくないと思った。

「でも、さっき来たばかり……」

「うん。ごめんね。帰って」

ミケはだまっていた。ショウは「やりすぎた」という顔をして、困惑《こんわく》気味に仕事用のナップザックを背負いながら、サクラをうかがった。

「……ごめん」

「ききたくない」

「じゃあ……明日、また来るよ」

サクラは目をそむけた。ショウが玄関《げんかん》に向かい、ミケが送っていく。玄関《げんかん》先でふたりがなにか話しているのがきこえたが、サクラはきかないようにして、窓の外、海を見つめた。

ドアが閉まり、ミケがため息をついて歩いてくると、サクラの前にしゃがみこんだ。

「だめじゃないですか。恋人《こいびと》を心配させては」

「あの人は、私のことなんてどうでもいいんです」

そんなことなど、いままで一度も思ったことがなかったはずなのに、すらすらと口をついて出た。

「か弱い女の子の世話をする、自分が好きなんです。支配するのが好きなんです。だから、私の新しい義足にいちいち文句をつけるんです。私をコントロールできなくなるから」

言っているうちに、涙《なみだ》が出てきた。

自分はいつも、そんなふうに恋人《こいびと》のことを思っていたのか。あんなに世話になっておきながら、あんなに精神的に支えてもらいながら、そんな見方しかしていなかったのか。

ひどい。最低なのは、自分のほうだ。

「サクラさん。一面だけ見て判断してはいけませんよ」

伏《ふ》せていた顔をぱっとあげ、サクラはミケを見た。真っ白い仮面をつけ、左目しか見えないのに、ミケの顔はかなしげだった。

「彼《かれ》は、あなたのことが大切なだけかもしれません。心配するあまり、他人の私に攻撃的《こうげき》なだけかもしれません。見えている情報だけで判断してしまうと、間違《まちが》えてしまいます」

「なら、ミケさんの判断が間違《まちが》っているんです。ショウが私の恋人《こいびと》だから、私のことを大切にしているはずだって、ミケさんは思いこんでいる」

「サクラさん……」

「そうじゃありませんか？　ショウは本当に、ただのいやなやつかも。だって、ミケさんのことをあんなふうに言う資格なんて、彼《かれ》にはないもの」

ミケの手がサクラの手を包みこむ。サクラは、こぶしをにぎりしめていることにはじめて気づいた。自分が震《ふる》えていることに、はじめて気づいた。

「……私は、たしかにショウさんのことはよく知りません」

仮面の向こうから、くぐもった声がきこえた。

「だけど……サクラさんがそこまでショウさんを否定する理由が、ひとつしかないことはわかります」

「なんですか？」

ミケはじっとサクラの目を見つめ、ため息をついた。

「あなたは、彼《かれ》と別れたいんです」

心臓をぎゅっとにぎりしめられたような気がした。顔が熱くなり、体が震《ふる》えた。

「私は……」

言いかけて、口ごもる。

玄関《げんかん》のベルが鳴り、ふたりはびくりとした。

ミケは、ゆっくりと立ちあがるときに、サクラの短い髪《かみ》をそっとなでた。

顔から火が出るかと思った。ミケは「ちょっと、出てきますね」と言って背を向け、玄《げん》関《かん》のドアを開ける。

「ちわーっす。こんばんはー」

「あ、配達人さん。ちょうどよかった。お荷物、間違《まちが》えてましたよ」

「え、まじっすか?」

「それで来たんでしょう?」

「そうですそうです!　うっそ、やった。ダメ元で来たんですよ!」

「あはは、よかった。ちょっと待っててくださいね」

ミケがふり返ったとき、サクラは立ちあがっていた。ミケが目を見はる中、できるかぎりはやく歩いていき、玄関《げんかん》に手をかけてぐっとドアを押《お》し広げる。

えんじ色のベストを着た、天然パーマの髪《かみ》がうっとうしい男が、うれしそうな顔で待っていた。ナップザックから黒い犬がちょこんと顔を出し、舌を出している。男はまの抜《ぬ》けた顔でへらりと笑った。

「あ、こんばんは」

「シリコン樹脂《じゅし》はあるんですか？」

配達人はきょとんとして「は？」と言った。

「シリコンじゅし？」

サクラは体が熱かった。むかむかした気持ちをおさえられなかった。そんな自分に、嫌《いや》気《け》がさした。

まわりの人たちを怒《おこ》らせ、遠ざけた。自分はあのころと、なにひとつ変わっていない。

「ラジオの代わりに入っていたはずの、届け物です。私の義足を造るための、材料です！」

「ラジオ？　ラジオが入ってたんですね？」

目を輝《かがや》かせてきく配達人に、サクラはますますイラついた。

自分はずっとこうなのだろうか？　人にイラついて、怒《いか》りを爆発《ばくはつ》させて、遠ざけて。一生、変わらないのか？　ずっとこれを、くり返していくのか？　何度も何度も、おなじことを？

「サクラさん、落ち着いて」

ミケが腕《うで》に手をかけ、静かに言った。サクラはふっと、気持ちが落ちていくのを感じた。

ミケに対しても、そうなのだろうか。

いつか、ミケのことも、サクラは遠ざけてしまうのだろうか。義足が完成して、もういらなくなったとわかったら……ショウのように、自分の中から捨ててしまう？

「私、義肢《ぎし》装具士でして。この方の義足を造るのに必要なシリコン樹脂《じゅし》を大陸に申請《しんせい》していたんです。でも、届いたのはこのラジオで……」

ミケが差し出すように持ちあげたラジオに、配達人はこの世にふたつとない宝物のような、熱いまなざしを向けた。手を伸《の》ばす配達人をさえぎるようにしてサクラが立ちふさがり、首をふる。

「シリコン樹脂《じゅし》を持ってきてください。でないと、ラジオは渡《わた》せません」

「そんな！」

「サクラさん……」

不安げなミケに、悲痛な面持《おもも》ちの配達人。それでもサクラはゆずらなかった。

「当然ですよ。だって、ラジオだけ受け取って、シリコン樹脂《じゅし》を届けてくれないかもしれないじゃないですか。ミケさん、昨日ちゃんとお金を払《はら》っていたでしょう？　このままじゃ、払《はら》い損になるかも。配達人のこと、あんまり信用しないほうがいいですよ」

配達人は顔をしかめた。

「そんなこと！　まあ……あるかもしれないけど……」

なんともまぬけな配達人だ。いや、ばか正直、と言うべきか。とにかく彼《かれ》が自信なさげにそう言ったおかげで、ミケも「そうですね……」と納得したようにうなずいた。

「たしかに、シリコン樹脂《じゅし》がないと困ります。仮義足のままお渡《わた》しするとしても、やはりソケット部分は造り直したいので……」

サクラはミケをほんの少しにらんだ。

「義足は、ちゃんと造ってもらいます！」

「……では、配達人さん。注文したシリコン樹脂《じゅし》は、きちんと届けてください。そのときに、このラジオもお渡《わた》ししますから」

配達人は顔をゆがめ、「それは……いや、なんとかなりません？」と食い下がった。

「おれもちゃんと届けるつもりですから。たしかにめんどくさくなって忘れちゃう可能性もあるけど、でもそのラジオは、ほんとにいますぐにでも必要っていうか、おれの人生がかかってるっていうか」

「私の義足も、一生がかかってるんです」

サクラがぴしゃりと言った。配達人はちらっとサクラの脚《あし》を見て、くちびるをなめてかなしげにため息をつく。

「だめっすか……」

「すみませんね。でもこのラジオ、壊《こわ》れていたのを直しましたから」

ミケがすまなそうに言うと、「そうですか、そうですか」と配達人はうわごとのようにくり返した。

「タマちゃんに殺されなきゃいいけど……」

配達人の上司だろうか。彼《かれ》は「じゃ、なるべくはやく探します」と暗い声で言って、ドアを閉めた。いまにも海に身投げしそうなほど落ちこんで見えた。

「ま、彼《かれ》は大丈夫《だいじょうぶ》でしょう」

ミケは軽く言って、サクラの肩《かた》に手を置いた。閉まったドアをぼんやり見つめていたサクラは、くちびるをかみしめた。

「サクラさん。一緒《いっしょ》に、踊《おど》りましょうか」

「私……」

「気分がふさいだら、音楽を流すにかぎります」

ミケはにこりと言った。ラジオのつまみをいじると、曲が流れた。ゆっくりとした、サクラの脚《あし》でも踊《おど》りやすそうな曲。ミケはラジオをシンクの上に置き、サクラに両手をさしのべた。

「ほら。リハビリですよ」

サクラは暗い顔をなんとか崩《くず》し、ほほ笑《え》んだ。

笑顔《えがお》を作るのは得意だ。ずっとそうだった。友だちを作るのは簡単だった。はじめましての人と親しくなるのは、何も考えずともすっとできる。

問題は、いつもそのあと。

人との関係をつづけるのが、とにかく下手で、不器用で。

サクラはミケの手をとり、ゆっくりと踊《おど》った。ミケの腕《うで》に描《えが》かれた二匹《ひき》の蝶《ちょう》。近くで見ると、こんなに美しいのか。

はたりと涙《なみだ》が落ちた。サクラは気づかないふりをした。ミケも気づかないふりをしてくれた。

「ミケさんは……ずっとひとりで、生きていくんですか？」

「どうでしょうね」

ミケはちょっと首をかしげて、サクラを見た。

「だけど、そもそも……人はひとりじゃありませんか？」

ミケをにぎる手に力がこもる。そうかもしれない、と思った。だけど、それでは……いつまでもひとりぼっちでは……きっと、サクラは死んでしまう。だれかといないと、さびしくて、かなしくて、死んでしまう。

なのに。

「ミケさん」

踊《おど》りながら、サクラは言った。ミケは「はい」とくぐもった声で答える。

「私は……ひとりでも生きていけるように、義足を造りたかったんです」

「ええ。みなさんそうです」

サクラはくちびるをかみしめた。音楽が好きではなかったと言ったミケ。おそらく、踊《おど》ることも好きではないだろうに、こうして、一緒《いっしょ》にゆれている。

うれしかった。光栄だった。胸が熱くなった。

「私……ひとりで、生きていけるようになりたかったんです。ショウから離《はな》れて、ひとりで生きたかったんです……」

ふたたび、はらはらと涙《なみだ》が出てきた。

ほんの少し前の、ショウに悪口を言っていた自分をしかりつけたい。

ショウは悪くない。ただ、自分がショウと別れたいから。別れるために、あの人のいやな部分をやっきになって探していただけ。別れる理由を、探していただけ。

本当にいやな人間は、自分ではないか。

ミケがゆっくりサクラを抱《だ》き寄せ、頭をぽんぽんなでた。サクラは泣いていた。あんまり近づきすぎると、ミケの足を踏《ふ》んでしまいそうでこわかった。そばにいると、傷つけてしまいそうでこわかった。なのに、ミケはちっともサクラの想いに気づいてくれない。

意地悪な人だ、とサクラは思った。

それとも……本当はちゃんと、気づいているのかもしれない。

そうだといいのに。サクラは泣きながら、そう思った。

7

キノトリ区

「ああ、くそっ。せっかくラジオが見つかったってのに。コエダ、おれ、どうしたらいい？」

キューは金属網《あみ》の通路をしょんぼり歩きながら、もう何度目かのため息をついた。

「くっそ。なんだよ、シリコンじゅしって？　適当なこと抜《ぬ》かして、ラジオをパクる気なんじゃないの。人のものを盗《ぬす》むなんて最低だよ。海に落ちておぼれちまえ」

コエダがわん！　と吠《ほ》えて、キューは目をあげ、ぎょっとした。ほんの数メートル先のコンテナの前に、男がふたり立っている。中からはわめき声となにかが壊《こわ》れる音。窓からもれる光に数人のシルエットが映っていた。

この家の前を、通行人が遠巻きにして避《さ》けていた。なのに、キューはラジオで頭がいっぱいで、こんな近くに来るまで気がつかなかった。

「よお、配達人じゃないか」

玄関《げんかん》先に立っている男のひとりが気づいて笑いかけてくる。黒ベストのいかつい男。手にはあぶなっかしいバールのようなもの。昨日、トガキの家の前で用心棒をしていたひとりのようだ。どれがどれだか、キューには見分けがつかないけれど。

「あ……ええと、こんばんは」

もうひとりも気づいてちらっとキューを見やったが、興味なさそうに見張りをつづける。はじめに声をかけてきたほうが、なれなれしく話しかけてくる。

「仕事帰りか？」

「ええと……そんなとこです」

こんな感じで話しかけてくるやつだったっけ。

キューはしどろもどろになりながらなんとか笑った。家の中からは男の悲鳴がきこえる。子どもの泣き声も。許してくださいという、懇願《こんがん》も。

「配達ってのは大変な仕事だよなあ。あの写真の持ち主は見つかったか？」

見張りの男はにこにことききく。

キューはここから逃《に》げ出したくて仕方がない。

「いや、それはまだ。あ、でも、タマちゃんのラジオは見つかりまして」

「ほお、ゆうべのご婦人のかい。そりゃよかった」

「はあ、でも回収はまだ終わってなくて……」

キューはあいまいに笑った。ところで、と警団の男が首をかしげる。

「ゆうべ、若となんの話をしていたんだ？」

若ってのは、トガキのことか。

「いや、べつに」

「なにかもらったのか？」

その不自然な笑顔《えがお》に、キューは既視感《きしかん》を覚えた。

「いや、べつに……」

「おいおい、一緒《いっしょ》に酒をくらってただろう。うらやましいんだよ、おれたちゃ」

なれなれしい男の向こうで、もうひとりの見張りが「おい、持ち場に戻《もど》れ」と冷たく言った。キューはおどけて、相方の言うことをきかない見張りに愛想笑いした。

「おれ、酒はあんまり、でして。はは」

本当は大好きだけれど、そう言っておく。

「タマちゃんが遠慮《えんりょ》なしに飲んでましたけどね」

「金魚のくせにか」

見下したような笑い方に、キューはぴくりと顔の筋肉をこわばらせる。

ゆうべは、タマにも礼儀《れいぎ》正しく接していたくせに。相手が目の前にいないと、これかよ。

こいつきらいだな。警団とか関係なく、人としてきらいだ、とキューが心のうちで思ったとき、例の家の玄関《げんかん》が開いて、中からベストの男が出てきた。かぎりなく白にちかい、灰色のベスト。よくよく見ると、背中の生地《きじ》にうっすらと特殊《とくしゅ》な加工がしてあって、青海波《せいがいは》の模様が入っているとわかる。

キューに気づいて「やあ」と笑顔《えがお》になるその手には、赤でべったりよごれた、バールのようなものがにぎられていた。それを見張りの男に渡《わた》して、こちらに向き直る。

「キューちゃんじゃないか。へえ、こんな時間までご苦労さん」

その、かぎりなく白にちかい灰色のズボンのすそに赤いしみがついているのを、キューは気づかないふりをして、ははっと笑った。

帰りたい。

たったいまトガキが出てきた家の中にはほかの弟分たちがいて、ちょっと顔を出し、外にいる仲間にあごをしゃくった。見張りの男たちがすぐと入っていく。背には引っ越《こ》し用の巨大《きょだい》な荷入れ——いまはからっぽでしなびている——をかついで。

仕方なく、キューはトガキに話しかけた。

「そちらこそ、おつかれっす。ええと、お仕事で？」

「え？　ああ。そう、『仕事』」

トガキはさわやかに笑ってキューに近づいていき、ふところから紙巻きタバコを一本出した。

「火、あるかい」

「え、あ」

ある。さっき、キューはライターを手に入れたばかりだ。火のつけ方も、いちおうは知っている。ラーメン屋の店主がつけているのを見ていたから。

キューはポケットに入れたそれを引っぱりだして、くちびるをかみながらジッ、とネジをこすった。つかない。トガキが紙巻きタバコをくちびるに持っていきながら、ふふふと笑っている。

「力抜《ぬ》いて、キューちゃん」

「うー」

「ほれ、もう一回」

ジッ。ついた。と思ったら、すぐに消えてしまう。

「くそっ！」

「ははは。押《お》さえてないとだめだよ」

トガキが手をさしのべたので、キューはライターを渡《わた》した。いとも簡単に、火がともる。

ぽかんと見ていたキューを「ははっ」と笑い、トガキはそれを返した。

「つけてよ、キューちゃん」

「あ、はい」
二、三回やって、やっと火がつく。「やった！」とよろこびながら、キューはその火をトガキの紙巻きタバコの先に持っていってやった。トガキが息を吸いこみ、紙巻きタバコに火が定着する。そのうしろのほうで、男たちが家から糸目になりそうなものをいそいそと運び出している。キューはそれを見ないですむように、必死でライターに集中していた。
親指が痛い。あまり便利なものじゃないな、とキューは思った。電子キセルのほうがずっといい。

「まだ、あげたタバコは吸ってないの？」

トガキが煙《けむり》を吐《は》き出しながらキューにたずねた。キューは「ええ、まだ」と答えながら、トガキからすっと目をそらす。

トガキのことをきき出しに来た、三人の男たち。なにか情報があったら、すぐに連絡《れんらく》しろと言われた。それはつまり……こいつを売れってことだ。

キューはべつに、トガキにはなんの義理もない。だから情報を売ったっていいはずだ。ルーターを造ろうとしていることや、大陸に乗りこもうとしていること。港から船を奪《うば》う気でいること。それらを教えたら、連中は本当に褒美《ほうび》をくれるんだろうか？　キューに話してきかせたようなことを、なんでも？

……つったって。キューは口をすぼめた。

どこにどうやって、連絡《れんらく》するんだよ。

「それがいいよ、キューちゃん。タバコは体に悪いんだ。吸わないほうがいい」

そう言いながら、トガキは紙巻きタバコの煙《けむり》を胸いっぱいに吸いこんで、ゆっくりと吐《は》き出した。

「タバコが体に悪い？」

キューは笑った。そんな話、きいたこともない。

「体に悪いのは、海のものでしょ。魚とか、貝とか」

「……金魚とか？」

キューははっとして、顔をしかめた。

「タマちゃんは悪いやつじゃない」

「おれもそう思う。それに、知ってるかい。金魚は淡水魚《たんすいぎょ》なんだぜ」

トガキはふふふと笑った。

「ああいう人の言葉は、ありがたく受け取るべきだよ。なにも知らない若者は、とくにね」

キューはトガキをにらんだ。あいかわらず、いけすかないやつだ。キューとおなじくらいのくせに、じじいみたいなことを言いやがって。

こいつの考えていることが、キューにはいまいちつかみきれない。いいやつなのか、悪いやつなのか。

こわいやつには、ちがいないのに。

「昨日のデータが届いたおかげで、いろいろと話が進んでいるんだよ」

トガキが言った。キューの胸ポケットにしまったカワラが、急に熱を持ち、かさが増え、重くなったみたいだった。

「よかったです、その、お荷物がお役に立ったみたいで」

「きみには感謝してるよ、キューちゃん。それで昨日も言ったけど、ちょうどいま、使っていた運び屋がいなくなっちゃってね」

キューは気が気じゃなかった。

もしも……もしもこのカワラに、ルーターが入っていたら。

「どうかな？　キューちゃん。礼ははずむけど」

「いえ、あの、おれは……」

「公務員は、副業禁止だっけ？」

トガキがにこりと笑う。そうっす、とキューは急いで答える。だれになにをきかれても、せめて自分だけはとがめられないですむように。

トガキはくすくす笑った。

「転売はするのにな」

キューは口ごもった。黒ベストの男たちがリュックをいっぱいにして玄関口《げんかん》に出てきて、電子キセルを吸って待っている。トガキとキューをちろちろ見ながら。

「もしかすると……」

見張りの男たちを見つめているキューを見ながら、トガキは声をひそめた。背後で待つ黒ベストたちにきこえないくらい、小さい声で。

「きみんとこにはもう、『スカウト』が来たのかな?」

キューは目をしばたたく。

「スカウト?」

「ああ。いつもの手口だよ」

トガキはふふっと笑った。コンテナの入り組んだ街のすきまから、晴れた空がのぞめる。その合間を縫《ぬ》うように、白い煙《けむり》があちこちでのぼっては風に消える。

「たとえばこうだ」

通路の柵《さく》にもたれかかって、トガキは帽子《ぼうし》をぬぎ、うちわ代わりにぱたぱたあおいだ。

「ある日突然《とつぜん》不気味な連中がやってきて、だれかを売れと言う。相手はだれでもかまわない。同居している連中や、近所のやつら、最下層の人間、囲い広場でしけた商売をしている、だれか。そいつを犯罪者に仕立てあげてしょっぴけば、いい職をやると持ちかけられる。持ちかけられるのはたいしたやつじゃない。そのへんにいた、ごく普通《ふつう》のけちな人間さ。だが、そんなけちなやつだから、平気で他人を売る。犯罪者に仕立てあげられたかわいそうな人間は刑務所《けいむしょ》行きだ。二十年は出られない。あそこでずうっと、もくもくと白い煙《けむり》をあげながら、朝から晩まで働かされる。警団は大陸からものを買うために、連中のほしがるものを海から採りつづけないといけない。七二地区はいつも人手不足だ。新しい人間は大歓迎《かんげい》。そして売った人間は報酬《ほうしゅう》として、黒のベストをもらえる。みんな幸せだ。つまりこういうことだよ。わかるか、キューちゃん？」

トガキは笑って、帽子《ぼうし》を目深《まぶか》にかぶり直した。

「そういう人間が、いつもおれの弟分として配属されて、今日から家族だ、信用しあえと言われるわけだ」

キューはぽかんとしてトガキを見つめた。

海洋の街のいちばん北では、今日も青空の中を、白い煙《けむり》がもくもくとあがりつづけている。のんきに、牧歌的に、四六時中。

裁判にもかけられず、有無を言わさず働かされる犯罪者たち。一度入れば、二十年は出られない。そして出てきた人間は、そのあとずっとうとまれる。連中の体には、どこかに金魚を入れられるから。

キューはごくりとつばを飲みこんだ。こちらをちらちらとうかがっている見張りの黒べストたち。やつらが見張っているものは……トガキ？

トガキは紙巻きタバコの煙《けむり》を深く吸いこみ、苦しそうに吐《は》き出して、笑った。

「なあ、こわくないか？　キューちゃん。この街の人間がさ」

「……こわい？」

キューの声はほんの少しかすれていた。トガキの笑顔《えがお》が、さっきまで見えていたのとはちがう表情に見える。余裕《よゆう》たっぷりの、いけすかない笑顔《えがお》に見えていたものが……まったくちがうものに、キューには思えた。

「そう。おれはこわくてこわくてたまらないよ」

言葉とは裏腹に、なんてことない顔でくつくつと笑った。

「何度も何度もおなじことをくり返す人間が、こわくって仕方ない。現状を変えようともしない、くそったればかりだ。なんとなく、わかりはするんだよ。そのほうが、楽なんだろう。だけどさ、キューちゃん……おれは、気持ちが悪くて仕方ないんだ」

自分の腕《うで》をかかえ、トガキはふり返って柵《さく》に背をもたせた。

「それって……おれのことを、言っててんですか」

心が冷え切ったような気分で、キューがきく。トガキは煙《けむり》を吸いながら、どうなんだろうねえ、と笑った。しかし、その目は笑っていなかった。

「どうなの？　キューちゃん。きみは……何度もおなじことをくり返して、平気でいられる人？」

「おれは……」

知らない。キューはなんにも考えないで、ここまで生きてきた。しびれを切らせたのか、見張りの男がひとり近づいてくる。それを見て、キューは思わず逃《に》げたくなった。なぜだろう、さっきとはちがう気味の悪さが、黒ベストにはつきまとっていた。

恐怖《きょうふ》？　ちがう。

裏切り者の、不快さだ。

「……ま、昨日のお誘《さそ》いもまだ生きてるからさ。返事は待つよ」

トガキは紙巻きタバコをその場に捨てた。その顔に笑《え》みはなかった。いや、たしかに笑ってはいたけれど——作り笑いだ、とキューにはわかった。

男はふたりのそばまで来ると、トガキの耳元で早口にささやいた。

内容まではきこえない。キューはききたくもない。トガキはうなずいて、キューに向き直った。こんどは楽しげに。

そうだ。キューは気づいた。

トガキは、キューにはいつも笑っている。心から。

それは、キューが味方じゃないからだ。

味方じゃなければ、裏切り者にはなりようがない。

「じゃ、おれは仕事が残ってるから」

「おつかれっす」

できるだけそっけなく答えると、トガキはちょっと歩いて立ち止まり、半身だけふり向いてキューを見た。

「なあ、この家、どう思う?」

キューは、男たちがすっかり荷物を運び出したと思われるコンテナ型の家を見た。少しさび付いているが、中階に位置しているし、ふたつ分くっついていて、広さもある。

「ええと……いい物件だと思いますけど」

「だよねえ。ここより少し下に住んでいる連中なら、よろこんで家賃を払《はら》いそうだ。そう思わないか?」

トガキの作り物の笑顔《えがお》は、こう言っている。ちょっと上に行くために大金をはたくばかな連中がいてくれるおかげで、警団はもうかってしょうがない、と。

上はもうけて、下は払《はら》いつづけて。

だけど下の連中は、自分たちはそれくらいの、しょうもない人間だからと、受け入れて生きていく。そういうもんだとあきらめる。横には目もくれずに、いつまでも。

そうやって、くり返す。

「そうですね」

キューは抑揚《よくよう》のない声で答えた。トガキはにっと笑って、がんばれよーと手をふり、家財道具を背負った男たちと、今度こそ去っていった。

キューはしばらくそこに立ち尽《つ》くしたまま、動けなかった。背中のナップザックの中で、コエダがハアハアと息をまき散らしている。

ようやく歩き出して、例の家の中をのぞきこむ。

真っ暗で、がらんどうのコンテナ。ごみと、破片《はへん》と、糸目にならない家具が散乱している。その真ん中に五人のかたまりがうずくまり、すすり泣いていた。男が三人、そしてふたりの子ども。まだ小さくて、こづかい稼《かせ》ぎにも行けないような。

キューは飛びのくようにそこから離《はな》れて、ナップザックの肩《かた》ひもをにぎりしめ、きびすを返して歩き出す。頭上から雨がふりだした。上階の建物や鉄柱に当たってしたたり落ちたきたない雨が、少しずつ汚《よご》れを増して海までふりそそいでいく。

あの家の連中はなにかやらかしたのだ。定職をなくしたか、身の丈《たけ》に合わない買い物をしすぎたか、子どもが洒落《しゃれ》にならないいたずらをしでかしたか、警団に目をつけられたか。とにかくそのせいで、トガキのような男が始末にやってくるようなことを、なにかやらかしたのだ。

それが自業《じごう》自得か、不運のめぐり合わせかはわからない。

わからないけれども、この街ではそんなことがしばしば起こる。

中階で、広さのある、いい値のつきそうな立地の家。彼《かれ》らはそれを失って、なにもかもなくなって、路頭に迷うだろう。うまく次の家に住み着ければいいが、警団に目をつけられたような連中を、だれが受け入れるだろうか。けっきょく、最後に行き着くのは街の底、最下層しかない。でなければ――地区全体が丸々刑務所《けいむしょ》の、七二地区行き。

この街ではよくあることだ。

とてもとてもよくあることだ。

中階のいい家にひとつ空きが出て、だれかがよろこぶことだろう。

すっかり雨にぬれ、最下層のドアをたたく。「開いてるよ」と声がして、キューは前に抱《だ》きしめたナップザックがぬれないように、いそいでドアから身をすべりこませた。

「ごめんな、コエダ。寒くないか?」

植物園のようなタマの家に入ると、すぐにキューはナップザックからコエダを出してやった。コエダはぶるぶる震《ふる》えていたが、ぬれてはいない。配達局で支給されるナップザックは防水性だ。

「よかった。おまえ、ぬれるとくっさいもんな」

「キューかい。ラジオは見つかったかね?」

タマの声がする。キューは重たい気持ちでナップザックを背負い、うざったい植物のあいだを抜《ぬ》けて、座《すわ》っているタマを見おろした。その腕《うで》には、金魚がつれない顔で泳いでいる。

穴が開いてトタンをかぶせた屋根からは、雨がうるさいくらい響《ひび》いていた。床下《ゆかした》には波がたぷんたぷんと打ちつけている。じめじめして、暗くて、気がめいる。

海はきらいだ。

きたない。

「タマちゃんは、なんでこんなとこに住んでるわけ？」

そんな気はなかったのに、キューの声に怒《いか》りがにじんだ。コエダが足元で走りまわっているというのに、ちっとも癒《い》やされない。むしゃくしゃしていた。

「あんたなら、もっと上に住めるだろ。公務員だから収入はあるし、障がい者だからいくらでも救済策はあるだろ。なんでこんなくそだめみたいなとこに住んでんだよ。意味わかんねえよ。みんな、上に行きたくて努力してんだ。朝から晩まで働いて、まじめに生きてる！　そういう連中に、申し訳ないとは思わないわけ？」

タマは出会い頭《がしら》に怒鳴《どな》りつけられて、眉《まゆ》をつりあげあきれ返っていた。ため息をつき、お茶を湯飲みにそそいで一口飲むと、もうひとつ息をついて言った。

「その調子だと、ラジオは見つからなかったみたいだね」

「なにがラジオだ！　老い先短いくそばばあ！」

「あんたもひとつだけ、警団の連中を見習うべきとこがあるよ。年寄りを丁重にあつかうところとかね」

「あいつらはくそったれだ。人間のクズだ！　なーにが、配達の仕事は大変だな、だ。くそっ。ああいうのが上階に住んで、タマちゃんみたいなできた人間が最下層に住んでるなんて、おかしいじゃんか」

　タマは湯飲みに口をつけていたのを、ふっと笑ってこぼしかけた。

「おや、いまのはほめてくれたのかい？　光栄だね」

「くやしいけどさ、タマちゃんは仕事をする上でずるなんかしたことない。ほかのリフトの受付なんか、もっとあくどい。勝手に糸目をつりあげて、カワラに入れてさ。おれがタマちゃんに無銭乗車を仕掛《しか》けるのは、タマちゃんだからだよ。ほかんとこでやったら、罰《ばっ》金《きん》だなんだって言って、もっとたかられる」

「あたしも罰金《ばっきん》を取り立ててようかねえ」

「タマちゃん！　おれはあんたのこと、尊敬してんだ！」

　キューは仁王立ちしていた。タマは眉《まゆ》をつりあげながらも、ひょうひょうとして「そりゃ、どうも」とそっけなく答えた。

「……おれは、そうだよ。クズだ。ほかの連中とおなじように、あくどいことして小銭を稼《かせ》いでる。なのにあんたはこんなとこに住んで、平気な顔をしてる。おれはあんたのようにはなれないよ。尊敬はしてても、まねをしたいとも思わない。おれはもっと金が欲しい。もっと上に行って、みんなにすげーって思われたい。おれはちっちゃい人間なんだ。そんなこと、よくわかってるさ……」

タマの前の椅子《いす》に座《すわ》りこんで、キューは顔をおおってうなだれた。コエダがしっぽをふって近づいて、キューのサンダルをくんくんかいだ。

タマはため息をつき、湯飲みをテーブルに置いた。

「あんたは……あたしを買いかぶりすぎさね」

「んなことないよ、タマちゃん。そりゃ、あんたはたしかに金魚を飼ってるけど、おれにはぜんぜん、関係ない。つーか、そんなこと言って、またおれの中でタマちゃんの尊敬度が上がるだけなんだけど。落ちこむから、これ以上尊敬させないでよ」

タマはちょっと笑って、「安心したよ」とキューのほうへ顔を向けた。

「あんたが底なしのクズだったら、ゆうべのトガキの言葉にすっかり舞《ま》い上がって、警団になるって言い出すんじゃないかと思ってた」

キューはトガキを思い浮《う》かべた。黒ベストたちはたしかに……あこぎな連中だ。きたない手を使って、その職を手に入れている。だけど、トガキはちがう。

タマには見えていなかったろうが、キューは見たのだ。トガキの彫《ほ》っているガマを。三本足のガマ。それは、警団の最上位にいる人間たちが一族につける証《あかし》だった。がめつさではほかにひけをとらない、王族の象徴《しょうちょう》。

連中は下っ端《ぱ》こそ雇《やと》うけれど、本当に大事な役職には、いつも血のつながりのある人間を置く。本当はおかしいのだ。三本足のガマが、しけた八五地区にいるなんて。いくら最上階でも、妙《みょう》なのだ。トガキはあきらかに、ひとり追いやられている。

あいつはほかの黒ベストたちとはちがう。

トガキは、独りだ。

「警団になんか、たのまれたってなりたかないよ」

キューはため息をついた。

「言ったろ。おれはちっちゃい人間なの。こわいことはしたくないの」

タマははじめてくすくす笑った。キューは泣きそうな顔をあげて、ちょっとうれしそうに笑い返した。

「タマちゃんにも、普通《ふつう》に笑える筋肉があったんだね」

「あたしはよく笑うよ」

「それ、面白い冗談《じょうだん》だね」

タマはまたしかめ面《つら》になって、背すじを伸《の》ばした。

「あたしの秘密をききたいかい？」

「なに？　まさかおれに惚《ほ》れてるとか言わないでよ。おれ、コエダにぞっこんだから」

「バカだね」

タマはふんと鼻を鳴らした。

「それに、コエダはオスだよ」

「えっ、うそ?」

キューがコエダをすくいあげる。コエダは急につかまえられてびっくりし、指にかみついたのでキューは「いてっ」とさけんで落としてしまった。コエダは着地に失敗して、きゃんと鳴く。

「待って、コエダ。うそだろ」

「いいからあたしの話をききな、このどアホ」

タマは眉間《みけん》にしわを寄せ、白い杖《つえ》をつかんでどんと床《ゆか》をついた。

「この話はだれにもしたことがない。この街の人間にも、ほかのどの地区の人間にも。あんたがただのクズなら言わない。だけどいまはじめて、だれかに言う気になった。あたしはあんたの思っているような、できた人間じゃないんだ。その理由を、知りたいかい?」

キューは口を閉ざした。タマがいつになく真剣《しんけん》なのを見てとって、少しこわくなった。知りたくないと思ったし、好奇心《こうき》もわいた。

「……えっと……それって、まじでやばい話?」

「どうとるかは、あんた次第だね」

キューはコエダをつかまえ、抱《だ》きしめた。どきどきと、胸がさわぐ。

手のひらに、コエダの心臓がはねる感触《かんしょく》が伝わった。

あたたかくて、やわらかい。コエダはいつもかわいいし、キューを癒《い》やしてくれた。たとえオスだったとしても、それはおなじだ。

だからたぶん、タマのどんな話をきいたって、おなじだ、と思った。

タマがキューにとって尊敬すべき人間なのは、きっと変わらない。

「……べつに、話してもいいけど」

キューはコエダのおなかに顔を半分うずめながら言った。コエダがもがくので、ひざの上にのせてやる。コエダはおとなしく丸くなり、キューに背中をなでられるままにした。

「でも、ちょっと待って。それって、上にきかれたらまずい話？」

「……なんだい。上って、どこのことを言ってんだね」

「まずいよ。おれ、今朝、新しいのを新調されて、ちょっと……」

キューは仕事用のカワラを胸ポケットから引っぱりだして、指先でつまみ、きたないものみたいに、うええ、と腕《うで》を伸《の》ばして体から遠ざけた。

「こ、これ……持ってたら、へんなやつらが来たんだ。どんぴしゃで、おれのいるとこに乗りこんできて……」

「ふん。発信器かい」

タマは目もくれずに言った。キューには耳慣れない言葉だ。

「はっ……シンキ？」

「安心しな、盗聴器《とうちょうき》はないはずだ。キノトリ区にそんな技術はないからね」

「えっと……えっと、待って、タマちゃん。おれ頭悪いから、よくわかんない……」

「あんたの居場所はいまも筒抜《つつぬ》けさ。だけどなにを話しているかとか、だれといるかとか、そこまでは連中にもわからない。安心しな」

キューはカワラをテーブルに置き、手をベストでぬぐってから、タマをにらんだ。

「なんで？　なんでタマちゃんがそんなことわかるの？　上の連中が本当はどこまで大陸の人間とつながってるか、わかんないじゃんか。おっそろしい技術を持ってて、みんなを監視《かんし》してるかも。おれたちみたいな庶民《しょみん》には、わかんないでしょ？」

「わかるんだよ」

「だから、なんでっ！」

タマはしばらくじっとだまっていたけれど、急に右足のもんぺを引っぱりあげた。素肌《すはだ》がさらされ、キューは目をそらす。

「やめて！　しわくちゃ！」

「くそったれ」

タマは足首にくくりつけられたなにかを外して、机に乗せた。ゴトン、とやけに重たい響《ひび》きを持ったそれは、キューが話でしかきいたことのない、大陸の武器。

「え……なに、これ」

「四五口径の拳銃《けんじゅう》」

「え、いやそうじゃなくて。ちょ……」

キューは立ちあがっていた。コエダを抱《だ》きしめ、かすかに首をふって、タマを信じられない目で見つめる。

「タマちゃん……警団だったの？」

「警団が銃《じゅう》なんか持ってるかい？　ちがうよ。あたしはトガキとおなじことをして、こいつの設計図を大陸から持ち込《こ》んだんだ。ばらばらの職人にパーツを作らせて、自分のためにひとつ作っておいたのさ。こいつがあればなんとかなると思っていた。もう、三十年も前の話だ」

警団ではない、ときいて、キューは少しだけ安心する。しかしそれでも、まだこわい。おそるおそる座《すわ》り直して、机に置かれた銃《じゅう》に手を伸《の》ばす。

「……重いね」

「ああ」

「……三十年も、そのきたない足にくくりつけてたわけ？」

「ひっぱたくよ」

タマはため息をつき、拳銃《けんじゅう》をふたたび足に戻《もど》してもんぺをおろした。

キューはまじまじとタマを見つめた。

タマは湯飲みのお茶を飲み、「だれもいないかい？」ときいた。キューはおっかなびっくり立ちあがって玄関《げんかん》に向かい、ドアを開けて外をうかがう。

「だれもいないよ。おれとタマちゃんだけ」

「……そうかい」

タマはうなずき、杖《つえ》を両手で床《ゆか》につきたてるように持って、座《すわ》り直したキューのほうへ顔を向けた。一瞬《いっしゅん》口ごもったが、意を決したように話し出す。

「あたしはね。この街の人間じゃないんだ。大昔に、大陸から来たんだよ」

キューは目を丸くした。コエダが頭をおろし、キューのひざの上でリラックスしている。

大陸は、話にきくだけの存在だった。高級なもの、立派なもの、みんなが欲しくてたまらないものは、たいてい大陸から運ばれてくる。だけど、船に乗っている人間は街には決しておりてこないし、大陸に行ったという人間の話もきいたことがない。

当たり前だ。大陸にとって、キノトリ区はろくでなしどもの巣窟《そうくつ》。と、言えば聞こえはいいが、つまりは島流しの流刑地《るけいち》だ。もう何十年も、新しい犯罪者が流されてきたというわさはきかない。

「タマちゃん、まさか密航者なの？」

「まあ、やったことは似たようなもんだね」

タマはため息をついた。

「昔はときどき、いたんだよ。大陸から流されてきた人間も。だけどまず最初に向かうのは刑務所《けいむしょ》だ。七二地区の、強制労働施設《しせつ》。そこではじめて、イレズミを体に刻みこまれるんだ。大陸の生まれだとわかるように、金魚の絵をね」

「なにそれ。だって、金魚ってのは……刑務所《けいむしょ》に入ったら、みんな入れられるもんなんじゃないの？」

「ちがうよ。刑務所《けいむしょ》に入っても金魚のない連中はいる。はじめからここで生まれ育ったやつには入れないんだ。でなけりゃ、この街は金魚だらけになっちまうよ。だけど一部のばかな連中が、体のどこかに金魚を入れて、自分の強さを誇示《こじ》していばりちらしていたね。あたしにはもう見えないけど、そういうやつらの金魚のデザインはめちゃくちゃだから、見ればすぐに偽物《にせもの》だってわかったよ」

「でも……」

キューはわけがわからなかった。

「大陸から来たって……え、ほかにもいるの？」

「いないだろうね。あたしが来たときにはすでに、数十年ぶりだって言われたよ」

タマは口の端《はし》を少し持ち上げた。

「まともなやつなら、キノトリ区に行こうなんて思わない。そんな酔狂《すいきょう》な人間は、あたしくらいさ」

「だけど、タマちゃんが来れるなら、ほかの人だって送られてきてもおかしくないじゃないか。だって、大陸からキノトリ区に来たってことは、つまり……」

「そうだね。犯罪者だ」

キューはごくりとつばを飲んだ。

七二地区だけではない。キノトリ区は、そもそも全体が刑務所《けいむしょ》だ。

「タマちゃんは……なにをやったの？」

キューの質問に、ためらいながら、タマは答えた。

「人を……殺したんだ」

キューは息を止めた。胸がどきりとして、呼吸があさくなる。

そりゃ、少しは考えたこともあった。腕《うで》に金魚を飼っていたから。なにか、よくないことをしでかして、刑務所《けいむしょ》につっこまれていた時期があったのだろうと、知ってはいた。だけど七二地区はあくどい場所だ。どんな軽い罪でも、きっちり二十年、出てこられなくなる。だからタマは、もしかしてそんなに悪いことをしていなかったんじゃないかと、キューは思っていた。なにかちょっとしたものを盗《ぬす》んだとか。そんなつもりじゃなかったとか。だれかにはめられたとか。そういうのを、期待していた。

「……まじ？」

「できた人間じゃないって言ったろ」

タマは自嘲《じちょう》気味に笑った。凍《こお》りついたキューは、でも、と必死に笑う。

「大昔だろ？　ええと、三十年前に刑務所《けいむしょ》を出て、二十年間刑務所《けいむしょ》にいたから……」

指を使って計算する。

「五十年だ。五十年前。あは。そんなのおれ、生まれてもいないし。なにがあったか知らないし。そうだよ。うん、時効だ。いまのタマちゃんは、そのう、なんか物騒《ぶっそう》なもん足にくくりつけたりしてるけど、キノトリ区では使ったことないんだろ？　ほら、大陸の人間はくそまじめが多いって言うけど、でもきっと、いろいろあったんだよね。それで……仕方なくだろ？」

しかし、タマはゆっくりと首をふった。

「仕方のない殺人なんてのは、ないんだよ、キュー」

「そんなことないよ。ほら、正当防衛とか。あとは、そう、殺さないといけないような相手だったとか。やられて当然のことを向こうがやったとか……」

言いながら、キューはどきどきした。

そりゃ、キューだってむかついて、空き缶《かん》を蹴《け》っ飛ばすこともある。相手の胸ぐらをつかんだり、殴《なぐ》りかかるふりをしたこともある。

けれど、キューは人を殴《なぐ》ったことがない。邪魔《じゃま》だといって押《お》しのけたこともない。刃物《はもの》をちらつかせたことも、脅《おど》したことも、ない。

だめなところばかりで、お互《たが》いさまだと思っているから。どこかで、キューは本気にならずにすんできた。いやな目にあっても、むかついても、相手だって自分と似たようなものだからと、人を許せた。

「タマちゃんは、よっぽど追いつめられたんだろ？　でなけりゃそんなこと、できるはずがないよ。タマちゃんは、そりゃ結果的には悪いことしたかもしれないけど。でもさ、もう時効だよ。少なくとも、おれの中では」

「追いつめられちゃいなかった」

タマはぽつりと言った。

「殺さなきゃいけない相手じゃなかった。憎《にく》くもなかった。そもそも、顔も知らない相手だった」

「……えっと。それはきっと、タマちゃんが二十年も刑務所《けいむしょ》にぶち込《こ》まれて、罪悪感でおかしくなっちゃったからそう思うだけで……」

「キュー」

「タマちゃんは思いつめすぎだよ。大陸で生まれ育ったからくそまじめなのかもしれないけど……あ、気を悪くしないでよ。でも、だいたい大陸のやつらって、なーんかお高くとまってて、おれは前から……」

「キュー。よくおきき」

タマにひざをつかまれ、キューは口を閉ざした。

「あたしが人を殺したのは、終身刑《けい》になるためだ。そうすれば、キノトリ区に移住できることを知っていた。できた人間じゃないし、尊敬されるすじもない。青二才の理想に燃えて、キノトリ区に乗りこんでいくために、関係のない見ず知らずの命を奪《うば》った。あたしは正真正銘《しょうめい》の、悪人なんだ」

時が止まったように、キューは感じた。

タマにつかまれたひざが、やけに熱を持っている。

「……それは」

キューはかすれた声を出した。タマは口をすぼめてだまりこんでいる。

「なんで……そんなことに、なっちゃったわけ……？」

タマはキューのひざから手を離《はな》した。

手をどかされてほっとした自分に、キューは自分でうろたえた。

「……そもそもキノトリ区は、流刑地《るけいち》のために造られたわけじゃなかった。あんたたちはお気楽に、ここにいるのは自分たちがろくでもないせいだと笑っているけどね。ちがうんだ。本当に悪人を閉じ込《こ》めたいだけなら、地上に刑務所《けいむしょ》でも作ったほうがよっぽど楽だよ。よその国の手前、犯罪者だからって野垂れ死になんかさせられないし、かといって物資を届けつづけるのには莫大《ばくだい》な金がかかるだろ。大陸の人間は、もともとここにだれかを住まわせる必要があったんだ。それで、終身刑《けい》の受刑者《じゅけいしゃ》たちにその役を押《お》し付けた」

キューはあっけにとられてタマを見つめていた。

そんな話ははじめてきく。いや、頭のいい連中なら知っているのかもしれないが、大半のキノトリ区の人間たちは、細かい歴史には興味がない。

「住まわせなきゃいけなかったって……なんで？」

「ひとつは、いまも七二地区でやってることだ。採掘《さいくつ》だよ。ここには資源がある」

「資源……」

「キノトリ区にはあり余ってるから、ぴんとこないかもしれないけどね。現代的な暮らしを送るためには、エネルギーが必要なんだよ。そのエネルギーのもとが、大陸にはないんだ。いや、もともとなかった。この場所で見つかるまではね」

キューはぽかんと口をあけていた。

「そしてもうひとつの理由は、ここが国の海域を維持《いじ》するために重要な島だったということだ。島はとっくの昔に沈《しず》んじまって、もう建造物しか残っちゃいないけどね。だが、人が住んでいれば島の有無なんか関係ない。受刑者《じゅけいしゃ》とはいえ、何万人も人がいるなら、ここが国の領地だということを主張できるだろう？」

「国って……えっと、大陸のこと……？」

そこからかい、というようなあきれ顔で、タマはうなずいた。

「開拓《かいたく》労働を条件に、自治権を認めて受刑者《じゅけいしゃ》の中から希望者を募《つの》ったんだ。それがあんたたちの先祖だよ。大陸の人間に嫌《きら》われて追っ払《ぱら》われたわけじゃない。自分の意志で、キノトリ区に来ることを選んだんだ。そりゃ、終身刑《けい》を食らうような罪人ばかりだったことは事実だ。だけど中には冤罪《えんざい》の人間もいた。外国だったら罪にならないような人間もいた。あんたたちは、無責任でだめな連中の末裔《まつえい》なんかじゃない。大陸の人間と何も変わらない、意志を持った人間たちの集まりだと、あたしは思ってる」

キューはごくりとつばを飲みこんだ。

なんだかタマが……知らない人間のように見える。

「じゃあ……なんでいまは、大陸からだれも来なくなったわけ？」

「悪いうわさを流したせいだろうね。万が一、海の果てに流された受刑者《じゅけいしゃ》がかわいそうだなんてことになったら、せっかく移住させた連中を戻《もど》さなきゃいけなくなるだろう？　あんたたちは救いようのない極悪人の集まりで、しょっちゅう小競《こぜ》り合いと殺し合いが起きていると宣伝しておいたほうが、御上《おかみ》にとっては都合がいい。そのせいで、受刑者《じゅけいしゃ》から移住希望者がぴたりとなくなっちまったのさ」

「うわあ……」

なんと言ったらいいかわからず、キューはただそう言った。

「希望者がいないまま何十年も、制度だけが残っている状態だった。あたしはそれを使ってキノトリ区に来た、最後の受刑者《じゅけいしゃ》ってわけさ」

「タマちゃんは……なんで、そんなにしてまでキノトリ区に来たかったわけ？」

　コエダが小さなくしゃみをする。キューがなでてやると、また頭を下げて規則正しい寝息《ね　いき》を立てはじめた。

「……若かったんだね。あのころは、とにかく怒《いか》りにかられていた。キノトリ区に送り込《こ》まれた最初の連中は、たしかに罪人だっただろうさ。だけどいま生きている人間たちはなんにもしちゃいない。犯罪者なんかじゃないし、ここに住むことを選んだわけでもない」

　タマは言葉を切って、お茶を飲み、ちょっと笑った。

「会ったこともない海の彼方《かなた》の人間に、同情したんだ。おこがましいことだよ」

　キューはコエダを見つめた。あったかくて、やわらかくて、かわいいコエダ。キューのひざの上で、ぐるぐるとおなかを鳴らして眠《ねむ》っている。

「……だけど、変えたいと思っていたのは、どうやらあたしだけだった。いま考えりゃ当たり前の話だが、当時はショックが大きかったよ。ここには救いを求める人間なんかいなかった。不公平や冷遇《れいぐう》や圧制に苦しむか弱い人間なんか、どこにもいやしなかった。ここにあったのは……日常だった」

「文句は、みんな言ってるじゃん」

　キューは顔をしかめて反論した。

「警団はあこぎなことしてるし、最下層は悲惨《ひさん》だよ」

「だけど受け入れているだろう?」

タマはあっさりと言い返した。

「生活に苦しみつつも、環境《かんきょう》そのものに異議を唱えるやつはいない。たとえばこの部屋だ。どの家も、みんな四角い形をしているじゃないか。コンテナ型とはよく言ったもんだ。これは檻《おり》の形だよ。なのにだれも、それを不当に思わない」

「そりゃ……だって、ほかの形なんてないし……」

「だろう?」

タマはあごをあげた。

「そうやって、たいして気にせず、こんなもんだと受け入れているんだ。おまえたちは」

キューはもやもやした。

そうかもしれない。そうかもしれないけど。

納得がいかない。タマの言っていることに、頭がついていかない。

胸がざわつく。

なにがこんなにもやもやするんだろうと考えて……ふと、それに気づいた。

「……知らなかったよ、タマちゃん」

キューはコエダをぎゅっと抱《だ》きしめ、床《ゆか》の一点を見つめて、言った。

「タマちゃんが、まじでそんなに……おれたちのことを見下していたなんて」

　むかむかした。

　この街で生まれて、育って、がむしゃらに生きてきた。がんばれば、はい上がれると信じて。上に行きさえすれば、ひとかどの人間になれると信じて。

　だけど、そもそも大陸の人間にとっちゃ、最下層だろうが雲の上だろうが、おなじキノトリ区の人間で。落ちこぼれようがはい上がろうが、おなじ価値しかないというわけだ。

　若いころのタマが、かわいそうだから助けてあげよう、と思うくらいの価値しか。

　トガキが大陸を目指す気持ちが、キューにはやっとわかった。

　あいつは不満なんだ。文句を言いたくてたまらないんだ。檻《おり》を抜《ぬ》け出して、はきだめみたいなこの街を出て、乗りこんでいきたいんだ。おれたちは生きているんだと、おなじ人間なんだと、怒鳴《どな》りこみに行こうとしている。

　なんてこった。

　キューは震《ふる》えた。

　なにも考えずに、生きていたなんて。

「ばかにしてるよ。ほんとに、ばかにしてる」

　キューはぎらぎらした目でタマを見すえた。タマにお見せできなくて残念だ、と思いながら。

「タマちゃん。おれは……この街が、きらいじゃないんだ」

そう、それは本当だった。

「タマちゃんは、おれたちが文句も言わずにおとなしく暮らしてる、みたいに言うけど。そりゃ、文句もあるよ。上だ下だって、わめいてさわいで、そればっか気にしてさ。けど、わかってよ。おれはこの街で生まれたんだ。この街で育って、これからもここで生きていくんだ。大陸の人間は関係ない。あんなやつら、どうだっていい。ほんとに、どうでもいいんだ。刑務所《けいむしょ》として造られたのがはじまりだったとしても、いまはちがうだろ。ここは街なんだ。おれたちが生きてるんだから。暮らしてるんだから。ここにいることは、罰《ばつ》でもなんでもないよ。大陸の連中がどうだろうが、おれの幸せとは関係ない。これっぽっちも、関係ないね」

キューはぎゅっとコエダを抱《だ》きしめた。コエダが起きて、腕《うで》の中でもぞもぞしている。

「おれの幸せは、コエダだよ。大陸もキノトリ区も関係ないんだ。タマちゃんがやろうとしたことは……うん、失敗して当たり前だ。おれたちのことなんか、なんにもわかっちゃいなかったんだから。トガキだって雲の上から見下ろしてるだけだから、わかってるかどうかあやしいね。おれたちは、かわいそうなんかじゃない。ただ……横にも道があるって、自分で気がつかなきゃいけなかっただけなんだ」

コエダがキューにかみつこうとしている。キューはごめんな、と言ってコエダを床《ゆか》に放《はな》した。コエダはぶるぶる体を震《ふる》わせて、たかたかと走りまわった。

「タマちゃん、普通《ふつう》に胸はって生きてよ。大昔になにやらかしてたって関係ない。おれたちのことを見下してたことも、チャラにする。だっておれ、あんたを尊敬してんだから」

「……人を、殺していてもかい？」

「もうその話はやめてよ。だって、後悔《こうかい》してるから最下層に住んでるんでしょ？　一生ここで生きていこうって、腹をくくったんでしょ？」

キューはコエダを見下ろした。大陸から来た緑をかいで、ときどきくしゃみをしている。

「だったら、おれがタマちゃんを罰《ばっ》すること、ないじゃん」

七二地区で二十年、それからこの街で三十年。おそらくタマが故郷に戻《もど》れる日は来ない。きっと何度も後悔《こうかい》して、これからも悔《く》やみつづけることとだろう。

そこへキューがぐちぐちと、タマの過去にけちをつけるなんてできやしない。

そもそも人間なんて、だめでもともと。お互《たが》いさまなのだから。

タマはしばらくだまっていた。杖《つえ》にひたいを乗せ、ふーっと顔をあげる。

「まったくたいした男だね」

キューはほめられて、へへっと頭をかいた。

「まあね。おれ、ほかの人間とはひと味ちがうんだ。なんせ、漢字があるからね」

「知ってるよ」

タマはくすくす笑い、少し身を乗り出した。

「あんたの名前は、あたしがつけたんだ」

「は？」

「刑務所《けいむしょ》を出て十年くらいは、あっちこっちうろうろしていたからね。思いつきでつけたのに、まわりが気に入っちゃってねえ。よく覚えてるよ」

「ちょ――まじで？　え、タマちゃんそれ、ほんとの話？」

タマはくくくと笑っている。キューは放心して、背もたれに身をあずけた。

「まじか……」

なるほどそれで、キューはタマの金魚に動じなかったのかもしれない。だってタマは、キューの名付け親だったのだから。どうして親をおそれられようか？

キューはへへっと笑った。

目線の先に、テーブルに置かれたカワラがあって、笑いはかき消えた。

今朝、職場のおふくろがキューのために新調した、発信器付きのカワラ。

「タマちゃん。トガキのこと、どう思った？」

キューはタマをうかがった。笑みを引っこめて、タマはしんと押《お》しだまる。

「あいつが言ってることとって、タマちゃんの若いころとは少しちがうと思うんだ。うまく言えないけど……あいつは何かを変えたいんじゃなくて、いち抜《ぬ》けたって、したいだけなんじゃないかなって……」

なにを考えているのかは、本人にきいてみないとわからない。きいたって、はぐらかして笑い飛ばされそうな気もする。だけどキューは、なんとなく思うのだ。あいつは、本当に単純に、ここから出て行きたいだけなのかもしれないと。

タマは小さくため息をついた。

「どっちにしろ、警団はやめときな。連中もくさってる」

タマはきっぱりと言った。うん、とキューはうなずく。

「おれもそう思う。入る気はないよ、ほんとに。でもさ……トガキはたぶん、ちがうんだ。あいつは……ひとりぼっちなんだよ、タマちゃん」

にぎり合わせた手に、ぎゅっと力を入れた。

「あんなに大勢弟分がいるのに、味方がひとりもいないんだ。信用できるやつが、あいつにはひとりもいない。あいつは……きっとそのうちしっぽをつかまれて、あいつのおふくろさんに七二地区へ放り込《こ》まれるかもしれない」

「ありえるね」

タマはため息をついた。キューのひざに手を置き、力強くつかむ。

「あんたは、どうしたいんだい」

「おれは……」

自分でもわからなかった。

だって、キューになにができる？　キューはただの、けちな男だ。ちっちゃくて、小ずるくて、ろくでもない。ずっとそう思って生きてきた。なにかをやり遂《と》げるなんて、できっこないと思っていた。この街の人間はみんなそうだ。

「おれ、難しいことはよくわかんない。わかんないけどさ。なんでか、手伝ってやりたい気がするんだ。大陸の人間なんかどうでもいいけど、でも、トガキのことは……」

キューはふとおかしくなって、ははっと笑った。

「ばかみたいだよね。相手は雲の上の人間なのに」

タマは黒眼鏡の向こうでキューを見つめているみたいだった。じっと、見極《みきわ》めるように。

キューはこわくなった。自分がとんでもない思い違《ちが》いをして、ものすごく身のほど知らずなことを考えているような気がした。しかし、それをぐっとこらえる。

こんなふうについ自分を卑下《ひげ》してしまうのは、きっと大陸の人間に、そう思わされてきたせいだ。自分たちはしょうもない人間なのだと、思いこまされてきた。

そうだとしたら……キューはそれに、あらがいたい。

「……うまくいくとは思えないね」

タマは、やっと口を開いた。

「大陸にはあんたたちが想像したこともないような技術がたくさんある。そこにいる人間たちも、キノトリ区の人間に協力的だとは思えない。失敗するよ」

キューはちょっとかなしげに笑った。

「……だよね」

「だけど、止めない。あんたは思ったことをやんな」

タマは言った。キューのひざをたたいて、杖《つえ》を両手でにぎりしめる。

「あんたはたいした男だ。それにね。トガキはまだまだガキだよ。声でわかる。ひとりで行かせたら、きっとちびって泣いちまうね。キュー、これだけは覚えておきなよ。人に上も下もあるもんかい。みんな横並びだよ」

キューはぷっと吹《ふ》き出した。

トガキは雲の上の人間だ。あいつはなんでも持っている。上階の広い家も、目ん玉が飛び出るような糸目も、まわりがへつらうような権力も。

だけど、キューにはタマがいる。

コエダもいる。

あいつにはないものが、ふたつもある。

キューはなんだかトガキがかわいそうになってきた。

ここはひとつ、手を貸してやるか。

「ねえ、もしかして、タマちゃんの名前にも漢字があるの？」

「いや、でも」

「でも？」

タマはにやりと笑う。

「あたしの名前は、ひらがなだよ」

キューは「うっそ」と言って口を手でおさえた。タマは学び舎《や》の教師のように、急に大声で言った。

「ヒサシ！」

「はいっ！」

キューは生徒みたいに手を天高く伸《の》ばした。タマはおかしそうに笑った。

「やっぱり、キューのほうが、あんたにゃ合ってるね」

キューはへへっと笑った。

「おれもそう思う」

8 母の歌

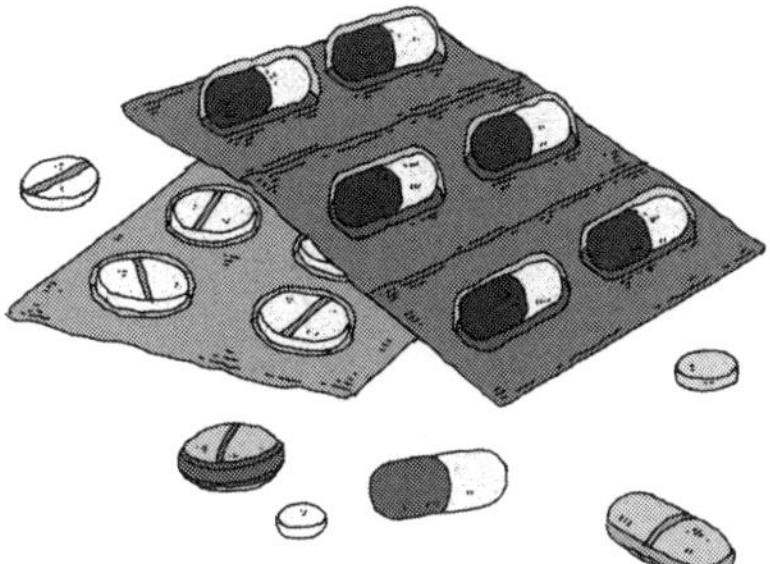

クロはメリーと一緒《いっしょ》に、上階と中階のあいだ、北端《ほくたん》に位置する囲い広場まで歩いた。

この広場の上には建物がなく、広々とした空と、目の前に展開する八四地区の白い風車群をのぞめた。台風が去ったあとはいつも雲がよどんですっきりしないものの、ながめは良かった。

その囲い広場には木々や草がたくさん植えられていて、花までつけていた。行商や売り子は入場を制限され、中央は柵《さく》で囲ってあってよちよち歩きの子どもが入り、親からリードを外してもらって自由に遊び回っている。広場の周縁にしゃれた店が連なり、身ぎれいな格好をした雲の上の住人も、ベンチに座ったり散歩を楽しみながら談笑《だんしょう》している。

クロはこの囲い広場にはあまり来たことがなかった。ちょっとこぎれいすぎて、自分には不釣《つ》り合いな気がするから。だが、もしもなにかの拍子《ひょうし》にデートするなんてことがあれば、まずはここへ来れば十中八九間違《まちが》いない、と先輩《せんぱい》たちに教わっていたので、どきどきしながらそこへ向かったのだ。

メリーは何度かここへ来たことがあるようだった。あの店、安くておいしいんです、と言うので、じゃあそこにしよう、とうなずいた。

クロは緊張《きんちょう》していたし、びくついていた。どう考えても、目に映るすべての人間のうち、普段《ふだん》から最下層に出入りしている人間はクロだけだ。こんなところまでのこのこやってくるなんて――それも、こんなにきれいなメリーを連れて！　――自分はなんて身のほど知らずなんだろうと、クロは後悔《こうかい》しはじめていた。

メリーはというと、まったく気負ったそぶりは見せず、落ち着いて、堂々としている。

メリーはきれいだった。クロが知るだれよりも。

色は白く、おとなしそうな顔をしていて、守ってやりたくなるような子だ。その腕《うで》に一匹《ぴき》の蝶《ちょう》がいるのが、なんだか不似合いだった。

蝶《ちょう》は人の手を借りずに生きる、孤高《ここう》の象徴《しょうちょう》だ。ひと昔前に女たちのあいだで流行《はや》った。

メリーのような子には、ちょっと時代遅《おく》れな感じがする。

「ここです」

朝からやっている、さびれた茶店だった。おしゃれなレストランに連れて行かれたらどうしようと思っていたクロは、ちょっとほっとした。クロの作業着じみた服やごつい革靴《かわぐつ》は、上階や中階の人々がゆったりすごすさわやかな空間では、少しばかり気後《きおく》れさせる。

「ここ、なにがおいしいの？」

店内の壁《かべ》には直接メニューがスミで書かれ、ひびの入ったプラスチックのテーブルと椅《い》子《す》が並んでいて、うす暗かった。井《い》戸《ど》端《ばた》会議をしているおばさんたちのテーブルがときどきわっと盛りあがったり、電子キセルをくゆらせたおじさんが、カワラでなにかを読んでいたり。

向かいに座《すわ》ったメリーはぎこちない笑《え》みを浮《う》かべ、「私はいつも、キヌアのカユを食べます」と小さな声で答えた。

意外だ。クロはちらっとメリーを見た。

もっと、高級なものを食べてるもんかと思っていた。農区で作っているキヌアなんて、最下層でも手に入る。それとも……みすぼらしいクロに合わせてくれているんだろうか？

申し訳なく思いながら、クロは壁《かべ》のメニューに目をやった。

「えっと、ぼくもそれにしようかな。飲み物はどうする？」

「私は、培養《ばいよう》緑茶で。えっと……」

メリーが困った顔でクロをちらちら見る。ああ、そっか、とクロはあわててメニューから目をあげた。

「ごめん、まだ名無しだったね。クロです。シノノメ、クロ」

メリーがかすかにほほ笑《え》む。クロはどきりとした。

かわいい。

「ご注文は？」

背の低いおばさんがききにきた。反射的に、スイを思い出す。育ての親は、クロがなにを食べたいかを知っているくせに、必ず注文をききにくる。

「キヌアのカユをふたつ。彼女《かのじょ》は緑茶で、ぼくには珈琲《コーヒー》をください。えっと……甘味料《かんみりょう》、たっぷりで」

「豆乳は？」

「いりません」

店員が厨房《ちゅうぼう》にひっこむと、メリーがちょっとうれしそうにクロを見ていた。クロは顔が赤くなるのをごまかすように、「なに？」ときいた。

「甘《あま》いの、好きなんですね」

まずい。かっこわるかったかな。

最近、とくに男たちのあいだでは、珈琲《コーヒー》を甘味料《かんみりょう》なしで飲むのがかっこいいと言われている。クロはどうしても苦いのが飲めなくて、ついつい甘《あま》くしてしまうのだが。

「だって、甘《あま》いほうが、その……おいしいから」

やけに暑いと思った。台風が去ったせいだろうか？　空気がむっとして、なまあたたかいのに加えて顔がほてる。

メリーはくすりと笑った。

「私も今度、珈琲《コーヒー》をたのんでみようかな。甘味料《かんみりょう》たっぷりで」

「うん、そうしなよ。おいしいよ」

クロは半笑いして出された水を飲んだ。デートって、こういうことなのかな。

これって……デート、だよな？

ますます暑くなってきたのをごまかすために、クロは顔をあげた。

「あのさ。かんちがいだったらごめん。……声、わざと小さくしてる？」

メリーは水を飲みかけていた手をぴくりと止め、赤くなってうなずいた。

「それって、その……メリーだってこと、ばれないように、だよね？」

「はい」

メリーはうつむいた。

「ラジオの影響力《えいきょうりょく》をあなどっていたんです。顔は出ないから、だれにもばれずに日常生活を送れるだろうって、たかをくくってました。でも、知り合いにはすぐにばれちゃったし、売り子さんとちょっとしゃべっただけで、ラジオの子でしょって言われて、大声で仲間を呼ばれて大騒《おおさわ》ぎになっちゃうし……」

「あんまり人に知られたくないの？　どうして？」

クロには意外だった。知り合いはみんな、有名になることを夢見ている。クロだって、あこがれたことくらいある。ラジオに出て、カワラの雑誌に取り上げられて、上階に住んで、ほかのお金持ちたちと毎晩のようにパーティーをする、華《はな》やかな生活。

なのにメリーは浮《う》かない顔をして、ぱっとしない茶店で安い培養《ばいよう》緑茶を飲んでいる。服は若い女の子が着るにしては地味だし、髪《かみ》はおしゃれもせずにおろしたままだ。

「……うまく言えないんですけど……」

そのとき、カユと飲み物が運ばれてきた。いただきます、とふたりで言って、手をつける。メリーのおすすめしたキヌアのカユは、肉と野菜がたっぷり入って辛味《からみ》がきいていて、スイの作った料理の次においしかった。

「私、だれの目にもとまらずに、空気みたいに生きたいんです」

クロは口をぽかんと開けた。やっぱりわからないですよね、とメリーは困ったように笑う。

「どういうこと？　空気を読みたいの？」

「ちがいます。できれば空気を読むような場所に居合わせたくないんです。だれの気にもとまらずに、いるかいないかわかんないくらい、忘れられたいんです」

「えっと……」

やっぱりいまいちわからない。メリーはくちびるをなめて言い方を変えた。

「逆は、よく言いますよね。目立ちたいとか、もっと愛されたいとか。私は、それがわからないんです」

「じゃあ、みんなにきらわれたいってこと？」

一生懸命《けんめい》考えてクロが言うと、メリーはもどかしそうに首をふった。

「それは、目立ちますよね。みんなの話題にいつもあがって、目の敵《かたき》にされて。そうじゃないんです。とにかく、思い出されもしない、ただそこにあるだけ。そんな人間になりたいんです」

メリーはこわばった顔でカユをすすった。クロは理解しようとした。

きっと、この世にはいろんな人がいるんだ。だってそうだろ。実の親より育ての親が大切だっていう人間が、まさにここにひとり、いるじゃないか。これだって、産みの親をなんの疑いもなく好いている人間からしたら、理解できないことにちがいない。

「私……いつも鼻歌を歌って、毒にも薬にもならない人間でいようって思いながら過ごしていました。そうしたら、ラジオ局の人に声をかけられて。はじめは裏方の仕事かなって思ったんです。ちょうど仕事を探していたから、すぐに契約《けいやく》しちゃって……まさか、歌わされるなんて思ってもみなくて」

メリーはいまにも泣き出しそうだった。クロはあわてて、大丈夫《だいじょうぶ》だよ、と言葉をかける。

「きみのことを悪く言う人間なんかいないし。みんなきみの歌を気に入ってて、いつもうわさしてるよ。ほかの人間にはできないことだよ」

「私は……いつもうわさされている自分に、がまんできないんです」

ああ、そうか。

人から好かれていると言われても、この子は余計に落ちこむんだ。

どうしよう。はげまし方が難しいぞと、クロは心の中で舌を巻いた。

「……じゃあ、ラジオを二年でやめるって宣言したのは……」

「私がサインした契約《けいやく》の、最短期間が二年なんです。それまでは、いやでもつづけなくちゃならない。ラジオの進行も、歌も、言われたままに」

「でも、昨日の歌は？　きみが書いたんだろ？」

メリーはうなずいた。広場のほうから、子どもたちの笑い声がわっと花開いた。

この時間になるとたくさんの子がやってくるのだろう。近くにあずかり所があるのかもしれない。この街では、子どもが思いきり走り回れる遊び場はかぎられている。ある程度の分別がつくまでは、家の囲いの中で、逃《に》げたら困る家畜《かちく》みたいに育てられる。

「書きました。自分の言葉で、好きに書けと言われて。母さんのことを書きました。母さんは……私の、たったひとりの理解者だった」

過去形で語るメリーに、クロはそれ以上質問しなかった。メリーの目に涙《なみだ》が光り、それだけで、彼女《かのじょ》の母親がもうこの世にいないことは十分わかった。

クロは思い当たった。メリーの腕《うで》で飛ぶ、孤独《こどく》な蝶《ちょう》。あれは、亡《な》くなった大切な人を偲《しの》ぶために入れたものかもしれない。

「なのに……みんな、言いました。これは、すてきな恋《こい》の歌だね、って」

「バカばっかりだ。この街は」

クロはふてくされたように言って、珈琲《コーヒー》をあおった。

「気にするなよ。少なくとも、ぼくはわかった。ぼくも、母親が……育ての親がいるから。恋《こい》の歌なら、『叱《しか》ってくれた』なんて言い回しは出てこないだろ。ちゃんとわかったよ」

メリーは泣きそうな顔で、何度も何度もうなずいた。ちびりと緑茶を飲み、のどのつかえがとれたように息をつく。

「私が……若い女の子だからかな、って思ったんです。みんな見た目だけで、私が恋《こい》多き乙女《おとめ》、みたいなラベルを貼《は》ってくる。ラジオをきいている人は、当然私の声が若いからそう思う。みんな、理解しようとしないんです。ただ、当てはめようとしている。この人はこう。この人はこうだから、こうすれば幸せ、って具合に」

クロはうなずいた。

痛いほど、よくわかった。

「だけど……私は、それがいやなんです。勝手に当てはめられたくないから、だれの目にもとまりたくない。私は、私でいたいから……みんなが無意識に、目をそらしてくれればいいのに、って思うんです」

いたたまれなかった。

気持ちはわかる気がする。最初は意味がわからなかったけれど、きいているうちに、理解はできた。

メリーはいやなんだ。勝手に思いこまれることが。好きにとらえられることが。他人の頭の中で、自分の知らない自分の像が、いつのまにかできあがっていく過程が。

だけど、そこまで拒否《きょひ》しなくてもいいのに、とも思った。

だれの目にもとまらないなんて……かなしいじゃないか?

それとも、そう思ってしまうのは、クロがメリーを理解できていないせいかもしれない。彼女《かのじょ》の幸せを勝手に当てはめて、それじゃあだめだと、幸せになんかなれないと、思いこんでいるのかもしれない。

メリーはメリーだから。彼女《かのじょ》のことは、彼女《かのじょ》にしかわからないのかもしれない。そうだとしたら、人間ってのは……けっきょく、みんなひとりなのかもしれなくて。理解できていないのに、理解していると思いこんで。頭の中に、だれかだと思いこんでいる存在しない人間が、ひとりにつき全員分生きている。そんな連中の、烏合《うごう》の衆。

「クロさんがはじめてです。その……あれを母娘《おやこ》の歌だって気づいてもらえたのは」

クロは目をあげた。心が跳《は》ね上がった気がした。

「ほんとに?」

「はい」

メリーは赤くなってうつむいた。

「ごめんなさい。自分の話ばかり、つらつらと……」

「いや、大丈夫《だいじょうぶ》だよ。ぼくも……」

クロはためらった。自分から、身の上話をしたことなんてほとんどなかった。めんどうくさいし、なにを言われるかはだいたい見当がついて、想像しただけで気がめいる。

だけど……メリーなら。

彼女《かのじょ》なら、適当な言葉は返さない。それに、彼女《かのじょ》だって話してくれたじゃないか。人と関わるのが苦手なのに、クロには話してくれた。

なら、自分も。

「……ぼくも、きみに会いたいと思ってたんだ。おれの育ての親は、最下層の人間なんだけど……」


その日、クロはメリーを家まで送ると言ったけれど、断られた。

「ごめんなさい。クロさんを信用していないわけじゃないんですけど。ラジオ局の人に、ファンに家を知られちゃいけないって言われていて……」

「そうだよね。ぼく、いちおうきみのファンであることは間違《まちが》いないし」

クロはへらっと笑った。メリーはかすかにほほ笑《え》んで、ぺこぺこ頭をさげながら、クロに手をふって大階段の人ごみにまぎれた。

クロはポケットに手をつっこみ、軽い足取りで歩きだした。浮《う》き足立つとはこのことだろうか。いままで漠然《ばくぜん》と感じていた息苦しさも、行き場のない不安も、メリーと過ごしたたった数時間で、きれいさっぱり洗い流された気がした。

ちょっと会話しただけでこんなに気が晴れるなんて。

悩《なや》みなんて、じつはたいしたことないのかもしれない。

気づくと、足は最下層に向かっていた。この摩天楼《まてんろう》の街で、いちばん暗くて、いちばん広い区域。台風が去ったあとの街はそこかしこがぬれていて、洗い流され、金属片《へん》や椅子《いす》や室外機なんかが壊《こわ》れて外れ、窓をぶち破ったりしていた。

人々は自分や知り合いの家を点検し、トタンやプラスチック板で壊《こわ》れた部分を補修し、もう少しだけその家に住めるように工夫《くふう》していた。あちこちで人が人を呼び、直し、礼を言い合う。

クロは台風のあとが好きだった。

暗い最下層がいっとき、囲い広場のようににぎわうから。

海面ぎりぎりの街並みを、クロは思いきりかけまわった。だれかが目にとめて、「犬かよ」とからかう。いまなら遠吠《とおぼ》えしたっていい。楽しくて、うれしくて、気づくとメリーの顔ばかり、目の前に浮《う》かんだ。

「いらっしゃ……おや、クロ。今日はずいぶんとはやいじゃないの」

定食屋に飛びこむと、スイがコンテナとコンテナのあいだに渡《わた》す鉄板の橋を補強していた。台風でネジが外れて、片側が取れたらしい。クロはかがんでいたスイの手をとって引っぱり起こすと、くるくるとダンスみたいに育ての親と一緒《いっしょ》にまわった。

「なによ？　あんたまさか、へんな薬をやったんじゃないだろうね」

「スイ。おれ、いつも感謝してるよ。おれの親は、スイだけだ」

スイは目をみはり、あらそう、と言ってクロの手を離し、かがんでふたたびボルトをきつくしめはじめる。

「ねえ、スイ。おれ、いつかあの家を出るよ。青屋敷《あおやしき》に住もうと思う。そうだな、二十歳《はたち》になったら。いいよね？」

スイはぴたりと動きを止め、顔をあげてクロをじっと見つめた。あんなに小さかった赤んぼうが、こんなに大きくなってしまった。スイの目がそう言っている。

「それは、あんたが自分で決めな」

「うん」

「あたしは……そうだね。あんたが二十歳《はたち》になるまでは、責任があると思ってた。あんたの両親に対してね。でも、二十歳《はたち》を過ぎたらあんたが責任を負うんだからね」

「うん」

スイはうなずいて、最後にもう一度スパナでぐっとボルトをしめると、立ちあがって腰《こし》をそらし、クロに向かって顔をしかめた。

「だけど、あんたはまだ十八だろ！　二年はやいよ」

「ちぇ。わかってるよ」

スイは笑った。

「そういう律儀《りちぎ》なとこ。ほんと、あんたは父親にそっくりだ」

クロは、はにかんで目をそらした。

もしも……。

考えたことがある。スイはいつも、クロの父親のことをほめてくれる。クロにそっくりだと言ってくれる。それが、クロはうれしい。誇《ほこ》らしくさえ思う。

もしも父親がもっと女を見る目があって、母親ではなく、スイを選んでくれていたら……。

「で、今日はなにを食べる？」

どきりとしたのをごまかすように、クロはひらりとその場のテーブルについた。スイが眉《まゆ》をつりあげて笑っている。それが、クロはうれしい。と同時に、申し訳なく思う。

自分の想像がスイに知れたら、きっといい顔はされないとわかっている。

にこにこしながら「ええっと、サバの……」と言いかけて、クロは気を変えた。

「肉を食べようかな。たまには」

「ふん。中階とちがって種類はないけど」

「いちばん安い培養《ばいよう》肉でいいよ。卵とじで」

「他人丼《どん》にしようか」

「ほんと？　やった」

スイはクロの頭をくしゃっとなでて、厨房《ちゅうぼう》に歩いていく。たぷん、と音がして、クロは視線をうつす。

まだ波はいつもより少し高くて、定食屋の低いほうのコンテナの、すぐ際《きわ》まで海面がせまっていた。七歳《さい》くらいの子どもがふたり、向こうの通路で柵《さく》のあいだから足をおろして、釣《つ》り糸をたらしている。ふたりにひっつくようにして、三歳《さい》くらいの子どもが指をくわえ、おそろしげに水の底を見つめている。

「おーい。釣《つ》れたか？」

クロが声をかけると、子どもたちは顔をあげて、「ぜーんぜん！」と嘆《なげ》くように言った。

「おい、くっつくなよ」

「こいつ、さっきからなんだぜ」

「離《はな》れろってば、キューちゃん！」

糸をたらした大きい子どもが、三歳《さい》の子を押《お》す。この街ではめずらしく、明るめの髪《かみ》があっちこっちへくるくるしている。キューちゃんと呼ばれたその男の子はびくびくして、通路から足をおろすことさえできないようだった。

クロはくすりと笑った。

ときどきいるのだ、海がこわい子どもが。そんな子は、最下層では苦労する。海で泳ぐことも、魚を捕《つか》まえることも、ここの子どもにとってはいちばん大切なことだ。それができない子は、からかわれたり、バカにされたりしてしまう。

しかしそういった子が、大人になったら上を目指すのだ。少しでも海から遠ざかるために、一生懸命《けんめい》働いて、まじめに生きて、新しい家に住む。できるだけ上へ。その先へ。

海がこわいのは、この海洋の街では、むしろいいことなのかもしれない。

実の親に愛情を感じられないのも、目立たず孤独《こどく》に生きたいのも。

一見かわいそうだと思われそうなことが、本人にとっては、いいことなのかもしれない。


そのあとの一週間、クロは毎日が楽しくて仕方なかった。

朝、家を出て、いつものように現場に顔を出す。先輩《せんぱい》たちにはメリーに会ったことを言わない。ただ、ラジオに耳をかたむけるようになったので、からかわれることが多くなった。

メリーは毎朝、司会者と曲を紹介《しょうかい》した。いままではきき流していたけれど、その声はすんでいて、どこか淡々《たんたん》としつつも嫌《いや》みがなく、クロの心にすっとしみこんだ。ときどき、歌も歌った。みんなが心待ちにしている気持ちがわかった。メリーの歌は、どこかはかなげで、守ってあげたくなる心細さがある。

だけど、そんなメリーの歌い方の理由を知っているのは、きっとこの瞬間《しゅんかん》、クロだけだ。

そう思うといっそう、メリーを特別に感じた。次の休みを待ちわびた。

家にはあいかわらず、朝早く出て、夜おそくに戻《もど》る生活だった。両親が眠《ねむ》っている時間帯をねらって家を出入りし、それ以外は最下層のスイの店で時間をつぶした。

クロはどんなにつまらない冗談《じょうだん》にもけらけら笑い、だれも面白いことを言っていないのににやにやして、そこでもやっぱりからかわれた。

台風のあと、仕事はいつもより多くなった。

もともと、増改築の仕事はきつい。職人街から運ばれてきたコンテナのパーツを街のてっぺんまでクレーンで引き上げ、組み立てて、ボルトでとめる。重い金属材を担《かつ》いで運び、高低差のある場所にいる同僚《どうりょう》に道具を投げてよこす。それらはひとつも落としてはいけない。落ちたら最後、どこで人間の頭の上に落ちるかわからない。事故が起きたら言い訳などきいてもらえず、七二地区の刑務所《けいむしょ》へ直行だ。

クロがこの仕事を選んだのは、朝早くからはじまるというのもあるが、ひとつには稼《かせ》げるからだった。あまり人気のある職種とは言えず、クロは最年少だった。

若いやつは、はじめは稼《かせ》げなくとも、長い目で見て上を目指せる公務員に就《つ》きたがる。

いちばん人気なのは、やはり警団だ。

家賃を回収し、輸入品を管理し、犯罪者を刑務所《けいむしょ》に送り……警団はキノトリ区の総まとめで、公務員のいちばん上。だが、最下層で生まれ育ったクロには、いちばんおそろしく見える人種でもあった。最下層のほとんどは、警団に追いやられた連中ばかりだ。スイも、警団のことは毛嫌《けぎら》いしている。だから公務員になろうだなんて、クロはちらりとも考えなかった。

クロは稼《かせ》いだ金を、中古のカワラに分けて隠《かく》していた。おもちゃのカメラ――プラスチックの外殻《がいかく》を開くと、中はすかすかの構造になっている――を開いた中に。持ち歩くカワラにはちょびっとだけ。

引ったくりや置き引きは、見つかったら街の人間が寄ってたかってぼこぼこにして、最終的には警団につき出されるが、それでも絶えない。だからまとまったお金は隠《かく》しておくのが常識だった。貯めたお金は、いつか青屋敷《あおやしき》を出て上に住むための資金にするつもりだ。

実の両親は、クロに家賃を請求《せいきゅう》した。その額は少しずつ上がっていったが、クロは異議を唱えることもなく、言われた額を両親のカワラにうつした。彼《かれ》らは、クロがなんの仕事をしているのか知らない。もしも知っていれば、もう少し値上げしただろう。

この家から、いずれ出る。あと二年したら。クロは待ち遠しかった。そんなに高望みはしない。いつか、中階くらいにいい家を借りよう。

もしかしたら……クロは想像した。

メリーの近くに住めたりして。

仲良くなって、お互《たが》いの家を行き来して、同居人たちともいい感じになって。そのうち、一緒《いっしょ》に暮らす。もちろん同居人として。何人かで一緒《いっしょ》に暮らすのは同性同士が多いけれど、べつに異性がいたっておかしくない。

そうなったら、楽しいだろうな。クロは想像して、にやついてしまうのだった。


一週間たち、ふたたび休日がやってきた。それまではいつも憂《ゆう》うつな日が、今日はとてつもなくすばらしい日に思えてくる。

その日の朝、クロは先週とおなじ道をたどっていくことにした。あの神社に寄って、お礼参りをしようと思ったのだ。祈《いの》ったおかげでメリーに会えたのだから。

だが、いくら歩いても神社を見つけることはできなかった。赤い鳥居が並んだ目立つ通路だったのに、いくら歩いてもいっこうに出会えない。

「ま、いいか。そろそろラジオがはじまっちゃう」

クロはラジオ局に急いだ。

あちこちからコンテナの家主が起き出して、メリーのラジオをきいている。はかなげな、きれいな声。人によっては、あざとい、なんて言われてしまっている。だけどクロだけが知っていた。

メリーはラジオが好きじゃない。一刻もはやく、この時間が終わればいいと思っている。自分が否応《いやおう》なく目立ってしまう、この時間が。だから、声にかなしさが混じるんだ。だから、クロとメリーはわかりあえるんだ。

神社が見つからなかったのでちょっと不安になったものの、ラジオ局はすんなり見つかった。ほっとして、少し離《はな》れた通路の柵《さく》に寄りかかり、待った。近くの窓から流れてくるラジオの音に耳をすませながら。

「そういえば、あと二週間で二年だね、メリー」

司会者がメリーに話しかける。はい、とメリーが答える声は、心なしかはずんでいる。

「さみしくなるなあ」

「私も、みなさんとお別れするのは少しさみしいです」

「ほんと？　じゃあ、二年でやめるなんて言わないで、もっとつづけたらいいのに」

メリーの笑い声。だけどこれはごまかし笑いだ。クロにはわかる。それでちょっと、うれしくなる。

「ごめんなさい」

「ちっとも教えてくれないよね、なんでやめちゃうのか」

「はい」

「少しだけでも教えてくれない？　ヒント！」

「ごめんなさい」

「ちぇー。ぼくだけじゃないよ。キノトリ区の人はみんな、メリーの大ファンなんだから」

「ありがとうございます」

「さみしいなあ」

「……えへへ、ごめんなさい」

クロは親指の爪《つめ》をかんだ。

この司会者、ちょっと失礼だぞ。メリーが困ってるじゃないか。

自分だったら、こんな言い方はしない。メリーの気持ちをもっとくんでやるのに。

そう、クロだったら、メリーを理解してやれる。

この街でクロだけが……。

ラジオが終わった。クロはどぎまぎして、柵《さく》から体を起こし、ちらちらとラジオ局に目をやった。

まだか。まだか。

メリーに会いたい。

永遠に思える時間、クロは幸せだった。あとから思うと、そのまま帰ればよかった。そうすれば、ずっと幸せなままでいられたかもしれない。

ドアが開いた。おつかれさまでした、と涼《すず》やかな声がして、地味な服装のメリーが出てきてふっと目をあげる。クロは笑顔《えがお》で手をあげた。

メリーはその場で凍《こお》りついたようになった。ラジオ局の数歩先で立ち尽《つ》くし、クロを見て顔をこわばらせている。

どうしたんだろう？

クロは不思議だった。自分を見たら、うれしそうに笑いかけてくれるかと思ったのに。駆《か》け寄ってきてクロの手をとり、「会いたかった」と言ってくれるかと思ったのに。

クロは気を取り直した。にこやかに笑いかけて歩き出し、「やあ」と言った。

「久しぶり。ていうか、一週間ぶりか」

「……どうしたんですか」

メリーの声はかたかった。クロを見ても、ちっともうれしそうじゃない。それどころか、金魚を彫《ほ》った人間に出くわしたような顔をしている。

「いや、今日、休みだったもんだから。元気かなと思って」

頭をかいて、メリーの目の前に立って笑った。メリーはなにも言わない。

「メリー、どうかした？」

「私は、その……一期一会《いちごいちえ》の、つもりだったんですけど」

「え？」

「だから……」

メリーは顔を真っ赤にして目をふせた。クロは首をかしげて、ええと、と話題を探す。

「あ、そうだ。一緒《いっしょ》に朝ごはん食べに行かない？　まだ時間もはやいから。先週とはちがう場所でもいいよ。メリーの行きたいところで――」

「あなたは……先週、なにをきいてたんですか」

しぼり出すような声で、メリーが言う。クロはきょとんとした。

なにかへんなことをしただろうか。でも、これくらい普通《ふつう》だろう？　あんなにお互《たが》いのことを教え合ったのだから。仲良くなったら、それはもう、家族みたいなものだ。ごはんくらい、一緒《いっしょ》に食べるだろう？

「ごめん、今日は忙《いそが》しかったかな？」

「いいえ。そうじゃないんです。忙《いそが》しくなくても、お断りです。どんなにひまでも、どんなにお金があっても、いやなんです。私はあなたと食事をしたくありません」

　クロは口ごもった。

　メリーがどうしてそんなふうに言うのか、わからない。

　だって先週、あんなにふたりで意気投合したじゃないか。だれよりも、ふたりはお互《たが》いを理解し合ったじゃないか。

　なのに、なんで？

「私は……言いましたよね。あなたに、たしかに言いましたよね。だれの目にもとまりたくないって。空気みたいに生きたいって」

「そりゃあ……でも、それはその他大勢に、って話でしょ？」

　クロはぎこちなく笑った。

「だって、友だちとか、恋人《こいびと》とか。そういうのは普通《ふつう》に作りたいって思うのが、人情でしょ？」

　メリーは口を一文字に結んでだまりこくった。目に、涙《なみだ》がきらめいていた。わなわなと口を開いて、「普通《ふつう》……」とかすれた声でつぶやく。

「メリー。ぼくは単に……」

「来ないで！」

叫《さけ》ばれて、クロはどうしたらいいかわからなくなった。一歩あとずさり、混乱しながらメリーを見つめる。

「メリー。だって、へんじゃないか。友だちも恋人《こいびと》もなし？　そんなの、人としてさみしすぎるよ。きみはちょっと、思い込《こ》みが激しいんじゃないかな。若い女の子によくあることだと思うけど。そうやって自分を消しても、いいことなんかひとつもないよ。もっと気楽に……」

「クロさんは……わかってくれたと思ってました」

うつむいたメリーの口から、涙声《なみだごえ》がかすかににじんだ。

「普通《ふつう》じゃなくてもいいって……クロさんも、親御《おやご》さんのことがあるから……わかってくれてると思ってたのに」

顔をぬぐい、クロをにらむメリーの顔は、軽蔑《けいべつ》の色に染まっていた。

「あなたも、私を『普通《ふつう》』に当てはめるんですね」

「だけど……きみだってお母さんのこと、好きじゃないか？」

クロはむっとしながら言った。不公平だと思った。

「メリーはお母さんのこと、大好きじゃないか。歌まで書いて。なんで？　なんで母親はよくて、ぼくはだめなの？　メリー、こんなのずるいよ」

「私にかまわないで」

メリーはあとずさっていた。クロは、自分が三歩、前に出ていることに気づいた。だが、気づいたあとも、かまわずもう一歩、二歩と、前に出た。ラジオ局を通りすぎ、メリーは少しずつ、通路の袋小路《ふくろこうじ》に追いつめられていく。

「メリー、かなしいこと言わないでよ。だって……わかり合える人なんて、めったにいないんだ。ぼくにとっては、きみはたったひとりの人なんだよ。ねえ、メリー……」

「やめてください。お願い……来ないで」

メリーは青ざめていた。

「なんで……」

クロの胸の真ん中が、どす黒く、ねばねばしたものでおおわれていく。

なんで、わかってくれないんだ。

こんなのおかしい。だって、メリーのことを理解できるのはクロだけだし、クロのことを理解できるのもメリーだけ。なのにおかしいじゃないか。

メリーが母親だけ愛するなんて。

なんの迷いもなく、母親を愛せるなんて。

メリーはずるい。

だって、クロは。

「ぼくは、母親を好きになれないのに」

顔をそむけていたメリーが、けげんな顔でクロを見た。

「……スイさんは？」

とたん、頭を鉄筋で殴《なぐ》られた気がした。

クロは口を押《お》さえた。吐《は》き気がする。メリーが眉《まゆ》をひそめている。

「ぼくは……」

のどに異物がせり上がってくるような感覚。クロの目の前が真っ暗になった。メリーさえ、視界に入ってこない。罪悪感が巨大《きょだい》な口を開け、クロを飲みこもうとする。

オマエハイマ、ナニヲイッタ……？

クロはきびすを返した。メリーは呼び止めなかった。

ふらふらと、クロは逃《に》げるようにそこをあとにした。

そんなにはやく、家に帰ったのははじめてだった。放心したあまり、うっかりしたのかもしれない。

まだ明るくて、父親は仕事に出ていた。だから母親がひとりでいたのだろう。クロが玄《げん》関《かん》のドアを開けると、いつも閉じているはずの自分の部屋のドアが開いていた。母親がそこにいてうずくまっている。クロは音を立てずにそのうしろに立った。

その女は、丸くなって泣いていた。クロの布団《ふとん》の上で、震《ふる》えながらクロの持ち物をかかえこんでいる。その姿は痩《や》せて、奇妙《きみょう》で、不気味だった。グロテスクな深海の魚のようにクロには思えた。かすれた声で下手な歌を歌っている。その姿は異様で、おぞましくて。

女がはっと目をあげた。クロを見つけ、「ぎゃっ」とさけぶ。家の中に知らない男を発見して、心底驚《おどろ》いたふうだった。

この人は……本当に母親なのかな。クロは思う。

涙《なみだ》がひとすじ、頬《ほお》を伝うのを感じた。

ずっとわかっていた。スイのことは大好きだ。親だと思っている。だけど、やっぱりちがった。

本当は……母親に愛してもらいたかった。自分を産んでくれた本当の母親に、ちゃんと自分を見てほしかった。

認めたくなかった。人の幸せは人それぞれちがうのだと、自分に言い聞かせていた。自分は人とはちがうのだと、それでいいのだと、メリーに言ってほしかった。母をきらいなままのあなたでいいんだと、そう言ってほしかった。

なのにメリーは……やっぱり、本当の母親を愛していて。

スイ。ごめん。

ぼくは、うそつきだ。

「お、お、おねがい……殺さないで……」

女が言う。

クロに命乞《いのちご》いをしているのだ。相手が、見知らぬ強盗《ごうとう》かなにかだと思いこんで。

バカな女だな。知らないのか。クロは思う。

子どもってのは、生まれたときから母親を愛してしまうようにできてるんだよ。

いっそ、きらいになれたらどんなに楽か。

クロは息をついた。気づいたら笑っていた。おなかをかかえて、死にそうになるくらい、笑いつづけた。目の前の母親は震《ふる》えて丸くなっている。突然《とつぜん》あらわれた若い男に、おびえている。

顔つきとか。体型とか。声とか。

たしかに、この人は自分に似ている。スイよりずっと。

でも、それだけだ。

クロは母親がかかえていた自分の持ち物を奪《うば》い取ろうとした。しかし、女は抵抗《ていこう》した。絶対渡《わた》さないとばかりに、しばらくもみ合ったあと、クロが勝った。

クロは母親を自分の部屋から追い出し、荷物をまとめはじめた。目には涙《なみだ》をためていた。先週から今朝まで、人生でいちばん幸せだったのに。突然《とつぜん》、奈落に突《つ》き落とされた。

こうなりゃ、底の底まで落ちてやる。

「まって。持っていかないで。やめて。おねがいだから」

クロは無視した。実の父親が言っていたのを思い出す。

この人はもとから少しおかしいんだ。クロを産んで、ますます精神を病んでしまったらしい。

だけどそんなの、クロの知ったことか。

荷物をまとめ、部屋を出て立ちあがった。実の母親は小さく見えた。目をぎょろぎょろと動かして、首をふる。おそろしかった。精神病というより、薬漬《くすりづ》けの廃人《はいじん》みたいだ。

「おねがい、やめて。それだけはやめて。おねがい。ほかはなんでも持っていっていいから。それはわたしの……」

「うるさい」

最低限の荷物の中に、おもちゃのカメラを入れた。父親が昔スイに送ったものだ。最下層に住んでいるときに最後まで撮《と》りきったものの、写真の見方がわからなくて、けっきょくそのままだった。中に隠《かく》していたカワラを出して、引ったくりにねらわれないよう、胸ポケットにしっかりとしまいこむ。

「おねがい、おねがい、返して……」

クロは靴《くつ》をはき、外へ出る。母親がついてきた。はだしのまま、金網《かなあみ》の通路を歩く。それでもまだ、クロがだれだかわかっていない。

「さわっちゃいけないの。あるだけなの。わかるでしょ。だめなの。持っていかないで。お兄さん、おねがい。おねがいですから。後生ですから……」

「クロ！」

とつぜん大声で呼び止められて、クロは立ち止まった。

母親はクロのそばでうわごとをつぶやきつづけている。顔をあげた通路の向こうに、父親がいた。仕事を終えたのか、疲《つか》れた顔でナップザックを背負っていた。クロとはだしの妻をみとめたとたん、柵《さく》を乗り越《こ》え、血相を変えて走り寄ってくる。

まあ、そうだよな、とクロは思う。

母親は家にいなければならなかった。外へ出歩けば、小さな子どものようにいつ足を踏《ふ》み外してしまうかわからない。そういう、あぶなっかしい人。

父親は妻にかけ寄り、心配そうな顔で「大丈夫《だいじょうぶ》かい」と言った。母親は夫を無視して、クロのリュックに手をかけている。そこに、クロの全財産が入っていた。

「おねがいです、おねがいです。返してください。これは、わたしの……」

「なにがあった」

こわい顔で詰問《きつもん》する父親から、クロは目をそむけた。父親は妻を抱《だ》きしめ、「落ち着いて、落ち着いて」となだめるように唱えた。しかし女は止まらない。夫から逃《のが》れようともがき、金切り声で叫《さけ》んだ。

「それは！　クロの、ものなの！」

クロはその場に凍《こお》りついた。

「……え？」

「返して！　返しなさい、泥棒《どろぼう》！」

「落ち着いて、落ち着いて。大丈夫《だいじょうぶ》だから。愛してるよ」

父親は妻を抱《だ》きしめ、唱えつづける。女はそこから逃《に》げだそうと、抵抗《ていこう》している。

待て。

どういうことだ。

クロの胸がざわつく。

母親はクロをきらっていた。クロを捨て、クロを見るとヒステリーを起こし、家にはいないふりをした。そういうふうに、クロはきいていた。ずっと。

ならば、いまのは……どういう意味だ？

父親からの説明はなかった。しびれを切らせたように胸ポケットをまさぐると、「さあ、ほら、いい子だから」と言って、いやがる妻の口元に錠剤《じょうざい》を持っていく。女は口を結んで拒否《きょひ》した。それを、男が力ずくでくちびるのあいだに押《お》しこむ。

クロはそれを、ぼう然と見ていた。

「これを、飲んで。大丈夫《だいじょうぶ》だから。ほら。落ち着いて」

男が女に薬を飲ませ、抱《だ》きすくめる。クロをにらむ男は、しーっと、子どもをあやすように女へ言いつづけた。

「大丈夫《だいじょうぶ》、わかってるよ。ちゃんとわかってるから。きみのことを理解できるのはおれだけだ。わかるだろう。おれたちは一心同体だ。ね。大丈夫《だいじょうぶ》、落ち着いて。大好きだよ……」

薬が効いてきたのか、女がこくんとうなずいて、自分を抱《だ》きしめる男の腕《うで》をぽんとたたいた。どこか投げやりに。仕方なさそうに。

「はい」

クロは言葉を失い、そこに突《つ》っ立っていた。

父親が目をあげ、不機嫌《ふきげん》な顔でクロを見やる。その顔は奇妙《きみょう》にゆがんで、みにくかった。

そのとき、クロはまったく突然《とつぜん》、スイに何度となく言われた言葉を思い出した。

――あんたは、父親にそっくりだ。

「どこへ行く?」

父親がたずねる。クロの背負ったリュックを、気に入らないという目で見ている。久しぶりに会った息子《むすこ》に対して、なんの感慨《かんがい》もなく。

クロは、自分がこの人をよく知らないことに気づいた。父親のことはスイからきくばかりで、クロ自身はあまり知らない。この人はクロに会おうとしなかった。クロに会えば、母親がヒステリーを起こすからという理由で。

だけど……本当にそうだろうか?

もし本当に父親がクロを気にかけているのなら、こっそり会えばすむ話だ。妻を刺激《しげき》しないように息子《むすこ》を気づかう方法は、いくらでもある。本当に会う気があるのなら、いくらでも。

そんな簡単なことに、いままで一度も考えがおよばなかった。

どうしてだろう。

どうして母親だけを、悪者あつかいしていたのだろう。

親は、ふたりいるのに。

答えないクロに、父親は不愉快《ゆかい》そうな顔をした。まるで、せっかく妻とふたりきりの世界にいたのに、クロという邪魔《じゃま》な人間が割り込《こ》んできたみたいに。

かなしくはなかった。

怒《いか》りもなかった。

ただはっきりと、恐怖《きょうふ》を感じた。

この父親は……クロにそっくりだ。

「……昼間に家へ戻《もど》るなと言っただろう。おまえの母親は不安定になってしまうんだ」

父親の言葉に、は、と冷笑《れいしょう》が出かかった。

「その薬は……なに？」

クロの父親への第一声はそれだった。

母親は、本当にはじめから、精神的に不安定だったのか。

それとも……クロの中に、おそろしい疑念が芽生える。

「いま、母さんに飲ませた薬。それは……なんのための、薬？」

父親が言いよどむ。それを見て、背すじに寒気が走った。

「クロのものを、返して」

母親が、父親の腕《うで》の中から言った。小さな小さな声だった。

「クロ……あの子のものを、返して……」

夫の手を離《はな》れ、クロの腕《うで》をとってすがるように見あげる女は、ほかになにも見えていなかった。手は震《ふる》え、目の下にはくまが色濃《こ》く残り、涙《なみだ》を浮《う》かべていた。

その顔に、クロにおびえるメリーの姿がだぶった。

次の瞬間《しゅんかん》、体が勝手に動いていた。クロは叫《さけ》び声をあげ、母親をふりきると、そのまま力いっぱい、父親を突《つ》き飛ばした。

「おい！」

怒鳴《どな》り声が、父親の口からもれる。

はっとするまもなく、父親の目が見開かれた。怒《いか》りに満ちた顔が、ぽかんとした、まの抜《ぬ》けた顔になる。それが、通路の柵《さく》を越《こ》えてずるりと落ちた。

入り組んだ摩天楼《まてんろう》の街。

足を踏《ふ》み外せば、ひとたまりもない。

クロはぼう然として、ひとりの男が中階からまっさかさまに落ちていくのを見た。

時の流れを、こんなにゆっくり感じたことはない。きっと一生、父親のあの顔と、あの声と、あの姿を忘れることはないだろう。それは自分の姿なのだと、わかっていた。わかっていたからこそ、ここで終わりにした。でなければ、これは……何度も何度も、くり返されてしまうから。

頭の中が真っ白になり。

体がすっかり冷え切り。

クロはぼう然として、柵《さく》に手をついて見おろしていた。

クロの横で、ひとりの女が柵《さく》に手をかけ、身を乗り出した。放心したまま、クロは女を見やった。

ふふふと、うれしそうに。

母は、落ちる男に手をふった。

9 あるべき場所へ

ドアをたたくと、小汚《こぎたな》い中年の男が顔を出した。顔や指先にまでイレズミを入れた男だ。そいつはじろっとキューをにらんで「配達人か」と顔をしかめた。

「なんだ？　またわけのわからんものを届けに来たのか？」

「ええと。ここ、シノノメ、スイさん、住んでます？」

キューはカワラを確認しながら言った。どたどたと音がして、黒髪《くろかみ》をひっつめにした女が奥《おく》から出てきた。鎖骨《さこつ》からうなじにかけて、自由の鳥が飛んでいる。息を切らして、「配達人さん」と笑顔《えがお》になる。

「来るんじゃないかと思ってたんだ。ねえ、あんたさ、あの荷物、間違《まちが》いだったんだろ。だって意味がわからないよ。クロがあんなもの、あたしに送るはずがない」

キューは舞《ま》い上がりたい気分だった。

やった。やっと、見つけた！

荷物を間違《まちが》えてから、数日がたっていた。毎日仕事の合間に配達先を訪問して、ちょっとずつ、探し回った。そして——これが最後の家だった。キューが間違《まちが》えたかもしれない配達先。

その家は、最下層でこそないものの、わりと下の階に属していた。あたりはうす暗くて、陰気《いんき》で、じめじめしている。だが、それらを吹《ふ》き飛ばすように、部屋から大音量の音楽が流れ出していた。昔の歌手だ。キューはあまり音楽には明るくないけれど、名前くらいは知っている。いまでも人気の高い、メリーとかいう伝説の歌手。

「ちなみに、なにが届けられてました？」

お願いだからシリコン樹脂《じゅし》であってくれ。期待をこめながらキューがたずねると、スイは男をぎろっとにらんで、「とってきなよ、トシ！」と命令した。

「なんだよ、人使いがあらいなあ」

「うるさい、あたしの家に転がりこんでおいて。ちったあ働きな！」

男はぶつぶつ言いながら奥《おく》に引っこむ。ひええ、とキューは舌を巻いた。尻《しり》に敷《し》かれてら。あれ？　でも、なんかこの構図、見覚えがあるぞ。ええと、ものすごく身近な。ちょうど、キューとタマのような……。

考えをめぐらせていると、「あったぞー」と男が箱を手にして戻《もど》ってきた。キューはいそいで確認する。プラスチック製の箱には、ところどころ漢字やひらがなが使われていた。だが、カタカナで「シリコン」という文字を見つけ、ほっと胸をなで下ろす。

「これです。よかったー、見つかった！」

「で、クロが送ったものは」

スイが懇願《こんがん》するようにキューを見つめる。男のほうも、どこか神妙《しんみょう》にキューに注目した。

そんなに大騒《おおさわ》ぎするようなことか？　といぶかしみながらも、キューはコエダの入ったナップザックに手をつっこみ、おもちゃのカメラと、トガキが現像したアルバムを引っぱりだしてさしだした。

「なんだ、これ」

紙製のアルバムに、スイとトシがぎょっとする。

まあ、そうなるよな、とキューは思った。紙製の本なんて、こんな下階に住んでいる人間は、現物を目にする機会もないはずだ。

「そのう、間違《まちが》えて届けた先が、警団だったもんで」

ぱっと顔をあげて血相を変えるふたりに、キューはあわてて言った。

「その、大丈夫《だいじょうぶ》です、話はつけてありますから。むしろ、なんか気まぐれで紙印刷しちゃったー、あはは、って感じの、太っ腹なお人だったんで。ほんと、ご心配なく」

ふたりは目をぱちくりとさせ、お互《たが》いの顔を見あわせて、ちょっと笑った。

「……そうかい。警団も、たまには粋《いき》なことをするじゃないか」

「はは。スイ、すげえぞ。これ、売ったら相当な糸目に……」

スイはトシの手をぱしっとたたいた。トシは舌を出して「冗談《じょうだん》だよ」とつぶやいたが、ちょっと残念そうな顔をしていた。

スイがアルバムをめくる。その手元をながめながら、キューは言った。

「紙印刷した人が言ってました。大切な写真だろうから、自分が持ってちゃまずいって」

スイは口を手でおおい、目に涙《なみだ》を浮《う》かべてこくんとうなずいた。力の抜《ぬ》けたスイに代わって、トシがアルバムを受け取り、一枚一枚、ページをめくる。

まるで、長年行方《ゆくえ》知れずだった放蕩息子《ほうとうむすこ》が帰ってきたかのような、そんなムードだった。どこか、他人のキューには居心地《いごこち》の悪い空気だ。

大げさだなと思いながら、キューはシリコン樹脂《じゅし》をナップザックにほうりこむ。これでタマにいい報告ができるぞ、とひと安心しながら。

「じゃ、おれはこれで」

「……ありがとう」

スイは顔をくしゃくしゃにして、キューに笑いかけた。ちょっと、どきっとした。

息子《むすこ》を心配して仕方ない、母親の顔だ。

「……まあ、これが仕事なんで。あ、いや、入れちがいがあって、ご迷惑《めいわく》おかけしました」

頭を下げる。いいんだよ、とスイは首をふった。

「うん。いいんだ。あの子が、無事に生きて出られたって、わかったんだから……バカだね。金魚なんかあったたって関係ない。直接、会いに来りゃいいのにさ……」

男がスイを守るように抱《だ》きかかえ、キューに会釈《えしゃく》する。キューはなにも言わず、ちょこんとおじぎして、その場を去った。

「えーと。差出人は……」

その家から離《はな》れてから、キューはカワラで確認した。

例のカメラが発送されたのは、七二地区。

刑務所《けいむしょ》を出た人間がはじめに外界と通じることができる、最初の配達局の受け取り所だった。

なるほどねえ、とキューは思った。刑務所《けいむしょ》に入れられている人間は、カワラも持てないし配達局ともやりとりできない。死んだとしても、親族や友人に連絡《れんらく》はいかない。刑期《けいき》を終え、そこから出てはじめて、外部と交信ができるわけだ。

クロとかいう人間も、二十年間刑務所《けいむしょ》で働きつづけて、やっと出てこられたのだろう。

だが、家族に合わせる顔もなく、無事だけ知らせて行方《ゆくえ》をくらました。

刑務所《けいむしょ》に入ったまま過労で死んでいく人間が大勢いることを考えれば、よくある話だ。

「だけどさ。あんなに涙《なみだ》、涙《なみだ》になるもんかね、コエダ？」

言いながら、キューはコエダを床《ゆか》におろしてやる。一緒《いっしょ》に歩きながら、キューは首をかしげた。

「だってさ。実の親なら、たしか年に一度、刑務所《けいむしょ》の人間とは面会できるはずだろ。いくらでも無事を知ることはできたはずなのにさ。そんなに感激するくらいなら、会いに行けばよかったのに。普通《ふつう》、そうするよな？」

コエダはあっちこっちのにおいをかぎながら、キューと並んで歩く。そうかと思うとふっと顔をあげて、わん！　と元気に吠《ほ》えた。


キューは軽やかな足取りで最後の家に向かった。

日は暮れはじめ、あっちでもこっちでも提灯《ちょうちん》に灯《ひ》が入り、海が青白く光り出し、換気扇《かんきせん》が回りはじめる。ちりん、と音がして立ち止まると、人が行き交《か》う通路からひっそりと横に入る、見慣れない通路が目に飛び込《こ》んだ。

赤い鳥居が、いくつも並んでトンネルみたいに連なっている。夕暮れの光線とあいまって、その空間だけが異様に赤い。その通路のどん詰《づ》まりに、狐《きつね》を祀《まつ》るお社《やしろ》がひっそりと建っていた。

キューは知らず足を止めた。配達人の仕事でだれよりも街を知り尽《つ》くしていると思っていたのに、こんな場所があったとは。

一度だけ、キューは本当かうそかわからない話をきいたことがある。

狐《きつね》には祈《いの》らないほうがいいぞ。

お狐《きつね》さまは、人間の祈《いの》りをきき届けるために、未来の運をぜんぶ先回りしてとってきてしまうんだ。いま、よくても、あとでえらい目にあっちまう。

だから、狐《きつね》には祈《いの》らないほうがいいぞ。

そんなのはうそっぱちだと思うけれど、キューはなんとなくこわくて、狐《きつね》が祀《まつ》られているお社《やしろ》には祈《いの》りに行けない。そもそも、狐《きつね》はあんまり人気がない。干支《えと》にもいないし、あまり身近な動物とはいえないからだ。キノトリ区のお社《やしろ》に祀《まつ》られているのは、亀《かめ》や鳥がだんぜん多い。イレズミにそれらを入れる人もたくさんいる。

だが、ここの、この場所は……なんだか本当に、御利益《ごりやく》がありそうだ。

キューがぼんやりとして通路に足を踏《ふ》み入れようとした、そのとき。

「コエダ?」

しわがれた声に、キューははっと我に返ってふり向いた。

タマだった。白い杖《つえ》をたよりに、家へ帰るところだったらしい。コエダが足元でくんくんにおいをかいでいる。

キューはもう一度鳥居の並んだ通路に目を向けた。が、そこにはさびれたコンテナ型の建物と、その側面にずらりと並んだ室外機がひしめいているだけだった。

気のせい、だったのかな。

キューはタマのにおいをかぐコエダに顔をしかめた。

「こら、コエダ、やめとけ。くさいって」

「きこえてるよ、クズ」

キューは自然笑顔になる。

「タマちゃん、ちょうどよかった。カメラの持ち主がわかったんだ！　これからラジオを取り返しに行くんだよ。ついでだから、一緒《いっしょ》に行く？」

タマは「どうしようかねえ」と言いながらひざをさすった。

「そんなに遠くないよ。こっからなら、そう、十五分くらいかな。一刻もはやくラジオにお目にかかりたいだろ？」

「あたしはお目にかかることはできないけどね」

「あはは、たしかに。よし、そうとなったら、決まり！」

キューはタマの手をとって自分の腕《うで》にそえた。タマはしかめ面《つら》のままだったけれど、どこか感慨《かんがい》深げにうなずいて、「そうだね」と言った。

「そういえば、義足を造る人なんだけどね、ラジオを直してくれたらしいよ」

「本当かね」

タマはぶつぶつ文句を言った。

「ったく、修理工なんかあてになりゃしない。この街はクズばっかりだ」

「あはは、おれも含《ふく》めて?」

「あんたが筆頭だよ」

キューはけらけら笑った。


八五地区の最西端《さいせいたん》。

中階に位置するその家に、キューはタマの手をひき、コエダをときどき手助けしてやりながらやってきた。が、そこが見える手前の曲がり角で、思わず足を止める。

「意味がわかんないよ!」

男の怒鳴《どな》り声。それから、なにかが壊《こわ》れる音がした。女の短い悲鳴がきこえる。

「なんだよ、それ。じゃあ、おれたちのいままではなんだったたんだよ。おれは……おれは恋人《こいびと》じゃなくて、介護《かいご》人だったのか？」

「ちがう！　そうじゃない。そうじゃなくて……」

「じゃなくて、なんだってんだ」

すすり泣きと、ののしり声と、重苦しい空気。

どう考えても、お気楽なムードじゃない。

キューはひえぇと身をちぢこませてタマの背後に隠《かく》れた。タマはじっとだまって、耳をそばだてている。

「タマちゃん、今日はおいとましよう。ちょっとタイミング悪いみたい」

「しっ、だまりな」

「タ、タマちゃん……」

また、くぐもった声がきこえてきた。泣きながら、顔を手にうずめたような声だ。

「ごめんなさい……」

「だから、なんでだよ！」

ふたたびものが割れる音。

タマが手を伸《の》ばしてキューを前に押《お》し出した。

「わっ、なになに、タマちゃん！」

「あんた、止めてきな」

「おれ、厄介《やっかい》ごとはごめんだよ！」

「いいから、行くんだ。男だろ」

「男女差別反対！」

「女でもいいから、とにかく行きな」

タマに命令されて、キューは仕方なく修羅場《しゅらば》のど真ん中に割りこんでいった。

くそう。やっぱり、尻《しり》に敷《し》かれてる。

海が目の前に広がる崖《がけ》っぷち。通路のどん詰《づ》まりに、その家はあった。ドアは開け放されていて、男がドアのすぐ内側で仁王立ちしている。

そっとキューがのぞきこむと、中にふたり、女が立っているのが見えた。怒鳴《どな》っているのは男の目の前に立つ女は、このあいだキューに意地悪なことを言った、義足の女だ。そいつが涙《なみだ》にぬれながらも、ぐっとこらえるように男に相対していた。ふたりを見守るように、シンクのへりを後ろ手でつかんで、仮面の女がじっとしている。

キューはおそるおそる「あのう」と声をかけた。男がぱっとふり返る。コエダが鳴いて、それを合図にしたように、仮面の女が義足の女に走り寄り、守るように抱《だ》きかかえた。小さな声で、「大丈夫《だいじょうぶ》、大丈夫《だいじょうぶ》……」ともうひとりの女にささやいている。

「おまえ……」

男はふたたびふり返って仮面の女をにらみすえる。

「そうだ、メイ先生が言ってたんだ。おまえは頭がおかしいって。その顔。自分で、薬品をかけたんだろう?」

キューは、はらはらしていた。ええっと、事態が緊迫《きんぱく》しすぎていて、自分の存在があまり収拾につながっていないらしい。

「あの……みなさん、そのへんで……」

「部外者はだまってろ!」

男に怒鳴《どな》られ、キューは「はいっ」と短く答えた。

男はキューのえんじ色のベストを見ると、「配達人か。見ればわかるだろ?　そこで待っててくれ」と言い置いて、ふたたび女ふたりをにらんだ。

待たせるのかよ。

「そうだ、この女は、人間関係をうまく作ることができないんだ。メイ先生が心配してた。感受性の強いサクラがこんな女のところに通ったら、影響《えいきょう》されるんじゃないかって。そのとおりになったじゃないか!　やっぱり、義足なんていままでのでよかったんだ。そうすりゃ、サクラがおれと別れたいなんて、言い出すはずがなかった!」

「ミケさんは、関係ない」

サクラと呼ばれた義足の女が、泣きながらもきっぱりとした口調で言った。

「私は……あなたを愛していないの。ずっと前から。あなたとの婚約《こんやく》を破棄《はき》したいと言ったのは、脚《あし》をなくしたからじゃない。単純に、別れたかっただけ」

男が言葉を失ったようにだまりこむ。

気詰《きづ》まりな沈黙《ちんもく》。

キューはどうしていいかわからない。目をぐるぐるまわして、家の内装をながめ、作り物の腕《うで》や脚《あし》が並んでいるのを見てとって、個性的なお宅だなあと心の中で感想を述べた。

ああ、帰りたい。

「ショウさん」

仮面の女が、くぐもった声ではじめて口を開いた。男がびくりとする。

「私はたしかに……メイ先生の言葉どおり、自分で自分を傷つけました。そうすれば……面倒《めんどう》なことから解放されると思って」

女はため息をつくように顔をふせた。

「私はそれを、後悔《こうかい》していません」

男が、くっとこぶしをにぎる。

「やっぱり、頭がおかしい」

「そうかもしれない」

仮面の女は言った。

「もしかすると……世の中の人間は、みんなどこかしら、ほかの人と比べておかしいのかもしれない。みんな少しずつ、だれかの『普通《ふつう》』から外れているのかもしれない。でもそれは、悪いことですか？」

仮面の奥《おく》からくぐもった声で言われると説得力があるなあと、キューは思った。しかし男は納得しかねるというように、うめきながら首をふる。

「えらそうに……あんただって、おなじ目にあうぞ！」

キューはちらちらと、通路の向こうの影《かげ》から半分顔を出して様子をうかがうタマを見た。いま戻《もど》ったら、あの白い杖《つえ》でひっぱたかれるかな。ひっぱたかれるだろうな。

「サクラはいつもそうなんだ。にこにこしてるからって気を許して近づくと、ひどい目にあうぞ。いつもそうやって、みんな逃《に》げていった。だけどおれはこらえてきたんだ。ずっとこらえてきた！　サクラ、おれがどれだけ我慢《がまん》してきたか、わかってるのか？」

「我慢《がまん》してたのが、あなただけだって言うの？」

義足の女がこぶしをにぎりしめ、震《ふる》えている。

キューは窓の外を見やった。

おや、夕日がきれいだ。

「私だってずっと我慢《がまん》してた！　あなたがなんでもかんでも私の代わりにやってしまうから、私は事故から二年たっても、買い物に行くことさえできなかった！」

「おれのせい？　おれのせいなのか？」

「ふたりとも。落ち着いてください」

仮面の女が仲裁に入る。

おれ、ひょっとしていらないんじゃないかな。むしろ邪魔《じゃま》かな。

仮面の女は片目だけしか見えなかったが、それでもその顔が失意にゆがんでいるのが、キューのいる場所からもはっきりわかった。

「どうか、お互《たが》いを責めないでください。あなたたちは……だって、お互《たが》いを、愛していたのでしょう？　一度は、相手が好きで好きで、仕方なかったのでしょう？」

恋人《こいびと》たちはだまりこくった。

仮面の女は男のほうに一歩進み出て、頭を下げた。とても深く。

「お願いですから……サクラさんを責めないでください。彼女《かのじょ》は苦しんでいました。あなたを愛さなくなったのは、だれのせいでもない。もちろんあなたのせいでもない。どうか……わかってあげてください」

キューはどきりとした。

この人たちになにがあったのか、キューは知らない。だけどそれでも、頭を下げる仮面の女に、なにかただならぬ覚悟《かくご》を感じた。

腕《うで》に飛んでいる蝶《ちょう》は、独りでも生きていけるという、強い意志のあらわれ。それが二匹《ひき》いるということは、だれかの遺志を継《つ》いでいるという意味だろうか。

大切な身内か……それとも、過去に殺した、自分自身？

サクラと呼ばれた女が、顔をくしゃくしゃくしゃにして両手にうずめ、「ごめんなさい」とうわずった声で言った。

「私は……あなたと一緒《いっしょ》にいるときの自分を、好きになれない……」

その場にいた全員が、そこに立ち尽《つ》くした。コエダ

が空気を読まずにたかたか入っていき、ふたりの女を見あげて、うれしそうにわん、と吠《ほ》えた。

「おれは……なんだったんだよ」

男の声は涙《なみだ》にぬれていた。胸がつかえて、苦しくて仕方ないという声。

次の瞬間《しゅんかん》、男がふっときびすを返して、キューとすれ違《ちが》う。その顔は悔《くや》しさと悲しさと絶望にゆがんでいた。涙《なみだ》を必死にこらえていた。ああ、とキューは思った。

あいつ、彼女《かのじょ》をとられちゃったんだ。

気がつくと、キューは男を追いかけていた。

「ええと、ショウ！　さん！」

タマの目の前まで来ていた男が立ち止まり、「なんだよ」とつっけんどんにキューをにらむ。キューより少し、年上だろうか。どこかで見たことがあるような……キューは思い出した。そうだ、こいつ、鋳掛《いか》け

屋だ。欠けたり割れたりした金属製のものを、あっという間に直してしまう行商の連中。売り子と同じく、よく囲い広場にいて、商売をしている。

自分でもなぜそうしたかはわからなかったが、キューはいそいで言った。

「今度、飲みに行かない？」

「は？」

「いや、その」

タマが片眉《まゆ》をあげてキューのつづきを待っている。

ええい、思ったことを言うだけだ！

「やけ酒、したいだろうと思ったから。おれでよければ、いくらでも愚痴《ぐち》きくよ」

男はしばらくキューをにらんでいたけれど、ぐいっと目頭《めがしら》をぬぐい、「ありがとう」と言った。

「すまない……見苦しいとこ見せた」

「気にすんなって。いっぱいいっぱいなんだろ」

キューは胸ポケットをまさぐって、プラスチックの名刺《めいし》を出した。配達人になってから、一応持っているのだ。そこで、紙巻きタバコがポケットに入ったままだったことに気づく。

ああ、そうだった。トガキにもらったやつ、吸うのを忘れていたな。

「裏に書いてある住所に住んでるからさ。落ち着いたらいつでも来てよ。囲い広場で声かけてくれてもいいし。あ、女の意見がききたかったら、タマちゃんも連れてくし」

「勝手に飲み会のメンツに入れてんじゃないよ」

「いいじゃんべつに。焼酎《しょうちゅう》好きだろ。じゃ、その……元気、出せよ」

すぐは無理かもしれないけど。

男は泣きそうな顔で名刺《めいし》を受け取った。めったに使わないキューの名刺《めいし》には「ヒサシ」の上にぐりぐりとスミで線が引かれていて、その下にきたない字で「キューチャン」と書かれていた。それを見て男はちょっと笑い、「ありがとう」ともう一度言って、早足でそこをあとにした。

だれも見ていないところで、泣くんだろうな。

タマがすっとあごをあげてきく。

「終わりかい?」

「うん、まあ」

キューはきびすを返してさっきの家に戻《もど》った。

家の中では、ふたりの女が泣きながら抱《だ》きあって、無言でお互《たが》いをなぐさめていた。コエダがのんきに歩きまわって、あちこちにおいをかいでいる。ところどころに割れたガラスが飛び散っていたが、コエダは賢《かしこ》いので上手にそれを避《さ》けていた。

ほんと、かわいいやつ。

「あのう……こんばんは」

ふたりがゆっくりと離《はな》れ、キューを見る。

「ええっと……お届け物なんすけど……」

片方だけのぞいた左目を指でぬぐい、仮面の女が静かにうなずく。目を細めているけれど、笑っているのだろうか。

「失礼しました」

「いえ、おれは別に」

本当は大迷惑《だいめいわく》だったけれど、キューは言わないでおく。大人だから。

「それじゃ、シリコン樹脂《じゅし》は見つかったんですね」

「はい！」

ナップザックをあさっていると、杖《つえ》がドアに当たる音がして、タマが顔をのぞかせた。

「痴話《ちわ》げんかはおさまったみたいだね」

「このばあさんは気にしないでくださいね。ラジオの持ち主です」

「あ、そうでしたか。ラジオなら、ここに。どうぞ座《すわ》ってください。お詫《わ》びにお茶を入れますから」

サクラは涙《なみだ》が止まらないらしかった。仮面の女に諭《さと》されて、洗面所に引っこむ。そのまぎわに、ふたりがなにかささやきあい、お互《たが》いの肩《かた》に手を置いて、うなずくのが見えた。

キューはなぜだか赤くなって目をそらす。

「タマちゃん、椅子《いす》、ここだよ」

「おや。あんたにしては、気が利《き》くね」

「へへへ」

仮面の女は戻《もど》って来るなり台所に立って湯を沸《わ》かした。お茶菓子《がし》を出され、キューはうきうきする。

お客さんの家に招き入れられ、もてなしを受ける。

たまにこういうことがあるから、仕事が楽しい。

さっきまではろくに集中できなかったが、あらためて、気味の悪い家だと思った。壁《かべ》中に機械仕掛《じか》けの腕《うで》や脚《あし》が並び、仮面が飾《かざ》られ、歯車や工具が作業机に乱雑に広がっている。あっちの棚《たな》には、束ねた髪《かみ》やガラスビンに入った不気味な目玉。

えっと……義眼、だよな?

「申し遅《おく》れました。義肢《ぎし》装具士の、ミケです」

仮面の女は言った。キューがシリコン樹脂《じゅし》をテーブルに置くと、うれしげな声をあげる。

「これです！　よかった。これでサクラの義足を造ってやれます」

「あんたの声……」

タマが静かに言い、ミケがびくりとして動きを止める。しかしそれも一瞬《いっしゅん》で、からりと笑って戸棚《とだな》の上からラジオをとった。

「ええと、お探しのラジオはこちらですよね。触《さわ》ってみてください。たしかにあなたのものですか？」

目の見えないタマの手をとって、ラジオに触《ふ》れさせる。タマははっとして顔をほんの少しあげた。その目線の先に、ミケがいる。

「メリー」

小さな声で、しかしはっきりと、タマが言った。ミケの手が、義肢《ぎし》のように硬直《こうちょく》する。

「メリー、だね」

キューは驚《おどろ》いて仮面の女を見あげた。ミケはタマを見つめたまま、ぴくりとも動かない。

キューは大人たちがなつかしげに話しているのをきいたことがある。それは、何度も何度も名残惜《なごりお》しそうに酒の席であがる、定番の昔話だった。

引退する予定だった歌手が無期限の続投を表明して、すぐのことだった。街中の人間が喜びにわいていた矢先、メリーはまったく突然《とつぜん》自殺して、当時の人々を驚《おど》かせ、かなしませたらしい。本人はやめたがっていたのに、まわりの人間が無理に歌手活動をつづけさせようと、契約《けいやく》内容を勝手に変更《へんこう》したせいだと、当時は大問題になったそうだ。

メリーは伝説になった。歌はいまだにラジオで流れるし、二十年たったいまも根強いファンがいる。当時を知らない若い子のファンも多い。

ミケの声は仮面をかぶっているせいでくぐもっているのに、タマには関係ないらしかった。目が見えないから、ほかの感覚が研ぎ澄《す》まされているのかもしれない。

ミケはため息をつき、観念したようにうなずいて、かなしげに眉《まゆ》を下げた。

「だれにも、言わないでください。それは……主治医しか知らないんです」

「じゃあ、やっぱり」

キューが声をあげると、ミケは迷惑《めいわく》そうに首をふった。

「メリーという芸名の歌手は、たしかにあのとき死にました。あの弱い子は死んだんです。いまの私は……もう、いろいろなことを学んで、他者を受け入れられるようになった。まったくの、別人ですから」

弱い子、という言葉を、ミケはことさら強調した。そんな自分を、心から恥《は》じているかのように。もう二度と、思い出したくもないかのように。

「……あたしは、メリーの歌にたくさん救われたんだ」

　タマの声には、めずらしく感動したような響《ひび》きがあった。あこがれの歌手を前にして、興奮しているのかもしれない。

「でもそれは、メリーがちっとも強くなかったからかもしれない。いま思うとね」

「どゆこと？　タマちゃん」

　キューが首をかしげると、タマは考えこむようにあごを引き、小さくうなずいた。

「メリーの歌声は、はかなげで、いまにも消えちまいそうだった。だれにも自分を見てもらいたくなくて、孤独《こどく》になりたがっているみたいだった。それでも、きちんと歌っていた。せいいっぱい、歌っているのがわかったよ。だからあたしは、がんばろうって思えたんだ。この街で、生きていこうと思えた。だから……」

　タマはこくんとのどを鳴らし、ミケがいるほうへ顔を向けた。

「お願いだから、あのころの自分を卑下《ひげ》しないどくれ。あの子は、あたしにとってはかけがえのない、大切な子なんだから」

　ミケはうつむいた。キューはふたりを交互《こうご》に見た。タマは少し首をかしげ、ミケに向かって問いかけた。

「あんたはいま……幸せかい？」

ミケはふっと目をあげた。その視線が、一瞬《いっしゅん》だけサクラのいる洗面所に向かうのを、キューはちゃんと見ていた。

「……はい」

「それならいいよ」

タマは背もたれに身を沈《しず》めながら、満足そうに言った。

「あんたが幸せなら、いい。あたしはあんたの大ファンだからね」

ミケはうれしそうに目で笑い、もう一度涙《なみだ》をぬぐった。頭を深く下げてしぼり出した声は、いままで以上にくぐもって、ききとりづらかった。

「ありがとう、ございます」


「タマちゃん、よかったねー。ラジオが戻《もど》ってきて」

帰りの道で、キューはコエダをだっこしながらにこやかに言った。

タマはいつになく機嫌《きげん》がいい。死んだと思われていた伝説の歌姫《うたひめ》と握手《あくしゅ》できたのが、よっぽどうれしかったみたいだ。

あれから、キューはこそっとミケにきいてみた。あの、サクラとかいう、意地悪な子と暮らすの？　まじで？

「いえ。彼女《かのじょ》とは、一定の距離《きょり》をとったほうがうまくいくと思うので」

ミケの返事はあっさりしていた。てっきり仲良しなのかと思っていたキューは、ぽかんと口を開けた。

「でも、普通《ふつう》は、一緒《いっしょ》に暮らすもんじゃない？　仲良くなったら」

「普通《ふつう》……ですか」

ミケは大人のほほ笑《え》みを浮《う》かべ、キューを見た。

「普通《ふつう》の方法以外でも、人は人と自由に関係を築けると、私は思いますよ」

「そんなもんなのかねえ」

キューはコエダの耳の後ろをかきながら、でも、おれはコエダと暮らしたいなあ、と言ってにやけた。コエダが顔をあげ、キューをなめようとする。それをキューは阻止《そし》する。

「やめろ、コエダ。きたない！」

「で、あんたはどうするんだい」

前を歩いていたタマが立ち止まってきく。キューは首をかしげて、「なにが？」ときかえす。

「トガキだよ。もう、決めたのかい」

「んー、それね」

キューは近くの柵《さく》に寄りかかってコエダを抱《だ》きしめた。崖《がけ》っぷちの通路で、青白く光る海が波にゆれているのがよく見える。青白い光はラインになって、七二地区の巨大《きょだい》なサルベージ機械につながっている。遠くブイの向こうから先は、海が真っ黒に染まって沈《しず》んで見える。

この青い光の内側が、キノトリ区の人間に与《あた》えられた、ちっぽけな領分というわけだ。

「トガキ、どうしてるのかねえ。職人にルーターを作らせるとか言ってたけど、あの調子じゃ無理なんじゃないの。すーぐ弟分たちに密告されちまうよ」

「だから、あんたを使いたいんじゃないのかい」

キューはぶーたれた顔でタマを見た。タマにはキューの顔は見えないけれど。

「タマちゃん。そうそう一介《いっかい》の配達人が、トガキみたいな雲の上の人間にお目にかかれるわけがないでしょ。お目にかかった次の日にゃ不気味な三人組があらわれて、トガキがなにを言ったか根ほり葉ほりきかれんのにさ」

実際、キューはまだあのカワラを使っている。キューの位置をトガキの敵に知らせる、おそろしい発信器付きのカワラを。

仕事をつづけたいのなら、上から提供された備品は大事に使わなきゃならない。もしもそれをほっぽり出したら職を失うかもしれないし、悪くすればだれかにはめられて、有無を言わさず七二地区につきだされるだろう。

それはいやだ、とキューは思う。ことはこっそり、「なんにも知りませんよ」という顔で進めなければ。

ただ、問題がひとつ。

キューには、ことを進めるその方法が、さっぱり思いつかないのだ。

こういうのは、タマやトガキならば得意なのかもしれないが、キューはちがう。

「じゃ、手伝いはしてやらないのかい」

「だーかーらー。わっかんないよ。考え中なの！」

海から風が吹《ふ》いて、ばたばたと服や髪《かみ》をゆらした。タマは眉《まゆ》をあげ、白い杖《つえ》をふって歩きはじめる。

「きっと、なにかしらあんたにやってほしいことを頼《たの》んでくるはずさ。そのときはちゃんと相手をしておやりよ」

「タマちゃん、さっきからおれのこと、子どもあつかいしすぎじゃない？　これでも一応、最下層から身ひとつで公務員にまでなってんですけど？　もうちょっと、買ってくれてもよくない？」

「そりゃ、あんたが頼《たよ》りないからだろ」

ふん、とキューは鼻を鳴らした。これだから年寄りはよ、とぶつぶつ言って、「ねー、コエダちゃん」と甘《あま》い声を出す。

「ほんとに、失礼なばあさんですねー」

「あんたも大概《たいがい》だよ」

「へへ、それはお互《たが》いさま」

キューはベストのポケットから紙巻きタバコを取り出して、「そういえばさ」とタマに問いかけた。

「タバコが体に悪いって、ほんと?」

「まあね。魚よりよっぽど毒だよ」

「ふーん」

なら、なんでそんなもんくれるんだ。

キューは口をすぼめながら紙巻きタバコを目の前でふり、タマの後ろを歩いた。白く細長い円筒《えんとう》の紙。そこに書かれている小さな文字を読もうとして、ゆっくりと立ち止まる。

「タマちゃん!」

「なんだね」

「これ……いや」

キューは立ち止まって紙巻きタバコを後ろ手に隠《かく》し、ごまかすように笑った。

「なんでもない」

「なんだい。へんなものでも拾ったんじゃないだろうね。食べるんじゃないよ」

「コエダじゃあるまいし」

キューは笑って、「おれ、ここでタバコを吸ってくよ」と言った。

「タマちゃん、ひとりで帰れるよね？」

「年寄りあつかいするんじゃないよ」

タマはふっと笑って、白い杖《つえ》をふって家への道を歩きはじめた。「じゃあねー」とキューが声をかけると、杖《つえ》をふり上げ、それに応えた。

キューはコエダを足元におろし、紙巻きタバコに貼《は》られたラベルをそっとはがした。

白い紙の中にあって、そこだけほかとはちがう、金属製のそれ。

自前のカワラを出して、まえにトガキがやっていたように、ケーブルの先の部分を爪《つめ》を立てて開く。壊《こわ》れてしまいそうでひやひやしたけれど、ぐっと力を入れるとあっさり開いた。カワラを起動するための、スリ板。そこにあらかじめはめこまれていた金属片《へん》を外して、タバコについていた金属片《へん》をカチリとつけかえる。それから、スリ板をカワラの本体に戻《もど》した。

どきどきしながら、カワラを起動した。

ぼうっと、データが表示された。これは……キューが届けた紙幣《しへい》に仕込《しこ》んであったのとおなじデータ。それまでトガキは持っていなかったはずの、ルーターの設計図。

「……あのやろう」

キューはこらえきれずに笑った。

持っていたんだ、はじめから。ずっと持っていながら、警団でない、キューみたいな人間にデータを託《たく》す機会をうかがって、すきがあればこっそりそれを渡《わた》していた。あの器用な手先を使って、あちこちに細工して。

なんてやつだ。

だれかが気づいてくれるまで、ずーっとこれをつづけていたのか？

キューは金属片《へん》を付け替《か》えて、なくさないようにカワラの中にしまうと、ライターを出して紙巻きタバコに火をつけ、柵《さく》に寄りかかって煙《けむり》を吸いこんだ。電子キセルとはあきらかにちがう濃《こ》い煙《けむり》が、肺の中にもったりと入りこんでくる。むかむかするくらいに。

職人街は……だめだ。

七四地区や七三地区の職人たちは、普段《ふだん》からカワラや浄水器《じょうすいき》を造っているから、ルーターくらいお手のものだろう。けれど、そこには行けない。キューがいつも行かないような場所に出向いたら、あの三人組がぴんときて、またあらわれるかもしれない。かといって、設計図を見てものを造れるような人間なんて、キューの知り合いには……。

あ。

げほげほと、慣れない煙《けむり》に咳《せ》きこんで、涙目《なみだめ》になりながらキューは思い当たった。いるじゃないか。タマのラジオを直した、ちょっと不気味な、元歌姫《うたひめ》が。

キューはどきどきしてきた。うまくいきそうな気配に、つい気がはやる。

手伝ってくれるだろうか。

危険をおかして、そんなことに足をつっこんでくれるだろうか？

きっと、職人ならば設計図を見ただけで、これがどういうものなのかわかるだろう。キューにもわかったくらいなのだから。なにも知らせず、設計図だけ渡《わた》して造ってもらうことなどできない。なんとかして、説得しなけりゃ。

職人ってのは、大陸の技術に興味があるかな？

ふふふと、キューは口の中で笑った。頭の中で、めまぐるしく計画が立てられていく。

おい、トガキ。なんだかうまくいきそうだぞ。

キューは紙巻きタバコの煙《けむり》を二、三度吸って、「あんまうまくねえな」とつぶやくと、海に向かってついっと投げた。

青白く光る海の中に、火のついたタバコが音もなく落ちていく。

キューは満足げにそれを見届けると、コエダをぎゅっと抱《だ》きしめて「帰ろっか」と言った。コエダは答えるように、わん！　と鳴く。

帰りがけに、囲い広場へ寄ってみようかな。よく冷えたトンバを買おう。運がよければ、知り合いに会えるかもしれない。キューがおごる約束をした、彫《ほ》り師の女とか。そうしたら、そのまま飲み会突入《とつにゅう》だ。きっと楽しい夜になる。

いまのうちに、この街をうんと楽しんでおこう。

キューは海を背にして歩き出した。さわがしくてうるさくてやかましい、街のただ中へ。

だだっ広い海に浮《う》かぶ摩天楼《まてんろう》。

いびつな形で並ぶその街は、数え切れないほどの灯《ひ》をともして、夜の海に冴《さ》えた光を投げかける。

空には星が満天に輝《かがや》き、街をいつまでも見おろしていた。

長谷川まりる
Marie-Lou Hasegawa

1989年、長野県生まれ、東京都育ち。職業能力開発総合大学校東京校産業デザイン科卒。『お絵かき禁止の国』で第59回講談社児童文学新人賞佳作（2018年）、『かすみ川の人魚』で第55回日本児童文学者協会新人賞（2022年）を受賞。ほかに『満天 in サマラファーム』など、話題作を発表している。創作同人会「駒草」所属。

sakiyama

イラストレーター。会社員の傍ら2017年からSNSでイラストを公開、2019年からフリーランスのイラストレーターへ転職。多くの人気ミュージシャンとコラボレートしたアニメーションMV制作のほか、イラスト、グッズ、アパレルコラボなど幅広く活動中。ダークで毒気を含んだ退廃的な世界観が特徴。

装幀　　名和田耕平デザイン事務所

キノトリ／カナイ　流され者のラジオ

2023年 7月 6日　初版発行

著　者　　長谷川まりる
画　家　　sakiyama

発行者　　松岡佑子
発行所　　株式会社静山社
〒102-0073　東京都千代田区九段北 1-15-15
TEL 03-5210-7221
https://www.sayzansha.com

本文組版　アジュール
印刷・製本　中央精版印刷株式会社

編集／足立桃子